活了两辈子

樊云芳◎著

光明日报出版社

图书在版编目（CIP）数据

活了两辈子 / 樊云芳著 . -- 北京 : 光明日报出版社 , 2019.6
ISBN 978-7-5194-4356-6

Ⅰ . ①活… Ⅱ . ①樊… Ⅲ . ①散文集—中国—当代
Ⅳ . ① I267

中国版本图书馆 CIP 数据核字 (2018) 第 162532 号

活了两辈子
HUOLE LIANGBEIZI

著　　者：樊云芳

责任编辑：梁永春　李月娥　　责任印制：曹　净
封面设计：李彦生　　责任校对：慧　眼

出版发行：光明日报出版社
地　　址：北京市西城区永安路 106 号，100050
电　　话：010-67012047（咨询），010-63131930（邮购）
传　　真：010-67078227，67078255
网　　址：http://book.gmw.cn
E - mail：gmrbcbs@gwn.com
法律顾问：北京德恒律师事务所龚柳方律师

印　　刷：北京世汉凌云印刷有限公司
装　　订：北京世汉凌云印刷有限公司
本书如有破损、缺页、装订错误，请与本社联系调换，电话：010-67019571

开　　本：165mm×230mm
字　　数：184 千字　　印　　张：16
版　　次：2019 年 7 月第 1 版
印　　次：2019 年 7 月第 1 次印刷
书　　号：ISBN 978-7-5194-4356-6
定　　价：36.00 元

著名女记者的别样人生

最深切的人生体悟
最感人的真爱咏歌
她前半生从“流放地”走出来，
后半生从癌症中走出来。
是的，没有人喜欢苦难，
但苦难却是人生最好的老师。

谨以此书献给所有相信
并在追求着真爱与幸福的人！

序一

面对不幸与灾难，笑比哭好

◇丁炳昌

我与写这本书的那个人共同生活了 40 多年，相知甚深。因此，读着这本小书，我发出了会心的微笑：像！文如其人，书如其人。确实，这本小书是樊云芳的写照。

在我们的生活中，有过无数幸福的时光，但也不可避免地遇到过不幸与灾难。处于幸福中，樊云芳笑得很甜蜜，面对不幸与灾难，她虽然痛苦，但也会时不时绽出笑容，因为她一生的信条是：笑比哭好。

这本小书记录的，就是我们一生中两段灾难突然降临后的艰难岁月。

第一段是，1992 年 11 月，樊云芳突然下身大出血，生命垂危，医生的诊断是“直肠癌后期”。领取首届范长江新闻奖不到一年的她，在自己飞得最高时突然折断了翅膀，猝不及防地从生命的“顶峰”跌入了“最低谷”。之后是痛苦的手术、化疗……总算从鬼门关挣扎回来，但已经风采不再。很多朋友为她惋惜，为她担心：49 岁的她将如何面对今后的人生？如何度过今后的岁月？

恐惧、忧虑、流泪，甚至痛不欲生——我们都经历过。但灾难既然已经降临，已成为铁一般的事实，光是恐惧和流泪有用吗？

那天早晨，海军总医院的一位副院长到她病房里，对她说："初步诊断，你患的是直肠癌。"她听了一愣，然后就咯咯咯笑起来了："你们搞错了吧，十年了，我没有报销过一张药费单子，自我感觉一直很好！请问，你们见到过这样的癌症病人吗？"

三天后，切片化验单出来了。她仔细看了单子，不作声。等医生走后，她转过脸来对着我，竟然又笑了——不过这一次是苦笑："奇了怪了，我这种人竟然会得癌症……"

思索了几天，她想通了，她失血的脸上挂着孩子般的笑容，反过来安慰我："站在辩证法的角度，轮也该轮到我了——这些年我运气实在是太好了，但一个人不可能把好事占尽呀，你说是不是？"

进手术室前，她跟我约好：只要活着出来，就一定给我一个笑。我在外面立了六小时。门开了，她被推了出来，脸白得就像床单。但她已经醒了，在用目光找我。终于找到了：就在四目相对的那一刻，她毫无血色的嘴唇咧开了，绽出了一个笑容——这个笑容是那么微弱，但又那么生动，永远绽放在了我的脑海里。

几年后，彻底摒弃了"名记者"情结的她，选择回到记者站，当一个普通记者。

在日常生活中，这个老太太变得越来越爱笑。早晨起床，听到阳台上两只鹦鹉的啼鸣，她会"咯咯咯"地笑；看到庭院里又开了几朵花，她也"咯咯咯"地笑；上网收到朋友的邮件，她边看边笑；晚上她进厨下面条，自己先尝一口：

"呵呵，味道好极了！"自我欣赏的同时，笑得更开心……

那些事情在我看来都很平常，真不知有什么可笑的？真是个傻女人！但久而久之，我也开始跟着她笑。于是，平淡的生活中总是笑声朗朗。

我们这代人的命运，比起我们上一辈的知识分子要好很多很多了，但在改革开放之前，也有许多日子是欲哭无泪的。譬如“文化大革命”中，被“流放”到雁门关外的那段岁月。这也就是本书所写的第二大段。

1970 年元月，我们两个生于黄浦江畔、长于上海的“臭老九”，结束了在河北一个军农场“再教育”的生活，又从滹沱河畔直接被发配到山西雁门关外的小山城浑源。我们心里如明镜一般：说是去进一步接受“改造”，实际上无异于“终身流放”。面对车窗外令人心悸的、近乎原始的荒蛮，不可知的命运，已经在前方隐隐露出狰狞面目……

在浑源，几个月见不到一片绿菜叶、一两猪肉，从县委食堂打回来的永远是水煮洋白菜与“傀儡”——一种玉米面与土豆混合制成的粗劣食品。同样令人难以忍受的，还有精神文化生活的彻底“沙漠化”：终年没有电影，没有小说，没有音乐，只有鼓噪“大批判”的高音喇叭，每天轰响在人们的头顶。

但即便在那种时候、那种地方，她也能从灰暗中寻觅出几抹阳光，从愁苦中找出很多乐子，也能笑得“咯咯咯”地像只生蛋的母鸡。

记得那天深夜，她偷偷摸摸地，鬼鬼祟祟地，从浑源中学被封存的图书室里偷回来一包书。一进家，就倒在炕上笑得喘不过气来——她笑自已，竟然有了做“小偷”的经历；她更笑自己“命太好”，竟然在这座偏僻、封闭的小县城里，能“偷”到一大堆世界名著！

“老天爷没有抛弃我们耶！”笑够以后，她盘坐在炕上，双手合一，虔诚地祷告，“老天爷，保佑我下一次、下下一次，还能‘偷’到这么多！不，不，是保佑我可以一直偷下去，直到……”听得我在一旁忍俊不禁，笑出声来。

一次，她跟着县委组织部副部长到黄花滩公社下乡，正遇上公社里杀一口猪，那年月大山区杀口猪不得了啊，周围村庄来了那么多垂涎欲滴的老乡，可剖开一看，全傻了眼：瘦肉层里排满了“米粒”，是典型的米猪肉！

米猪肉即患囊虫病的死猪肉，人吃了会得囊虫病：由虫卵孵化出的幼虫，会钻入肠壁组织，经血液带到全身，在肌肉里长出一个个像米粒一样的囊肿，囊虫可寄生在人的心脏、大脑、眼睛，长在眼睛就失明，长在大脑会引发癫痫。

当下，那头病猪就在众人无限的惋惜与叹息声中，被深埋到了公社大院的后山下。但到晚饭时，小炕桌上竟然摆出了一盆香喷喷的红烧肉：原来是炊事员实在舍不得丢掉，偷偷留下的一块米猪肉。“没事的，我煮了又煮，煮了又煮，消毒了，嘿嘿，消毒了！”

红烧肉，被狼吞虎咽地消灭了。樊云芳也夹了一小块送进了嘴里。但饭后从房间里出来，她呕吐了——当然，偷偷摸摸不让任何人看到。

回来后，我一听她也吃了米猪肉，气得发抖，半晌才气急败坏骂出声来：“你神经病啊！你无法劝阻，我理解，但你可以自己不吃啊！你！……”

她傻笑着，吞吞吐吐地：“我要不跟着吃，不显得我特别娇贵，惜命？”

“你！”我真恨不得上去给她一个大嘴巴。

“好啦，好啦，我现在不是好好的吗？”她居然还嬉皮笑脸地就地转了一圈，摆了个舞姿。

“不是现在的问题，弄不好十年后得了癫痫，或者瞎了眼……”

她扑上来捂住我的嘴，一边笑得“咯咯咯”的：“那等十年后再去发愁吧，我先过好了这十年，嘻嘻！”

她从背包里捧出了从黄花滩带回的十几颗干枣、三块柿饼子，献宝似的高高举过头顶，兴高采烈地逗我：“喂，你倒是吃不吃啊？不吃？我就全吃了！哈哈！”

看到她这副没心没肺的样子，我也没法再生气了，上去一把抢了过来，两人笑作一团。

笑比哭好，这是樊云芳的性格，是她的一种处世方式，也是她的一种人生观。

说实话，这本书只能算是一本小册子，里面没有宏篇高论，没有曲折离奇的情节，但每一篇、每一行，都是从作者的心底里自然地流淌出来，夹带着各种各样的笑声：欢快率真的、苦涩幽默的、痛快淋漓的、偷偷摸摸的、忍俊不禁的、苦中作乐的……

2011 年 10 月 19 日

序二

曾经有这样一代人

◇梁　衡

本书作者樊云芳是我在《光明日报》时的老同事，我与她又几乎是同时进的《光明日报》山西记者站——那是 1978 年之后，我们住在同一幢小楼里，门对门，整整 5 年。那时大家都才 30 多岁，一晃现在花甲已过。

这十多年我们联系很少，一天她突然来电话，说要出书了，请写一篇“序”。

樊云芳是那个时期《光明日报》的名记者，许多作品得奖，她本人还曾获首届范长江新闻奖。因身体和年龄关系已淡出新闻界多年，怎么忽又想起出书呢？而且要请故人作序。我看了初稿，涣然有悟。

我与樊是同一代人，我说的“同代”更有一种特殊的政治含义。即“文化大革命”中 1967 年、1968 年、1969 年这三年的大学毕业生。我们都是在“文革”前入学，即受过完整的中学教育，大学又已读完基础课，刚介入专业学习，就“文革”大乱。接着就被以专政对象（当时称“臭老九”：地主、富农、反革命、坏分子、右派分子、特务、叛徒、走资派、知识分子，我们排在第九）的身份，发配到可以惩罚的地方，名曰“改造”。

我们这代人，比起上一代，要幸运得多，逃过了“反右斗争”，没有像数十万“右派”那样蒙受20多年沉冤，几乎被毁了一生；比起下一代，也要幸运得多，那数以千万计的小弟弟、小妹妹，年仅10多岁便被中断了学业，遣送到边疆、农村去插队，很多时候连饭都吃不饱。我们这代人总算是上过大学，即使被“流放”也还有一份工资，生活没有被逼到最后的绝路，而且都报国心不死，形势稍一好转，就忙于各干各的事情，很少去说伤心往事。因此，在现在的各种文学与纪实作品里，右派文学有之，知青文学有之，唯缺写我们这一代。我们曾经历过的苦难，似乎被人们遗忘了。

其实，我们又如何能逃过极“左”横行的年代所酿造的悲剧？作为那个时代的过来人，在我们身上，从肉体到灵魂，也无不被极“左”深深地划伤。当时我是被发配到内蒙古的，比作者所在之地还要偏远。后来我进京在出版署工作，当时四川出版局的一位局长也是68届的，我和他谈及此事，他立即面容大变，不胜唏嘘，接着讲了一段往事。当年他们几个大学生被发配到阿坝草原，一天出去拾柴，大雾，走失一人，第二天再找，只见一堆骨头，已被狼吃掉。几乎我碰见的每个“同代人”都能讲出几个这样的故事。本书里的第二部分“雁门关外的岁月”，就直接描述了作者所经历的这段在今天看来十分光怪陆离的生活。读着这些文字，我感慨良多，很多经历何其相似！

作者的这种“拾遗补缺”，把我们这代人经历过的苦难，真实、生动地“复原”在大家的面前。

但我们这代人，又是始终保持着乐观、坚守着信念的一代。“文革”结束，我们这代人正值步入中年，一种紧迫感让我们来不及抚平身上的伤痛，来不及做更多的抱怨，就直接投身于改革大潮。就如作者在书里写的：

“了解中国国情，又饱尝生活的艰难，这使他们有别于手不能提、肩不能担的白面书生；12 年寒窗，又使他们有别于凭经验吃饭的‘大老粗’；‘文革’前后的亲身经历及其深刻对比，使他们清醒地思索着中国驶向现代化的曲折航程；兼收并蓄东西方文化的精髓，又优化了他们的知识结构。他们是既能动笔动口，又能动手，在理论上开拓着新的思路，同时又脚踏实地、坚忍不拔的一群。”

但是，我们这代人的命运还有非常悲壮的一面：长时期地超负荷运转，付出的代价是昂贵的。有一所大学的“死亡档案”里如此记载：1982—1998 年，56 岁以上的老年知识分子死亡 6 人，而 35—55 岁的中年知识分子却死亡 12 人，恰恰是两倍——这也是中国知识界那几年生存状态的一个缩影。

樊云芳也不幸没有能逃脱这个魔咒。在 47 岁那年，她罹患癌症——其时距她获得首届范长江新闻奖仅 10 个月。在她飞得最高的时刻，突然折断了翅膀。

当我夫妇闻讯赶到医院看望她时，她已经在接受化疗。头发脱落，面色苍黄，给我的强烈感觉是：风采不再。

回家的路上，我一直在为她惋惜，也为她担心，不知她能否承受住这个致命的打击？我还在猜测：当她得知自己患了癌症时想了些什么？她将如何面对今后的人生？

今天，这些问题有了答案：本书的第一部分，就记录了她在“穿越死亡地带”日子里的心路历程，还展示了生命重启之后“脱胎换骨”的新人生。

是的，我们这代人曾长期接受“阶级斗争”的熏陶，思维、行为也都曾以“革命化”为荣。记得当年樊云芳只要一写稿，就对丈夫、儿子不管不顾，走进她的家，那真叫“家徒四壁”——不是经济拮据，而是不能“玩物丧志”！

大病一场，死而复生，樊云芳铭心刻骨地体味了亲情与友情的可贵，体味了生命与生活的美好，重新审视人与人之间的关系，审视人生的真谛。于是，当她几年后复出“江湖”时，朋友们感觉她变了：不再像原先那样咄咄逼人，而是变得宽容、随和、淡泊了；更重要的是，现在的樊云芳，不仅仅是个记者，还是个善解人意的贤妻良母。

而这种人性的回归，也越来越多地出现在我们这代人身上。

了解历史，珍惜未来，愿今天的年轻读者能读懂这一代人！

2011年10月31日

Contents

目录

第一卷 “第二辈子”换了个活法

Contents

目录

第二卷　雁门关外的岁月

第一卷

“第二辈子”换了个活法

引　言

1992年11月中旬，光明日报一位副总编出差回到北京，急匆匆来到海军总医院，看望罹患了肠癌、明天即将被推进手术室的我。

他也是我的老同事、老朋友。谈话是推心置腹的。

“明天的手术，肯定是成功的，这一点不用担心。”他凝视着我的眼睛，直言不讳，“我担心的倒是手术以后。”

“手术以后？”

“我身边不乏这样的例子：不是倒在手术台上，而是倒在过不了‘落差’这一关。

“你想想，大病之后，你会有很长时间不能正常工作。从整天忙碌、好像哪儿都离不了你，到人去楼空、没有人再需要你；从风风光光，到无声无息；从事业的顶峰，突然跌入人生的最低谷——这落差有多大！

“假如你无法面对这巨大的落差，假如你不能及时调整好自己的心态，那么，今后的生活对你而言，将是一杯不堪承受的苦酒，这是很现实的。我有个朋友就是这样，整天郁郁闷闷，从此一蹶不振。”

临走前，他语重心长：“面对现实吧，怎样走好后面的路，全在你自己啊。”

他的话，每个字都像一记重锤，敲击在我的心上。当天晚上，我失眠了。

其实他担心的问题，也正是很多朋友所担心的：樊云芳太要强了，她能否承受住这个致命的打击？47 岁的她，将如何面对今后的人生？

说实话，就是我自己，当时也还没能想出个答案。

穿越死亡地带

当癌症突然“降临”、即将被推入手术室的那一刻，我羡慕所有能在街上漫步、能在公园里打太极拳、能在小餐馆里吃饭、能在商店里购物的男男女女。人们啊，当你们漫不经心地做着这些事的时候，你们有没有意识到，这是一种多么大的幸福和享受？好好珍惜吧，好好品尝吧，就现在，而不是等失去它们的时候！

面对死亡，我留恋眼前的
每一片落叶、每一丝清风

那个面对死亡、同时也面对新生的星期天，虽然已经过去了11年又7个月，但今天回忆起来，每一小时，每一个细节，仍历历在目，就如同发生在昨天——

北京。海军总医院大院内。寒风凛冽，落叶纷纷扬扬。丁炳昌牵着我的手，踏着飒飒作响的落叶，缓步而行。由于是星期天，院内人不多，我们绕着一幢幢建筑物，默默无言，走了一圈又一圈。这是1992年11月中旬的一天。

“回房吧，小心着凉。”丁炳昌温柔地劝我，但我执意要继续走下去。

纵然是共同生活了22年的丈夫丁炳昌，也难以体味到我此时此刻的心情和感受。是的，你还有无数个明天，可以随心所欲地散步、呼吸室外清新的空气，而我呢，明天就要被推进手术室——直肠癌全切除手术。去有时，“归”无期，谁也不能保证我还能活着走出这个医院。47岁——正当年富力强的年龄，但也许从此以后再不能睁开眼睛，再不能站起来，我怎能不深深留恋眼前的每一片落叶、每一丝清风！

从早晨起，我就在生丁炳昌的气，因为他坚决不让我利用这手术前的最后一天上街逛一逛。“万一感冒了，手术就得推迟，而现在最重要的就是抢时间。”他重复着医生的话。

不错，可是我多么渴望在动手术之前再过一过普通人的生活：我想再去理个发，即使要离开这个世界，我也要留下平昔满意的形象，有尊严地走；我想再逛一次大商场，在橱窗前悠悠闲闲地观赏那些美丽的商品，多年来繁忙的工作使我总是把这样的“闲情逸致”留给了“下一次”；我想到报社附近的陶然亭公园里那一株槐树下再坐一坐，那一片草地，那几株疏朗的灌木，那些欢欣雀跃、婉转啼鸣的鸟儿，曾多么地令我着迷；我也渴望随便进一家小餐馆，再品尝一次自己喜爱的鱼香肉丝，那股麻辣鲜美的香味，曾令我在异国他乡采访时魂牵梦萦……

所有这些，对他人是最简单、最平常不过的企求，但对我，都已经成了遥不可及的奢望。我羡慕所有此时此刻能在街上漫步、能在公园里打太极拳、能在小餐馆里吃饭、能在商店里购物的男男女女。人们啊，当你们漫不经心地做着这些事的时候，你们有没有意识到，这是一种多么大的幸福和享受？好好珍惜吧，好好品尝吧，就现在，而不是等失去它们的时候！

为什么偏偏是我得癌症？
——我问了自己一百遍

傍晚，护士为我灌了肠——因为明天的手术要求完全空腹。灌肠的药物让我感觉不适，不仅腹泻，且呕吐了数次。当晚，我感觉头晕，而且失眠了。

为什么我会得癌症？为什么偏偏是我？这个问题，我已经问过自己一百遍。在这黑幕沉沉、万籁俱寂的夜晚，在弥漫着来苏尔气息的病房里，我的思绪又一次牵向这个神秘的问号。

我素来很瘦，但体格强健，十年来没有报销过一分钱的医疗费；我精力充沛，做事走路快得像一阵风，看书写稿经常通宵达旦；我性格豁达，爱说爱笑，遇到一点新鲜的事就高兴得叫起来。“这家伙不知道发愁，能活到一百岁。”丁炳昌对此羡慕不已——像我这样一个人，怎么会得癌症？哪一条哪一款，符合医书上写的致癌原因？

于是我这样安慰自己：站在辩证法的角度，轮也该轮到我了。这么说吧，一个人不能把所有的好事都占尽了——健康、荣誉、家庭、事业，这些年来我运气实在太好，周围的同事中兢兢业业者为绝大多数，但能像我这般色色皆备的，不多。冥冥中有一杆秤：这头得到太多那头就会失去。我失去的是健康，很公平。

我记者生涯中的成名作是长篇通讯《追求》。当初，我到病房里采访那个已奄奄一息的癌症病人栾时，从他嘴里吐出的第一句话——那么微弱，那么绝望——让我的心不由得战栗：“一切都来不及了……”是的，他的满腹才华，他的全部理想，他毕生的奋斗，他生命中一切美好的东西，都被极“左”的幽灵残忍地摧毁了，此刻，生命之火即将熄灭，一切都来不及了。

与栾相比，我多么幸运！粉碎“四人帮”后的拨乱反正，使我得以从山西省一个边远地区的通讯员，一步登天进入《光明日报》的记者队伍。接下来的十年改革，是新中国历史上最辉煌的十年，也是中国新闻界和《光明日报》最辉煌的十年。汹涌澎湃的改革大潮，造就了一代名记者，作为其中的一个幸运儿，我做了许多想做的事，实现了许多愿望：天马行空的采访，一篇篇长通讯，出书，出国采访，获范长江奖，出席全国党代会……编委会甚至容忍了我的异想天开，特批我暂离记者岗位搞了两年科技开发。

中国有一句老话：“活着做遍，死了无怨。”如此看来，我应该很知足了，哪怕明天的手术台就是我生命的结束。可是，假如死亡就像进入睡眠，那自然好，可等待着我的是痛苦万分的手术和化疗，那就像是酷刑，也许生不如死——这不容你选择，你怕与不怕都得去面对，就如当年江姐被捕后就必定要面对牢狱和酷刑一样。

当然这两者还是有根本区别：江姐面对的是毫无人性的恶魔，而我身边全是亲人、朋友和医护人员；恶魔要摧残江姐的生命，亲友医生是要挽救我的生命。但痛苦毕竟是要我自己去承受，我不知道自己有没有足够的承受力。假如经受了无穷的痛苦还得去死，我怀疑这种承受值不值得。可生命对于我们每个人只有一次，我不是还有很多事想干吗？我不是还有很多责任——对家庭、对朋友、对读者、对社会——没有尽到吗？

生命是如此宝贵，只要有万分之一的希望都不能放弃。

而且谁说我只有万分之一的希望？中国一流的医疗条件，亲友和报社的至深关爱，医生说我的癌症并没有扩散，还有，我自信自己有乐观的天性和坚强的毅力——所有这些加起来，如果一万个癌症患者中只有一个人能穿越死亡地带，那就是我。

既然如此，吃什么苦都值得。冥冥中还应该有一杆秤：这一头吃多少苦，那一头就有多少回报……以前我总是难以想象江姐为何面对竹签子和火链能镇定自若，她毕竟也是血肉之躯啊！现在我想明白了：身处绝境无可逃避，又自信行为的正义——此境此刻，勇敢面对就是唯一的选择，也是唯一的武器了。

手术成功，我以为战胜了癌症，但想得太简单了

整个手术进行了六个多小时，但在我的意识中只有飘飘忽忽的一会儿。

我感觉自己失去了重量，飘浮在半空中，身边是游动的云彩，正在诧异自己怎么会有了鸟儿的功能，从远处传来游丝般缥缈的说话："血压正常……体温也正常……"唔，是他们要给我做手术，为什么还没有开始？

"醒了，醒了！"是欣喜的声音，"麻药恰到好处……"

我被推出手术室，第一个映入眼帘的是丁炳昌苍白的脸，白得就像蜡。

我记起来了，我跟他相约，只要活着出来，就会给他一个笑容。快笑呀，但脸部的肌肉怎么指挥不动？对了，书上说过，一个微笑要牵动脸部24块肌肉，不容易啊。

醒来后刀口的剧痛，是一分钟一分钟挨过来的，但我拒绝止痛药，因为那对康复不利。说来也怪，素来连打针也害怕的我，此时有了超常的耐痛力。我再一次感受到"勇敢面对"的巨大能量。假如你怯懦

和恐惧，痛苦会膨胀100倍，那你就只有卧伏在它的脚下等死了。

手术后第五天，我在丁炳昌和妹妹的搀扶下站了起来，并行走了五六步——虽然总行程只有一米多，但毕竟是用我自己的双脚走的呀。

医生在旁边含笑鼓励：很好，很好，这样就不会肠梗阻。

啊哈，原来癌症不过如此！我战胜它了！

但是，我想得太简单了。

看着窗外的枯枝在寒风中抖动，成了我每天面对的生活内容

半个月后，开始化疗。看我体质那么好，医生就按第一方案上了很猛烈的化疗药——阿霉素等，一小瓶红色的，一小瓶蓝色的。我的感觉就像一条毒蛇在我的血管里游动：从手背游动到肩膀，整条左臂胀痛且麻木了。输完液两个多小时，突然间一阵剧烈的恶心从胃部翻腾至喉咙口，来势之汹一时间连气也喘不上来，紧接着是喷发式的呕吐，一而再，再而三，迅速就接近休克。

这期间医生给了止吐药，打了止吐针，效果为零。最后院领导也来了，说：上枢复宁吧。枢复宁是一种进口药，国内还生产不了，190多元一粒，请示报社能不能用，答复是：有什么好药快用，请院方不惜代价抢救我们这位名记者。

从第二天起，不仅不能进食，而且闻到食物的气味就呕吐，甚至听到碗筷响也呕吐，以至于陪护我的丁炳昌和妹妹，只能躲到洗手间里吃饭。

化疗反应之剧烈出乎医生预料（因人而异），于是就改用较温和的“5FU”。

但从此，胃口是彻底破坏了，每餐都成了喝中药，苦不堪言。牙齿渐次全部松动，以致不敢咀嚼，加上持续的腹泻，白血球降到 3000 以下，体重降到了 90 斤。死神，在向我呼扇它黑色的翅膀。

一个半月后，刚完成了第二个化疗疗程的我，满头青丝脱落已尽，满脸枯黄和苍老取代了原先的精神奕奕。我弱不经风，最大的“成就”，就是在丁炳昌搀扶下绕着病床走两圈，剩下的时间，就是躺在病床上，看着窗外的枯枝在北国的寒风中抖动，偶尔有一两只鸟儿掠过枝头——这幅定格的画面，是我每天面对的生活内容，也是我唯一跟外面自然界的联系。

“什么时候，我们能离开这里，回到青山绿水的家乡？”呆呆地，望着窗外，我每天都在重复着这个问题。“快了，春暖花开时，我们就能回家。”丁炳昌每次都这样安慰我。

为了让这个“目标”显得真实可信，我们甚至把出院后要做的事列出了一个长长的单子：给老父亲祝八十大寿，携两个儿子到长江三峡旅游，回阔别了 17 年的山西浑源县走访老友……当然，还有写书。我们讨论得很热烈、很投入、很动情，单子的内容越来越丰富，但说着说着，我的眼泪会悄悄地夺眶而出，丁炳昌也会突然间黯然神伤：我俩谁都清楚，这张灿烂的单子在当时只是一张无法兑现的“百万英镑”。

亲情友情，驱逐孤独和黑暗，温暖着我的心

在与死神苦苦搏斗的日子里，除了那张“灿烂的单子”，报社的关爱、亲友与读者的亲情友情，是透入病室的阳光，它驱逐了孤独和黑暗，温暖着我和丁炳昌的心。

那是住进医院的第三天中午，我的两个妹妹突然出现在我的病床前，令我又惊又喜。原来她们是在接到丁炳昌电话的当天，分别从上海和苏州乘火车、站了近20小时赶过来的。如何安顿她们？我的一个朋友自告奋勇，腾出了一间住房，但离医院有一个多小时的路程，中间要转乘两辆公共汽车，搭八站路。此后，她们每天从那里做了饭送来，还要跟丁炳昌轮流守夜看护我。

半个月后，两人都感冒了，小妹妹更严重，咳嗽不止，发烧不退。但那种时候，一切以我为重，她们的病好像都不是病了，直至有一天我发现小妹妹在洗手间里大口咳血，才知道她的支气管扩张又犯了。我哭了，我发火，甚至以"绝食"来抗议，这才逼着她回了苏州。而这边，丁炳昌的妹妹和表姐立即从南通赶来"接班"。整整两个半月，在天寒地冻的北京，我的亲人一天24小时陪伺着我。我的这条命，是姐妹们给的，这就叫手足之情啊！

医生告之，很多癌症病人不是死于手术，而是死于化疗——白血球持续下降造成免疫功能极度低下，并发症丛生而死。于是我每天最大的任务，就是强迫自已吃饭，吃下一口是一口，吃下去就有生的希望，哪怕吃了就呕吐。

一天，在搜肠刮肚之后，突然想到了家乡的"咸火腿冬笋汤"。但在隆冬的北京到哪儿去找冬笋？那还是1992年啊。中央电视台的一个朋友闻讯，骑着自行车转遍了各大菜市场，仍空手而返。他老兄亲手腌制了一块咸肉，与罐头冬笋一起熬了一小锅，送到病房。打开包在锅上的棉袄，里面的汤还散发着热气，而这位朋友的嘴唇冻得青紫，还流着鼻清水。见状我流泪了。这一小锅汤在我身上产生的能量，不是能以卡路里来计算的。

在我们工作过的山西雁北，一位老领导坐火车给我送来了"补血的"

红枣和核桃，在我和丁炳昌开了十年“夫妻站”的武汉，同济医院闻讯专程送来了300个人造假肛用的肛袋，新闻界的朋友买了甲鱼、莲子，也派了个代表千里迢迢送到北京。

一天午觉醒来，我看见床前坐着个不认识的女士泪眼婆娑，吓了一跳。“你忘了，你采访过我……”想起来了，这是武汉的一位大学教授，她来北京开会，闻讯赶来医院，带来了一束特大、特鲜艳的红玫瑰。“请记住：在武汉有你很多朋友、很多读者，我们期待看到‘风采再现’的你！”她走后，我凝视着那束玫瑰，一种幸福的感觉溢满了心头。

还有一盆青翠欲滴的仙人掌，是报社的老花工送来的。“他们说你这里鲜花很多，不用了，可我还是……我知道你喜欢。”老花工跟我并不熟，怎么会知道我喜欢仙人掌？又这么大老远送来！临走，这个憨厚的人讷讷地说:“我没啥文化，但我，我喜欢看你的文章，真的。”出自老花工之口的这样一句平淡的表扬，竟然让我心潮彭湃、备感振奋，而这盆绿色长驻、生机盎然的仙人掌，也给病房增添了无穷的生命气息。

丁炳昌至今珍藏着一张名单：上面记着曾来海军总医院探视的200多位朋友和同人的名字。真不敢想象，如果没有他们的爱和实实在在的帮助，我和丁炳昌如何能熬过那生死未卜、度日如年的75个冬日。

1993年1月底，春节前夕，里三层、外三层穿成了一个大包裹的我，在丁炳昌搀扶下终于摇摇晃晃跨出病房的大楼，我贪婪地呼吸着已经久违的冰冷而清新的空气。报社派来的车把我们送到机场，我将回到老家上海继续化疗。当飞机腾空升起时，我的心在剧跳，在欢呼：终于回家了，终于回家了，终于回家了……

此时我才明白，只拥有事业而忽略了家庭的人是不完整的

现在回忆在苏州做化疗的八个月，犹如一场梦，又犹如一首诗。

那是一个噩梦，因为随着化疗疗程的持续，白血球降到了最低点——1900，不仅肠胃，全身功能都衰退了：血压低、血糖低、贫血，头痛头晕的日子十有八九，严重时就像躺在漂浮的小船上；颈椎病、腰椎病时有发作，一发作就连翻身都要丁炳昌帮忙；牙齿已松动到一触即掉的地步，吃任何东西都囫囵吞枣，而这又加剧了腹泻；胸闷气短、胸背疼痛也经常光顾——这是冠心病的初期征兆。

想想那个动手术前活蹦乱跳、神采飞扬的樊云芳，我常止不住伤心落泪。化疗药说穿了就是毒药，在杀死癌细胞的同时也在一步步吞噬我的生命。躺在漂浮的小船上，我一次次看到死神呼扇的翅膀。

但那又是一首优美的诗。只要身体稍好一点（一般在两个疗程的间歇期），我们就坚持散步。臂挽着臂，手牵着手，蹒跚地穿行于大街小巷。走不动了，就坐一段黄包车（这种老古董大约也只有苏州才见得到了）；饿了，就随便进一个小饭馆，吃碗面；看到了喜爱的小东西，就买几件，分送、分寄给亲友。

八个月，我们几乎游遍了苏州的大小园林，几乎逛遍了苏州的各式商场，也几乎看遍了所有正在放映的电视剧。活了半个世纪，我们从未如此从容悠闲，如此享受生活，我和丁炳昌之间，也从未如此情意绵绵、生死相依。

我也有了与父母、弟妹闲聊谈心的充足时间——这在过去是不可想象的。我是父母的骄傲，是弟妹的偶像，但也是一个抽象的符号，

而不是一个活生生的人。

1990年年初，几个弟妹携带儿女到武汉来过大年，住了有20多天，但跟我聊天超不过30分钟，因为我一直住在长江航运研究院采访三峡工程的论证过程。除夕夜，从长航回来，我立即被市公安局接去采访，年夜饭是跟公安战士一起吃的。大年初一至元宵节，赶写《三峡工程论证始末》，日以继夜地写了36000字（后来在《光明日报》发了两个整版，在《新世纪》发了全文）。正月十六，弟妹们要回上海了，我送他们到码头，说：“明年再来！”小妹赌气地说：“来干啥，来了也见不到你！”

而现在，我们促膝长谈。我听爸、妈唠叨做酱牛肉的技巧，也跟弟妹交流生儿育女的种种欢乐与烦恼，姐弟们之间，从未如此相知相亲、心心相印。

此刻，只有此刻，我才明白，只拥有事业而忽略了家庭的人是不完整的。亲情、友情，是生活的基石，是人性最光辉的一面。

一个问题尖锐地摆在了面前：
我还能不能当记者？

之后的三年，我被化疗药严重损害的身体一点一点地修复。但有些功能是无法复原的，譬如牙齿，虽然又长住了，但连菜梗都咬不断，只有稀饭豆腐常保平安，一出差，别人热情招待你，你却眼睁睁看着一桌美味佳肴无从下筷。还有腹泻，极顽固，偏偏又是人造肛门，稍不小心就会弄脏衣服被褥，故对出差就有一种畏惧感。一个问题尖锐地摆在了眼前：我还能不能当记者？

当记者，要深入现场，当记者，出差是家常便饭。病前，我一年有 3/4 的时间外出采访。但现在，我已不具备那样的条件。不深入采访就很难有精彩的报道，假如我重返岗位后报道的水平大失水准，还不如永远消失，让读者记住我最光彩的时刻。

但我现在刚 50 岁，难道就准备长期领着工资不写稿？是《光明日报》在我生命垂危时给了我最大的支撑，我就这样报答报社？也许这样做没人会非难我——毕竟是从鬼门关回来的人嘛，但我自己能安心吗？

说到底，还是个“名”字在作祟。名记者的光环就那么重要吗？不当名记者，当一个普通的记者又有何不好？最重要的是，我已从死神手里夺得了第二次生命，百倍地珍惜和享受这来之不易的每一天、每一小时，尽量用它再做一些自己喜欢的、有价值的事——这才是生命的真谛。

面对不幸与灾难，笑比哭好
——这是生活教会我们的

1996 年，“死而复生”的我重新回到了《光明日报》的记者队伍。“朋友们感觉到这位原先的‘女强人’已变了个样子，不再像过去那样争强好胜咄咄逼人，而是变得超然了、宽容了、随和了，也变得温柔了，尤其是对她的丈夫丁炳昌。”浙江记者站站长叶辉在一篇文章里这样描述。

是的，现在站在这里的是一个新生的我。这个我，对职称、职务、待遇之类的“身外之物”已经不大在乎，对待世俗的眼光，也尽可能淡然、释然、坦然、超然。

首先，我和丁炳昌来了个“交椅”轮流坐。生病前，我曾在湖北当过十年记者站站长，丁炳昌是妻子超高水平的“秘书”“助手”和“贤

内助”。而现在，丁炳昌成了（海南记者站）站长，我的地位“一落千丈”成了他的“站员”，同时还是相夫教子的贤妻良母，我很喜欢自己的新“角色”，一心想为他们父子营造一个温馨的家、宁静的港湾。

我的两位“公子”，在我病前对我这个“女强人”妈妈很不感冒。老大虽然一见我就低眉垂手，一副毕恭毕敬的样子，实际上母子间的单独谈话从未超过三分钟——做儿子的决心缄口无言，我这个老娘又如何能把“独角戏”唱下去？那个小的更好，一见到我的影子就一溜烟钻进自己房内，倒像是见到了“狼外婆”！可现在，很令我扬扬得意的是，我已经成了两个儿子的好朋友。

1996年初夏，即将步入高三年级的小儿子成绩单上一片“红灯”，令丁炳昌和我心碎。我权衡再三，推迟了已经列好提纲的两本书稿，转过头来全身心地帮助儿子。从每天的饮食起居到细微的思想工作，从聘请辅导老师到安排每周的复习计划，简直巨细无遗。一年又两个月后，小儿子以较理想的成绩考入了武汉大学，攀上了他人生道路上第一个关键的“高度”。

大儿子本来已接到了美国某大学的入学通知，是我突然得病使他放弃了出国深造的机会。那天从手术室里推出来，迷迷糊糊中我看到他守在病房门口无声地哭泣，我的心震颤着。“对不起，儿子，实在对不起——”我想说，但嘴唇翕动着就是发不出声来。现在，他已经成家立业，妈妈也成了他最亲密的“顾问”。“妈妈，你现在有空吗？”每逢接到他这样的电话，我就是再忙，也会立即放下手头的事。他在海南时曾经营一个棕榈园，我就时时处处留心收集棕榈资料，母子俩一谈开棕榈，就必定是口若悬河，每每要等丁炳昌一声断喝才会住嘴。我还常到他的苗圃去，观察种子不停地育成苗，苗一天天长大，真是妙不可言，其乐无穷。每年春节前后，丁炳昌和我都会细心地列出一张名单，按照名单我们发出一封又一封信件，接到信的朋友——他们极大多数已经离退休——都很开心。有一封回信这样说：“我把这封长信从头到尾看了四五遍，一面看一面开怀大笑……我知道你们写这封信就是为了让我高兴（注：一年前她的丈夫因病去世），谢谢你们还没有忘记我。”是的，我现在不仅更爱自己的亲人，也比以往更乐于向每一个遇到困难的朋友伸出友爱之手，哪怕只是写一封信、寄一张生日卡表达真诚的问候。

但我还没有修炼到可以超凡脱俗。1997 年春天，我代替“丁站长”去参加省里的农村工作会议，与会者有百人之多，到县里参观时，带“长”的都安排两人住一间客房，而我这个年过半百的资深记者，却被临时“塞”进一间已被两个年轻“长”占据的房里睡“加床”。一丝尴尬，一丝不快，一丝受轻视的感觉使我简直想离会而去。但转眼间又释然了：“值得吗？为这点事！”回来后，我采写的一篇通讯登了头版头条。丁炳昌翻开报纸笑眯眯地说：“水平高低在其次，心境平和、大度了，我佩服。”我还给他一个：“呸！”

每年 11 月 17 日——动手术的日子，我们都会“验收”那张“灿烂的单子”，已经兑现了的事，钩了去——那是生活的馈赠；还没来得及做的，要抓紧做，因为谁也不能预测生命何时会离我们而去。但不管遇到多大的不幸，不管处于何种逆境，都要勇敢地面对，笑比哭好——这是生活教会我们的。

下辈子我还嫁给你

的确，我此生最大的“福分”，是在人海茫茫中遇到了丁炳昌，并与他结成了终身伴侣。是他，教会我太多太多，是他，改变了我的整个人生。

2006年5月，复旦大学哲学系“杰出系友论坛”第二讲，演讲者是闾丘露薇与我，题目是“哲学学子的记者生涯”。演讲后是回答问题，丁炳昌就坐在我旁边，不料他突然“跳”出来抢答：“刚才，樊说她的稿子不许修改，你们不要相信，其实她每篇都经过我修改……”全场哄堂大笑。

闾丘露薇拿过话筒说：“我特别羡慕樊老师，因为她的每一个故事里都有旁边那个人(指丁炳昌)的身影，多么幸福啊！”也是全场大笑。

有个学生“毛毛兔子”网上留言：“唉，那场报告我听得特别认真！！！尤其是开头部分，听得我眼睛都湿润了……不过我还特别羡慕他们夫妻俩的感情，听她描述的，感觉可真温馨浪漫呢……呵呵。”

的确，我此生最大的“福分”，是在人海茫茫中遇到了丁炳昌，并与他结成了终身伴侣。是他，教会我太多太多，是他，改变了我的整个人生。

一个农家子弟不经意
进入了我的视线

我在大学里，是哲学系“一支笔、一张嘴的标本”，对于一般的男生是绝对看不上的。因此，当穿着一身农村家织土布衣衫的丁炳昌，静悄悄地出现在我们班上时，丝毫没有引起我的注意，甚至很久都没有跟他讲过一句话。他是“留级”留下来的——得了伤寒症休学两年。他是那么沉默寡言，那么毫不起眼，却又那么高傲，对班上的几个女生看都不看一眼。

但发生了一件事，彻底改变了我对他的态度。

炎热的天气，沉闷的会场。那是1964年盛夏，上海市宝山县杨行公社一个简陋的大礼堂里，密密麻麻坐着200多名“四清工作队员”——复旦大学哲学系的师生员工。杨行公社为期半年的“四清运动”业已取得了“伟大胜利”，圆满的“句号”就是今天的总结大会。先后有5名事先指定的“模范四清队员”上台介绍了心得体会，可这些“百里挑一”并经过精心准备的发言，显然没有取得系领导希望的效果，所以系党总支书记看看手表又来了个“狗尾续貂”：“唔，时间还早嘛，看还有哪位也想上来说说？”

静场。这是理所当然的。明明是一场事先“导演”好的戏，“观众演员”们只求快点儿落下帷幕好回家，谁还会节外生枝去出那个风头？偏偏有一个声音在静场中响起：“我来讲几句。”来自后排，很沉静的，很悠闲的，绝无前几位的慷慨激昂，倒有几分在小沙龙上即兴发言的味道。

在全场无不惊异的目光中，一个面目清秀、身材瘦长而挺拔的学生不慌不忙地走上了台，这就是那位乡下哥儿丁炳昌。他手中没有一个字的讲稿，在话筒前一站就开始娓娓而谈，声音平和语调流畅，犹如在做内心的独白，讲话中既有生动的事例，又有严肃的思考，还有耐人寻思的提问，与会者的情绪很快被调动起来，一会儿一个个捧腹大笑，一会儿又全场鸦雀无声。时间在不知不觉中流走了近一小时，等他“谢幕”走下讲台时，热烈的掌声响彻礼堂。

从此，这个农家子弟便进入了我的视线，我关注的目光经常悄悄地追踪着他的身影——清瘦、颀长、温文尔雅。到他寝室，常见他坐在公用的桌子旁看书，房间里再喧闹也不会影响到他，沉静自若的气质仿佛与生俱来。有一次，我在楼下的篮球场上看到他，他打得不算好，但无论是得分或者失误，总是那么淡然一笑，从他清秀的脸上，闪现出一种智慧、理智、宁静的光辉。

“战火”中的棋盘让两颗年轻的心“触电”

真正让我们心灵“触电”是在“文化大革命”中。

1967年岁末，我们俩不约而同地参加了革命大串联并聚在了武汉，武汉正在“围剿”保皇派组织“百万雄师”，到处批斗声震耳欲聋。后来有十几个来自上海高校的大学生，一起结伴沿江而上，其中就有丁炳昌和我。

轮船将抵达四川省万县港时，突然枪声大作，密集的子弹呼啸着朝我们飞过来，吓得全体乘客均趴倒在船板上瑟瑟发抖——原来万县的两派都误把我们当成了“对立面”，高喊着“誓死保卫毛主席”欲将我们一举歼灭。等搞清楚“大家都是革命派”时岸上终于停了火，船长断定再往上游走将更加危险，就坚决地将船靠了岸。我们这些刚从船板上爬起来、惊魂未定的大学生也就跟着大家上了岸。好在有毛主席的最高指示“革命大串联好”做“护身符”，我们顺利地在万县武装部安居下来——进入了解放军的大本营，料一切妖魔鬼怪都拿我们无奈何了吧？

始料未及的是，这一“安居”竟长达半个多月，说通俗点儿，我们是“沦陷”在万县动不了了：万县的两派正“为了保卫毛主席”火拼得你死我活，水陆交通已全部瘫痪。

我和丁炳昌都是“文斗”派，自然远离“战场”，闲得无聊就在住地下起了象棋。这一天我俩一口气杀了17盘，连耍赖、带悔棋我“赢”了11盘，简直得意忘形，而丁炳昌却始终面带沉静的微笑，对输赢完全置之度外，每下完一盘就用手轻轻撩拨一下垂下来的头发。他的雍容大度，他的沉静优雅，他清秀的面容都使我着迷，我忍不住伸手抚弄了一下他的头发，一瞬间，我们的视线连接在一起，而一辈子的人生路，也就此交织在一起。

好几年之后，我问丁炳昌：要是没有万县那“战火”中的棋盘，我们会不会成一对情侣？他想了一想：“很难说。”“那么，是老天爷故意在成全我们啰？”他轻柔地、神秘地一笑：“缘分吧。”

我又问他，那次在杨行公社是什么念头促使他走上讲台的？一丝不屑浮现在他的嘴角：“当时我听得实在难受，一个个把自己骂成臭狗屎，仿佛越臭越革命。假如知识分子真的那样毫无‘知识’，农民真的那么进步高明，还有必要办什么大学吗？”

关键时刻，丁炳昌
显示出“骑士风度”

不幸被言中，中国所有的大学无一幸免地在两年后的“文化大革命”中被“砸烂”，被勒令“停办”，半数以上的大学生被送到边疆、农村和部队农场接受工农兵“再教育”，我这个复旦大学哲学系“一支笔一张嘴的标本、修正主义苗子、资产阶级反动路线的爪牙”（毕业鉴定上的“评语”）自然难逃厄运，而丁炳昌，也就在这个关键时刻再一次闪现出男子汉气质的“光辉”。

那天，在校园一个僻静的树林子里，我哭得像个泪人儿，在小组会上拒绝签字的那股子傲气一见了丁炳昌顿时宣泄得干干净净，一下子露出了“庐山真面目”。想到背了这副沉重的“十字架”（毕业鉴定）我将一辈子抬不起头来，想到自己将被“发配”到雁北那种“一座孤城万仞山”的不毛之地，从此跟丁炳昌孤雁分飞永难相聚，我直哭得山崩地裂，泪水喷涌如尼加拉瓜大瀑布。

已沉默许久的丁炳昌替我擦干了眼泪，用他那一如既往的沉静的声音慢悠悠地说：“那份鉴定，不用当回事，历史是自己写的，人生最后的鉴定，是他对社会的贡献。”

他抚摩着我的头发，沉思的眼睛里闪现着忧郁：“我打算跟你一起去雁北，世道险恶，又是去那种地方，你一个人去，我不放心。”

我想我的眼睛不可能比那会儿睁得更圆了，我怀疑自己听错了：按照他的条件有可能留在上海，这在当时是多么稀有的机会！他得过伤寒症，体弱多病，我又如何忍心让他为我“陪绑”？

他用两个手指按在我的嘴唇上，阻止我争辩，事情就这么决定了。

就在这一刻，我看到了丁炳昌身上儒雅气质的另一面：骑士风度，坚定、侠骨和大无畏。我清楚自己得到了一个什么样的丈夫——像这样坚实可靠的肩膀不是每个女人都能找到的。

一列火车把丁炳昌和我从东海之滨的上海拉到了河北省的滹沱河畔，在这里的军农场里我们先种了两年水稻——这是山西省革命委员会对我们这批“臭老九”的“厚爱”：让我们的灵魂和肉体都能在解放军这个革命大熔炉得到“千锤百炼”。虽然丁炳昌和我都戴上了“五好战士”的光环，但每次见面，丁炳昌的脸色越来越苍白，眼睛里的忧郁越来越浓重。

“我真怀疑我们今天所做的一切，到底经不经得起历史的考验？”一次见面，我俩坐在田埂上，望着庄稼收割后空旷落寞的田野，丁炳昌突然提出了埋在心底里的疑问：超强度的体力劳动，无休止的“狠斗私心一闪念”，逼着大家不停地相互“告密”，无数次三更半夜传达“最高指示”，弄得就像当年鬼子进村，全村百姓鸡飞狗跳……这是毛主席的革命路线吗？这样的日子还要熬多久？

不久，听说他们男生八连出了“大事”，我顿时眼前发黑、心跳得快蹦出喉咙：莫不是有人告发了丁炳昌的“反动思想”，他被“专政”了、被批斗了？我直觉得两腿发软，几乎要站立不住……不料事情恰恰相反：是他与其他几个同学，联名向团部、师部写信，揭发连队事务长贪污粮食、私自运回老家的事，经查实，连队指导员和事务长都受了处分。

再见面时，我久久地凝视着他清癯的脸庞，凝视着他深褐色的清澈的双眼，舍不得移开目光。“怎么，不认识我了？”丁炳昌戏谑地问。是的，我的爱人！我不知道你睿智、缜密的头脑里还藏着多少我不了解的秘密？我不知道你如此单薄的身躯里哪来这么大的勇气和胆略？

快过大年了，我们挑个星期天，双双请假来到石家庄，在石家庄火车站，我俩并排坐在站台边冰凉的水泥地上，默默地目送那一列列南下的火车呼啸着开出站台。朔风凛冽，满目凄凉，丁炳昌的眼睛里储满了忧伤，他像问自己，也像问苍天：“什么时候，我们也能坐上火车回家？”我握紧他的手，无言。

火车是坐上了，可不是南下而是北上的：把丁炳昌和我送到当初杨家将打仗的古战场——山西雁北。那是1970年年初。

列车奔驰在太原——大同的路上，窗外的景色荒凉到令人心颤。一下午丁炳昌都望着车窗外发呆。黑夜降临，昏暗的车厢有节奏地摇晃，我正迷迷糊糊打着瞌睡，丁炳昌的耳语如炸雷把我惊醒：“到了这种不毛之地，我的身体不知能坚持几年？要是我不在了，你呀，一定要改改你的任性……”我万没想到丁炳昌这样坚强的男人会说出如此伤感的话，望着他瘦骨嶙峋的侧影，我泪流满面，心痛到说不出一个字来。

“我觉得你呀，心志太高，不甘于平凡。我喜欢你的是这一点，害怕的也是这一点。”丁炳昌平静的声音继续在我耳边流淌，声音里蕴含着无限温柔、无限深情，“假如碰到好人和机遇，我相信你会做出一番事业，反过来，依你的脾气，会被打入十八层地狱。万一我不能陪伴你了，你呀你，一定要好自为之。”他伸出胳膊紧紧搂住了我，用他温暖的手掌抹去我的眼泪，把我的脑袋靠在他的肩膀上。我们就这样相拥着，默默无言地一直坐到大同。

丁炳昌的“冷面幽默”是
生活中的“多瑙河之波”

万没想到的是，就在这块荒漠严寒的土地上，我们的命运发生了转折。

丁炳昌被分配在县委通讯组，我到了县文化馆。

丁炳昌第一篇打响的稿件是《河泥是怎样挖出来的》，我一看题目就反胃：什么呀，挖河泥还值得做篇文章？但刚看了个开头就被吸引住：文章娓娓道出一个看似平实的故事，字里行间却演绎了一个很深的哲理：做什么事都不要“想当然”在前，行与不行，要试了才知道。我佩服得五体投地。果然，稿件很快被《雁北报》采用，而且从大同传来了编辑部主任王生明很高的评价：“写得太精彩了，我一个字未改，一个字也没法改。”

文如其人。丁炳昌的文章看似平实、平淡、平凡，但只要读下去，就有一种轻松舒展的节奏、一种朴素的美感、一种内在的逻辑，一种富有深意的哲理，把你紧紧抓住。就像一枚青橄榄，越嚼越有味。

就这样，一篇篇充满激情的报道从我们这两个“编外记者”的笔下流淌出来，并频频在省、地报刊上亮相。这里面有两个“核心机密”对外是从来秘而不宣的：其一是报道题材，主要选择“生产斗争”，“阶级斗争”只是穿靴戴帽，而令人无比欣慰的是，此种经过巧妙“伪装”“唯生产力论”的报道在各级报刊总能遇到“知音”，虽然我们与那些编辑从未谋面，却似乎相识已久，“心有灵犀一点通”，配合得颇为默契；其二是对于报道的作者究竟是谁，我俩讳莫如深，反正见报时只需署“浑源县通讯组”（那年代仇视成名成家，报道不允许个人署名）。公平地说，那段时间的报道主要由丁炳昌执笔，思辨、哲理和严谨是他的特点，草稿出来后我再做文字上的润色，因为描绘和抒情又是我的特长；也就是说，他是主角，我为配角，他做大师傅，我当小帮手。一些好奇的朋友也曾经想套取“情报”：“快老实交代，究竟是谁的杰作？”每逢此时，丁炳昌就两眼朝我一翻，悠闲地调侃：“当然是她，人家水平比我高嘛。”而我就哈哈一笑，心安理得地“浑水摸鱼”。

这种对我来说“大树下面好乘凉”的美妙岁月不知不觉过了六年，除了新闻写作上的“启蒙”，丁炳昌在生活中的“冷面幽默”尤其令我大开眼界，这在物质极为贫乏的当时是我们生活中的“多瑙河之波”。记得去浑源的第二年，我怀孕了，整整半年没吃到一片绿菜叶，快想疯了，再吃不上一口好像都活不下去了。一个星期天，我俩口袋里揣了10元上街买菜，临出门时赌咒发誓买不到新鲜蔬菜不回家。但小两口顶着零下十几摄氏度的严寒，跑遍了整座县城把眼睛瞪得车轮大，就是找不到一叶绿色蔬菜。沮丧到极点的我一屁股坐到了路边，泪水开始涌上眼眶。丁炳昌一看大事不好，就蹲到我旁边自言自语地说：“一斤猪油年糕，两盒巧克力，或者半个火腿……”“你在说什么？”我好奇地问。“我在算，今天省下这10元，往后回上海时可以买这么多好东西，值！”说得我“噗”的一声破涕为笑。

借助丈夫之力“灰姑娘”跳上了“金马车”

1975年年底，《山西日报》的一位副总编光临浑源县，专程来调我们小两口，结果很有趣：双双到了大同。丁炳昌成了《山西日报》驻雁北记者，我被“扣留”在雁北地委通讯组，“琴瑟相和”的好日子得以又延续了一年。但他终究还是被调回了报社理论部，小两口不得不一南（太原）一北（大同）过起了分居生活，“琴瑟相和”也演变成了“独奏对抗赛”。

从此他专心搞理论，凭着他的哲学功底，写杂文、写评论，很快成了报社理论部的骨干，而不甘寂寞的我呢，也发挥自己的优势，与人合作采写了一本文学色彩很浓的人物传记：《抗日民族女英雄李林》。

1978 年 9 月，我带着自己即将出版的的书稿来到太原，准备“觐见”《光明日报》副总编师海云——它将决定我这个“灰姑娘”能否“一步登天”坐进王子的“金马车”，从而彻底改变此生的命运。

看来看去，总觉得自己的新闻稿太少，分量不够。那可是《光明日报》啊——它在我心目中就跟天上的月亮那样高不可攀。正当我抓耳挠腮、急得像热锅上的蚂蚁时，丁炳昌从编辑部回来了，手里拿着一厚摞装订得整整齐齐的剪报资料。“哼，临上花轿才穿耳朵？看这个吧。”我一看，正是我俩在地、县时“合写”的见报文章。“可那多半是你……”“得了，谁跟你来抢什么署名权！就说都是你执笔的好了，真是个蠢东西！”我咯咯咯笑了，搂住他的腰转了好几圈。

丈夫被妻子“名”记者
的“光环”掩盖了十年

经过短期分居再度合作，我和丁炳昌的地位开始发生微妙的变化。这里面不能不承认“舞台”的重要性：《光明日报》的“舞台”面向全国，而《山西日报》的“舞台”只面向山西，它们的影响力是不能同日而语的；更何况当时《光明日报》刚发表了《实践是检验真理的唯一标准》，其声望和地位扶摇直上如日中天，我能在此时此刻踏进《光明日报》的记者队伍，真乃“生逢其时”！而后是新中国历史上也是中国新闻史上最辉煌的十年，新闻改革以从未有过的力度和深度向前推进，我又恰恰遇上了几任富有远见卓识的《光明日报》总编辑和记者部主任。想想，成功的要素几乎色色俱全，我又岂肯放过这千载难逢的机会？要知道，从大学时代萌生“记者梦”到领到一张货真价实的“记者证”，我整整经历了 13 个春秋；要知道，我那一年刚满 32 岁，精力、激情、勇气和创造欲都处于巅峰时期。

我的探索和追求就像攀越华山，上了一个台阶又一个台阶：我尝试用散文的笔法写新闻稿，让读者在优美流畅的文字中了解新闻；我把电影蒙太奇的手法移植到新闻中，给读者以一个个组接的“画面”，也给读者以悬念和想象的空间；在人物报道中我写人物的优点，也写缺点，尽量奉献给读者一个个较有立体感的“凡人”，而不是“高大全”的“圣人”；我学习用精练的笔墨勾勒现场感，让读者“如闻其声，如临其境”……

“我追求在新闻作品中能奉献给读者那么一点点只属于我的独特的感受、独特的文采、独特的构思、独特的新意，并渴望这一点点独特之处能为我的读者所理解、所品味、所认可、所喜爱。”——我在自己的新闻作品选《我就是我》“自序”中，向读者倾诉了自己的心声。而读者也以真诚与热情“回报”我：有那么几年，我多数文章的发表，都引起了关注，少则收到十几封，多则收到几十上百封读者来信。

但与此同时，丁炳昌却越来越承受着疾病的折磨——在浑源县落下的萎缩性胃炎加重了原先就有的神经衰弱，他渐渐变得羸弱多病，骨瘦如柴，一肩承担写作、一肩承担整个家庭的压力，对他显然成了力不从心的苦酒。可粗心的我却对此视而不见、听而不闻，一篇接一篇的稿件，而且要一篇比一篇写得精彩——这是我唯一醉心的事。那年冬天丁炳昌已严重失眠，可我采写知识分子典型栾弗每天深夜才归，他每晚做好饭菜倚门而望，进而每夜骑自行车来接我，再后来干脆自己也加入了进来。

这篇 14000 多字的长篇通讯《追求》采写时间长达 3 个多月，四易其稿，稿件于《光明日报》和《山西日报》头版同天发表后，在全国知识界激起了强烈反响，1200 多封读者来信从全国各地飞到《光明日报》编辑部，我在一夜之间成了“名”记者。

“看来你今后要爬到我头上了，这种‘前景’真让我‘不寒而栗’呀。”那天丁炳昌翻阅着一摞摞读者来信突然冒出这么一句。对这种调侃我早已习惯了，照例报之以“嘻嘻嘻”的傻笑，不料这个不经心的“玩笑”后来竟变成了“现实”——丁炳昌的智慧、能力和工作业绩被我那“名”记者的“光环”掩盖了整整十年。特别是当他随着我一起调到《光明日报》湖北记者站之后，我当站长，他为副站长，这位豁达、体贴、才华横溢的丈夫和当年的“启蒙老师”，就正儿八经成了妻子超高水平的“秘书”“助手”和“贤内助”。

记者站经常熙熙攘攘，来访者川流不息。但凡我写稿时间，只要有人敲门，他就赶紧迎出去，把来访者领到外边一个小客厅交谈。他把喧闹和繁杂留给自己，把安宁和专一让给了我。

有时我写不下去了，气恼地摔掉了笔，撕碎了稿纸。他替我捡起笔，铺上新的稿纸，然后静静地坐到我面前，戏谑地问：“怎么，思路不通？要不要我这位高手来指点迷津？”

有时又相反，我得意扬扬，自以为文思敏捷，写出了佳作，他却一桶凉水兜头泼来：“算了吧，辞藻华丽而已！”

稿子出来了，“哎呀，我累死了，帮我抄一下好吗？”我央求。“哼，又是鬼画符！”他照例要皱着眉头，嘀咕几句，但只要他肯接过稿纸，我便心花怒放了，因为我知道“鬼画符”将会变成眉清目秀的“俊男俊女”，给编辑一个良好的第一印象。

作为报社的“机动记者”，我是“满天飞”的，哪里有重要报道，记者部一个电话，我提起行李就走，一年中倒有多半年留下丁炳昌独自守着记者站，也独自支撑着我们这个上有老、下有小的家。“有女莫嫁记者郎，一年四季守空房，偶然一天回家转，扔下一堆脏衣裳。”

但在我们家，情况正好倒过来了。

对于家里的这种“角色置换”，特别是每次出差回来看到丁炳昌颧骨高耸、瘦削得可怕的脸，我也多次内心掀起巨大的波澜，并信誓旦旦“下不为例”“从此形影不离”云云，可惜北京的电话一来，这些美丽的“誓言”和“许愿”就像见了阳光的雪山一样即刻崩塌，我又忙不迭地收拾行装。

“哼，笨手笨脚的，看着都叫我生气，起开，让我来！”听了这话我就像得了大赦令，冷不防扑过去给了他一个吻，可惜只得到他的一声“呸！”

在别人看来，那十年里我是春风得意得不得了，《追求》《飞天凌空》……全国好新闻奖一篇接一篇，全国三八红旗手、全国优秀新闻工作者、全国党代表……荣誉一个接着一个。但只有丁炳昌才知道我为之付出了什么样的代价：

为采写长篇通讯《一个能打开局面的企业领导人》，我早出晚归，在山西焦化厂一待就是一整天，厂在太原郊外，还在建设中，院墙角落里砌起一人高的砖墙，里面挖个洞，就算是“厕所”了。寒冬腊月，头顶上寒风呼啸，地下又脏得伸不下脚去，我硬是憋一天不上厕所。几天下来，尿血了，把丁炳昌吓得脸色发绿差点儿没晕过去，但翌日一早，我又跟着厂长白凯下煤矿了，丁炳昌拿着药追到楼下，我们的车正在开出院门，他紧追几步没追上，心疼与自责得站在那里半天说不出话。

1991 年春节，从大年初一到元宵节，我关门写作《三峡工程论证始末》，整整半个月，每天 3000 字雷打不动，写到后来，一点儿胃口也没有了，饭菜端进去，又原封不动端出来，我的老爸老妈、丁炳昌以及两个儿子，在家走路都踮着脚尖像当小偷，看电视掐去声音只看画面，生怕扰乱了我的思路……

丁炳昌从来认为我的智商比他低得多，我之所以有所成功不是因为聪明，而是凭着一种“武士道”精神，不达目的誓不休。“别人用三分力气能做成的事，你要用十分，你呀你，笨死了！”丁炳昌经常这样说我。正因为如此，他对我每一个小小的成功都无比珍惜，对我也倍加怜爱、体贴入微。而我也就越发地依赖于他，也越发地任性、我行我素，忘记了他作为一个丈夫和男人应有的尊严和“光辉”。

家庭矛盾初露“端倪”
可惜粗心的我没意识到

采写《一个工程师出走的反思》使“矛盾”初露“端倪”。那次我们是找到当时的湖南记者站站长张祖璜一起合作。这个张祖璜也是地方记者中的“名角”，年年出好稿，年年得奖受表扬，外号为“红旗站长”。

思路确定后，我先写了一稿、二稿，那两位嫌我的文章啰唆，批得狗屎不如，第三稿我交了“权”，由他们去执笔，完稿后我边看边笑：“两个鬼家伙，是有点儿水平！”

“到今天才知道？”丁炳昌问。

“我以前迷信你，现在才知道丁炳昌可以做你的老师！”张祖璜也乘虚而入。

稿子刊出，好评如潮，报社收到1600多封信。这篇“中性报道”在新闻界引起强烈反响，评论文章一篇接一篇，我又趁热打铁在《新闻三昧》《中国记者》《新闻战线》等刊物发表了几篇探讨性的理论文章，从此“中性报道”作为一种全新的新闻形式得到新闻界的广泛认同，《反思》也成了“中性报道”的代表作之一。

但“出名”的是我，丁、张两位的功劳被我的“光环”遮盖住了。那次开全国记者会，总编辑杜导正谈到《反思》津津乐道，左一个“小樊”，右一个“小樊”，明明是三个人共同署名，明明姓丁的和姓张的就坐在他跟前，他却“目中无人”视而不见，从头至尾连一个字都未提及他们俩。

走出会场，丁炳昌叹息：“唉，唉，跟你这个蠢东西在一起永无出头之日。”

我两眼一转，差点儿没忍住笑：原来这个从来淡泊名利、心静如水的丁炳昌，也会有感到不平衡的时候！我决定逗他一下：“这样吧，我现在就去找老杜，要他在下午的会上，补给你们一个表扬。”说着，装出返身的样子。

这个傻瓜果然上当了，一把拽住我：“你少来这一套，谁稀罕那表扬！”嘻嘻！我笑得前仰后合，可这一次姓丁的可没有跟着我一起嬉皮笑脸，而是正色道：“算了，以后我们各干各的，我不来沾你的光，你也少拉扯我。”

当然，说是这么说，过后一切都照常。小事一桩，我根本没把它放心上。

过了若干年我才意识到：假如我当时能认真看待这件“小事”，假如我能站在丁炳昌的角度设身处地想一想，假如我能对自己的言语行为做个像样的“反思”，假如……那么，我们夫妻间的关系可以在当时就得到及时调整，我对自己的人生目标和发展“战略”也会做出合理得多的选择，我们的小家庭将更加和谐美满、长治久安，而家庭中的每个成员也将各自得到应有的健康发展。可惜当局者迷，正处于“大红大紫”中的我，已习惯于以自我为中心，完全忽略了我的家人、特别是丁炳昌的处境和感受。正是这些至亲至爱者无私的爱和奉献，为我这个“蠢东西”的成功营造了稳定可靠的大本营，使我得以在大树下面好乘凉，但我却本末倒置，还以为是我这个“名记者”给全家带来了光荣。

这使我的亲人们，包括我自己都付出了巨大的代价。

1989 年，“夫妻记者站”解体，“蠢东西”离开记者队伍“下海”搞科技开发，丁炳昌竭尽全力劝阻而未能奏效。虽然这样做经过了报社编委会的特许，虽然我的组织关系并未离开报社、我也依然为报社写稿，但整年在外，撇下他一个病人形单影只，瘦弱不堪的肩膀挑着两副力不从心的重担，他的病情迅速加重，连续住了两次医院。“我这辈子犯的一个最大的错误，就是放樊云芳‘下’了‘海’，真是一失足成千古恨！”丁炳昌不止一次对朋友们这样说。

1991 年秋天，当时的报社总编辑张常海来海南开会，顺便看了一下我在海南的科技开发公司。“不错，还搞出一些名堂了嘛！”话锋一转，老张直话直说，“小樊啊，回报社吧，回来搞报社的公司，如何？”后来，话题转到了海南的冬天花香鸟语、温暖如春，而海南记者站正好没人，虚位以待，老张同意我的想法：“让老丁到海南来当站长吧，这里的气候对他身体会有好处。”

一星期后，老张亲自从北京打来长途电话：“我在一次会上遇见穆青了，穆青说，快叫樊云芳回来，马上要评首届范长江新闻奖了。你们《光明日报》，也就樊云芳有希望。”

该年年底，“蠢东西”如愿以偿地登上了首届范长江新闻奖的领奖台，从自己敬仰的新闻界老前辈穆青手中接过了中国新闻界最高奖项的奖杯；翌年 2 月，任《光明日报》总经理室总经理；8 月，作为有特殊贡献的中青年知识分子，获国务院特殊津贴……真是“喜报”频传。

但同时，我的家庭却面临着深刻的危机：丁炳昌不仅病魔缠身、形销骨立，又得了忧郁症，整天郁郁寡欢，虽然在外人面前我俩亲密依旧，但独自相对时已感到缺乏共同语言。他对我的任性和无休止的“追求”感到厌倦，我在潜意识里也产生了对他的不满：怎么一天到晚像只无精打采的“煨灶猫”？当年那个英姿勃勃、才华横溢、敢作敢为的丁炳昌哪儿去了？

远道而来的老朋友王生明在我家住了几天后看出了苗头，临走前特意跟我单独谈了一次，口气温和，语重心长：“云芳啊，放慢点儿节奏，弦绷得太紧了要断的！我承认，你有才华，你努力，你是个‘福将’，但依我观察，你的‘福气’就来自你的老丁。这些年老丁处处护着你，让着你，成就你，你要好好待他，尊重他，珍惜他，好吗？”我点头称是，心里也不无触动，但实际当时并没有完全听懂，一直到很多年以后，才真正领略了这些话的深刻含义。

“灭顶之灾”从天而降，
我看到了那个“久违”的他

上苍在冥冥之中又一次做出了“出奇”的安排：它安排了一场突如其来的“灭顶之灾”，由此又一次造成丁炳昌和我的“角色置换”，并从根本上改变了全家的生活。

该年 11 月初，以“精力充沛不知疲倦”著称的我，突然一天中连续四次便后大出血，深夜用救护车抢送医院，结论十分钟就出来了：直肠癌后期。

一开始我对这个结论置之一笑，因为我根本不相信。两天后医生拿出了切片结果，面对化验单，我的第一个意识就是：一切都是命中

注定。

一个十年未请过一天病假、一辈子争强好胜、最讨厌躺在病床上的人，偏偏47岁就得了不治之症，而且一得就是“后期”！这只能叫作“天意”。

于是我劝慰丁炳昌：“别伤心，总不能我一个人把好事都占尽了，就是轮，也该轮到我生病了。”

我万没有想到的是，“煨灶猫”在“灭顶之灾”面前表现出了惊人的勇敢。为从死神手里抢夺我的生命，他一夜之间就像换了一个人，病容和暮气从他身上一扫而光，他进进出出，张罗着一切，两天前还头疼、牙疼、胃疼，现在哪里也来不及疼了；他上蹿下跳，竟然两天内把报社的头头脑脑，还有老总编杜导正，还有一直关心着我的穆青，还有正在开全国记者会的许多地方记者，都鼓动到病房来看我了。

“你想干什么？想惊动全世界？”我奇怪地问。

“我要搬动一切力量，来挽救你的生命。你不能死。这个家不能没有你。”他的坚定和自信，他的能力和能量，让我看到了那个“久违”的“他”。

进手术室之前，他吻着我的前额，轻轻耳语：“我会在外面一直等着你，你出来时，要给我一个笑容作为报答。”我点头。他沉静、轻柔的声音回荡在我的耳畔，一直送我进入了手术的睡眠。

虽然有我的两个妹妹日夜伺候，他还是每天清晨就赶到病房，静静地坐在我的床前，因此，早晨我醒来睁开眼睛，第一眼看到的总是他深情的脸庞。每天晚上，他总握着我的手，喃喃细语，一直陪到我睡熟，才悄悄离开。不管发生什么，不管什么时候，他永远是轻声细语，永远是镇静自若，永远是深情的微笑。

化疗后，我不愿吃饭。他一天拟出几十样菜名，一遍遍念给我听，我对哪一样表示出一点儿兴趣，他就千方百计去搞，而且竟然总能搞到。一天快到中午，我正在为又要吃饭而发愁，突然，我中学时代最要好的朋友施涵蕴（我们昵称她“涵胖子”），竟然像从天上掉下来似的出现在我眼前，而且带来了热气腾腾的炒三鲜与粉丝油豆腐汤——我最喜欢吃的菜。我抹着眼睛，怀疑自己是在做梦，“涵胖子”说：“是老丁把我从天津叫来的，他说，我要再不来给你做点儿好吃的，他就去上吊！你看看这种人，什么手段都用上了！”我笑到咳出了眼泪。

“涵胖子”在医院的招待所里住了三天，天天变着花样给我做好吃的，东西都是从天津买好了带来的——照着丁炳昌开给她的菜单。临走那天，我俩说了许多悄悄话。“你知道吗？你进医院的那个晚上，老丁哭了一整夜。第二天一早给我打电话，声音都是嘶哑的。”

“有吗？”我惊讶万分，“他在我面前可是镇定自若啊！”

“你呀你！前几天老丁一见到我，眼圈立刻就红了，哽咽着说，谢谢你来救云芳，她要死了，我也不想活……”

说到此，“涵胖子”的眼睛里也已经溢满了泪水：“云芳啊，知足吧！有这样一个好丈夫，哪辈子修来的！你知道吗，隔壁病房的那些病人都在羡慕你，医院的医生、护士都说，要是所有的家属都像老丁一样，医院的治愈率要高出很多很多。”

那天晚上，我紧握着丁炳昌的手，一直舍不得放开。我目不转睛地凝视着他的脸庞，凝视着他的眼睛，是的，这就是他！虽然岁月已经给这张脸庞刻上了皱纹，风霜已经使它的皮肤不再平滑细嫩，眼睛也不再清澈如水，但他还是他！还是那个在众目睽睽之下沉静自若地走上杨行公社讲台的他；那个在小树林里替我抹掉泪水，并义无反顾地挺身而出、陪伴我奔赴茫茫风雪之旅的他；那个在“接受再教育”的军营里，以惊人的勇气和智慧揭发连队干部贪污行为的他；那个把一厚摞见报稿递到我手中，把我这个“灰姑娘”推上了“金马车”的他……近几年是什么遮蔽了我的眼睛，让我看不清他金子般的心、看不到他无与伦比的价值？是什么麻痹了我的神经，使我感受不到他的病痛、他的孤独？

人啊，往往不珍惜自己所拥有的东西，而非要到“灭顶之灾”降临，才会重新认识对方，也重新拥有对方。我本来就在奇怪：为什么从我生病那天起，忧郁症竟然与丁炳昌“拜拜”了，现在我终于明白，他患忧郁症是因为孤独，因为失落，因为得不到自己所爱的人应有的理解和尊重，罪魁祸首在我。我也大彻大悟到：自己这20多年最大的幸福，不是事业上的成功，而是有一个世界上最善解人意的丈夫、一个温暖无比的家庭。

别人都说我是丁炳昌的上帝，其实他才是我的上帝，是我的精神支柱，我生命的全部。

由此，我也重新思索爱情、家庭和人生。爱情必须是相互奉献，共同扶持，绝不是单方面的支付和索取。以牺牲一个来造就另一个，人为地或无限制地扩大双方的差距，在多数情况下只会扼杀爱情而不会有什么好结果。金戈铁马建功立业无疑令生命充实，但走向极端把工作变成了生活的全部、把功名视作了人生的真谛，就有违人性常理了——真所谓“真理多走半步就成了谬误”。反过头来回味诸葛亮的至理名言“宁静以致远，淡泊以明志”，真是意味深长，茅塞顿开。

于是，面对着这双虽然不再清澈如水，但依然一往情深、依然充满智慧与力量的眼睛，我在心底里暗暗发誓：假如上苍能赐给我第二次生命，我首先要做的，就是以十倍、百倍的爱来回报你、补偿你！

1993年年底，丁炳昌搀扶着化疗后头发全部掉光、体重不足90斤、走路摇摇晃晃的我，走下飞机，踏上了海南的土地。

“交椅轮流坐”，大病之后的我成了丈夫的贤内助

大病过后的我，“地位”一落千丈，和丁炳昌再一次“交椅轮流坐”。

但对此，我心甘情愿，且乐在其中：既然丁炳昌能为我的成功牺牲自己，现在我相夫教子当个贤妻良母，为他们父子营造一个温馨的家、宁静的港湾，有何不该？当好“丁站长”的“秘书”“助手”和“贤内助”又有何不好？

于是，当年的镜头现在一遍遍地在家里重复“放映”，不过男女主角的“功能”和“位置”做了根本上的变换。

过去，总是丁炳昌帮樊站长抄稿件，可现在倒过来，丁站长动不动就拿两页纸放到樊站员的电脑上，说：“快，这个要急打。”不用问，这肯定又是他老人家划拉出了一篇破稿件，也不用问，“版面”上肯定勾画得一塌糊涂像个大花脸！“急打”的意思是：给他“修改”好、打印出来、发到报社记者部。当然，落款肯定是丁站长的大名而不会是姓樊的。

过去夫妻双双出去，总是姓樊的走在前头，姓丁的在后面跟着。“这位是《光明日报》的樊站长（或名记者之类），这是她的爱人。”——别人这样介绍。而现在，则反过来：“这位是丁站长，这是他的家属。”（海南称妻子为“家属”）各个部门通知开会或宴会之类，总不忘加上一句“请丁站长参加”，好像姓樊的都没有资格参加，或者眼红得不得了，企图削尖了脑袋钻进去似的，真叫人哭笑不得。

过去在《光明日报》的全国记者会上，哪有丁炳昌出头露面的机会？每逢大会发言，均是樊站长发完后丁副站长补上一句：“她发言已经

代表我了。”现在倒好，丁站长每次大会发言都伶牙俐齿，巧设辞令，大出风头，而樊某人的聪明才智都被他淹没了。有记者开玩笑：“老丁，你现在抖起来了，樊云芳对你言听计从哇！”丁先生摆出一副翻身农奴得解放的得意模样：“三十年河东、四十年河西嘛，过去丁某人受苦受难受压迫，今天我是站长，樊云芳是站员，你懂吗？”

记得黄俭写的《夫妻记者站》（发表于《现代家庭》1987 年第一期头条）那篇报道里这样写：“樊云芳出差，都得由丁炳昌整理行装，否则必定是少了粮票没了袜子。”可现在，呸，没门！丁站长自己的袜子都得由我给他塞到提箱里，否则到了外面都得当个“光脚站长”！你要数落他，他就挠着脑壳，嬉皮笑脸地龇着牙：“老了，记性不好了。”可叫人愤愤不平的是，这个病歪歪的丁站长的头发还是黑乎乎的，不像我都已花白了。

1998 年我们应邀到武汉采访，老朋友们见了丁炳昌第一个反应就是惊喜：哎呀，老丁，你的精神好多了，脸色也红起来了，恭喜恭喜！

每逢此时，丁炳昌就两眼朝我一翻，悠闲地调侃：“这个嘛，要肯定樊某人的功劳嘛！”

“她的功劳？”个个瞪圆了眼！那表情、那口气就像听到了天方夜谭。而我也不做解释，只是嘿嘿地笑。此情此景，简直就是当年浑源县那一幕的翻版。

时光荏苒，现在，我们俩都已退休，并落叶归根回到了上海浦东我的老家。从镜子里看，丁炳昌的胡须白了，我的头发白了，当年的“小丁”“小樊”，已变成白胡子老爷爷和白头发老太太了。

现在对“白头发老太太”来说，没有比看警匪大片更过瘾的了，那些视历险如儿戏的孤胆英雄实在令人回肠荡气；没有比与老丁手牵手漫步于乡村小径更悠闲了，那铺满野花的田埂小径、那撒满金色碎稻秆的田野、那飘浮在天边的洁白云朵，可让你顿时心旷神怡；没有比在电脑前接收朋友们发来的一封封邮件，并随意浏览世界风云更有趣了，要知道这是身处“乡下”的我们，与外面世界的“热线”联络；也没有比每天还在电脑上敲1000字更得意了，这至少证明樊某人还保持着某种敏锐、某种实力……

啊，拥有生活，真好！拥有自己所爱的人，真幸福！

对了，今天晚上，我要非常严肃地对老丁宣布一个深思熟虑的决定：姓丁的，听好了，下辈子我还嫁给你！

妈妈为你们感到骄傲

当一个名记者，与当一个贤妻良母，我不知道哪个角色的分量更重，也难以回答哪个角色更幸福。唯一可以肯定的是：我不会再放弃我的丈夫和儿子，任何时候都不会，即使再给我一百个大奖！

小儿子的宣言："了不起，我去擦皮鞋。"

1996年6月中旬，家里收到海南中学寄来的一张期终考试成绩单，是小儿子丁安的：英语79分，是最高分，语文、数学、物理都60多分，化学挂了"红灯"——52分。

这分数在许多家长眼里大概是不堪入目的，但在我和丁炳昌看来，已经是备感欣慰、赏心悦目了。

还能对丁安提什么苛刻要求呢？这几年家里遭了"灭顶之灾"——十年没有请一天病假的我，突然检查出癌症，而且是"后期"，命悬一线，丁炳昌陪伴我在北京、苏州等地手术、化疗达14个月之久。在这期间，海南只丢下了丁平、丁安两兄弟相依为命，于是正念中学的小儿子成了任天皇老子也管束不了的小"孙悟空"，整天游戏机打得天昏地暗，亏得还有他哥哥在，有人管吃饭穿衣，没有成为流浪儿就已经上上大吉，还想怎样？说实话，成绩下滑，乃至出现两盏“红灯”——这都在意料之中。

做完化疗回到海南，丁炳昌面对一个刚从鬼门关回来的妻子，还面对着一个人生地不熟的、新的记者站，真是勉为其难、心力交瘁，对小儿子，也只能是睁一只眼闭一只眼了。

嘿，真没想到丁安竟这么争气：高二期终考只挂了一个“红灯”！这让当父母的从焦虑与无奈中又看到了一线“光明”：有门！成绩上升了！

如此下去，明年考大学还是有希望的！激动之下，我们夫妇俩给出了少有的“高规格”，双双去出席了儿子的家长会，还美滋滋地坐在第一排。

可班主任的第一句话，就让我俩面面相觑、呆如木鸡——他说，这次考试，用了新的记分法：满分不是100分，而是150分——如此说来，丁安的5门课程成了不折不扣的“满堂红”了！热烘烘的心顿时像跌进了冰水里，下面的话哪里还听得进去！我俩的脸青一阵白一阵的，真叫如坐针毡。

那是个星期六。回到家里，我立刻冲到丁安房里，也许是我的脸色太难看，也许是当时的火药味已经呛鼻，丁炳昌一步抢在我的前头，大儿子丁平也从自己房里奔出来，摆出了一副挡箭牌的架势，但实在是多此一举了，丁安不同寻常的神态已经镇住了我——

只见他镇静地直视着我，眼睛里没有羞愧，没有害怕，却有一种我不熟悉的反叛和决断。

“我已经努力了。”他开口说话，“上不去，有什么办法！”他突然背过身去，声音在发抖，“你们，就不要再寄希望了……了不起，我去擦皮鞋”。

即使当空一个晴天霹雳，也不会比丁安的“宣言”更令我震惊。我一个字也说不出来，成绩单从手中飘落而下……

（注：文中的“丁平”“丁安”均为化名，后文同）

大儿子说：“我要的是妈妈，不是名记者！”

对我和丁炳昌，这一夜注定是不眠之夜。在床上翻了半夜“烙饼”，烦躁、憋闷得像要出不来气了，午夜一点多时我干脆披衣而起，到客厅去透透气，没想到客厅里矗立着一个黑影——是丁平独个儿坐在黑暗中。

“妈妈，我有话要跟你谈。”

“这么晚了，明天不能谈？”

“好多话我已经憋在心里很久了。妈妈，你大概不会想到，刚才，我独个儿坐在这里……哭了。”

我的心一悸。

“是的，今天你很克制，没有骂弟弟，但是，你是否理解了弟弟的痛苦和无奈？你是否也体会到了我的痛苦和无奈？看到弟弟的今天，我想起自己小时候——你教育弟弟的方法，跟当年教育我的方法一模一样。你，一点儿都没有……改进。”

我语塞。

“你告诉我，上课要做好笔记，课外要预复习，要会举一反三、融会贯通——这都对。我记得，我是多么想按照你的要求去做，但是我做不到！”

“为什么？”

“很简单，你只告诉我必须做什么，却没有花心思、花精力，一步步教会我怎样去做。你没有那个耐心，也不想花那个时间，你的时间，都用到追求自己的事业上了，你把我和弟弟打发给姥姥、姥爷和保姆……每当你匆匆回来，你唯一舍得花时间的事，就是查看我的练习本和成绩单，只要看到成绩不好，就发脾气，骂我一顿，要不就是老一套的发号施令——应该这样，不应该那样；然后又匆匆地离去。我觉得，我从小没有得到过……母爱。”

丁平端起桌上的一杯凉水送到嘴边，但他的手抖得厉害，水没能倒进嘴里却泼洒到了地上。

“为了工作方便，你把我从小丢在上海，要上学了，又匆匆把我接到雁北，之后又调太原，调武汉……妈妈，你知道吗，每到一个陌生的新地方，幼小的我是多么孤独，多么害怕，多么不适应，可你问过我的感受吗？你做过什么来帮助我适应新的学校、新的环境吗？没有，你又出去采访了，一走几个月，丢下有病的爸爸和孤单单的我……”

“为此，我恨过你。”儿子低着头，并不看我，抿了抿嘴唇又继续说下去，“记得有一个暑假回上海，住在大姨家，看到大姨那么耐心地辅导表弟做作业，夜深了，表弟说声饿了，大姨立即去给他做了一碗香喷喷、热呼呼的肉丝面，我在旁边真是嫉妒得眼睛都要出血了！长这么大，我就没有享受过这么一回！第二天，我对表弟说我真想跟他换一个妈妈，他不信，说你妈妈可是个名记者呀，我心想，这跟我有什么相干？我要的是妈妈，不是名记者！”

“随着年龄的增长，我逐渐理解了你，也原谅了你。我知道你的每个成功都来之不易，你拼命，你苦干，我敬佩你。但是——”他猛地抬起了头，勇敢地直视着我，提高了音量，“我害怕，我实在害怕，怕弟弟会重演我小时候的悲剧！妈妈，你理解吗？你明白吗？这就是我今天听了弟弟的话就想哭的原因”。

“妈妈，改变一下你的教育方式，多给弟弟一些温暖和具体帮助，让他现在而不是等长大以后，就理解、就感受到你的母爱——这样，他一定能学习好！他从小就那么聪明好学，那么温顺乖巧……”

泪水，从我儿子的眼眶里溢出来，在他年轻的脸庞上流成了蚯蚓；泪水，也从我的眼眶里溢出来；滴滴答答浸湿了我的前襟。无声流淌着的泪水，宣泄着、交汇着、沟通着母子间汹涌澎湃的感情世界。在静默中咀嚼、体味、思索，母子俩成了两座矗立的塑像，时间也像是凝固不前了。

如果丁平现在是 12 岁，我要紧紧地把他搂在怀里，亲吻他的眼睛，亲吻他柔软的头发，我要付给他全部的母爱，补偿他从小失去的一切！但现在，他已经是 22 岁。我走上前，抹去他的眼泪，握住他的已经比我大得多也粗硬得多的双手，紧紧地握着……

许久，他仰起脸盯住我的眼睛，声音里充满了期待和恳求：“妈妈，你不会放弃，对吗？”

“什么？”

“弟弟！”

顿时，泪水又模糊了我的视线。这一瞬间，我真想打自己两个耳光，或者，跪下来，跪在儿子面前，请求他的原谅……

儿子，请给妈妈一个弥补错误的机会！

在黑暗中回到卧室，我发现丁炳昌正坐在床沿低垂着脑袋，一动不动陷入了沉思。不用问，他一定倾听了我和丁平的谈话。

我默默地躺下，无声地饮泣，一任眼泪浸湿枕巾。

不知过了多久，丁炳昌开腔了，以他惯有的冷静口吻（许久以后，我都奇怪当时他居然还能保持冷静）：“我想，事情还来得及补救。”

我一骨碌翻身坐起，直面这个已经相濡以沫走了半辈子的男人：“我也这样想！来得及、来不及都要补救！”

本来就没有一丝睡意，干脆说干就干。我们起来把书柜里、电脑桌上的大堆资料捆进了纸箱——这是我准备写书的，是《新闻文体大趋势》的续篇，提纲也已拟好。但现在，写书对我已经不重要，重要的是儿子的学业、儿子的前途、儿子的心理健康、儿子的……一切！

快天明时，书柜已经给小儿子腾空——由他摆放全套课本、练习本及自己心爱的书籍。丁炳昌对我做了个鼓励的手势后，就悄没声儿地走进厨房，亲手为儿子准备早餐去了。而我，在小儿子的房门跟前站了很久，心跳得像打鼓，最后，终于鼓足勇气推门走了进去，那心情，就像去觐见一位国王……

丁安肯定是那个夜晚家里唯一一个沉入梦乡的人。当他睁开眼看见是我坐在床前，立即又合上眼帘，睡意惺忪的脸上露出不安、厌烦、抗拒的神情，明明白白地写着：请走开，我现在最不想见的人就是你！

“安安，你醒了？”我轻轻叫着他小时候的乳名——它已经如此陌生，把它叫出口是如此艰难，但显然这个久违的乳名拉近了母子间的距离，小儿子眼皮颤动了一下，睁开了，虽然并不看我而把视线投向房顶。

我开门见山：“安安，妈妈对不起你，没有关心你的学习，还总要抱怨你、责骂你，这不公平。但这种事以后再不会发生了，妈妈保证！”

丁安的回答就是用眼角瞟了我一眼，目光中满是疑惑和不信任。

“真的，一切都是妈妈一个人的错。妈妈现在只请求你一件事：给我一个弥补错误的机会！妈妈不写书了，安安的事情从今天开始，就是妈妈最重要的事情。妈妈要陪安安复习功课，陪安安考大学。”

“可是……已经来不及了。”

儿子忧郁的眼神和绝望的语气使我的心都要碎了。但我尽量使自己的语调既快活又坚定：“让我们来试一试！告诉你，我可是信心十足的！你的基础不错，领悟力强，做事又有一股恒心，这一点倒挺像妈妈。”

“真的？”儿子的脸上有了一丝笑容。

“当然是真的，妈妈高一、高二不太用功，也是高三才拼命补起来的——不也考进了复旦大学？妈妈还采访过很多特级教师，知道最好的学习方法，你就相信妈妈好了！”

那一天，全家齐齐地围着餐桌吃早餐，每个人脸上都带着笑，甚至连两条小狗也似乎感受到了这种不平常的气氛，一个劲儿地在我们脚边欢蹦乱跳。

同一张课程表，儿子在学校里学，我在家里学“牛皮”已经吹出去了：“你就相信妈妈好了！”但实际上，妈妈并不能代替儿子去学习、去考试。关键是要让丁安能“相信自己”。要怎样做才能帮助儿子建立起自信心呢？

“你实话告诉妈妈，现在上课能听懂多少？”

“20%。”

“只有 20%？”

“我还说多了呢，有的课恐怕只有 5%。”

“那么听不懂时你干些什么呢？”

“看窗外，胡思乱想，或随手乱画，要么……干脆看小说。”

要是在以前，这种回答定会让我一蹦三尺高，咆哮如雷，但现在，我开始认真动脑筋：怎么办？

我给丁安准备了五个课堂笔记本——每门主课各一本，并详细地告诉他如何记课堂笔记，如何捕捉老师讲课的要点，如何精要地抄录老师的板书。记得我采访过的特级教师，都反复强调三件事：课堂听讲、课外复习、课外练习。他们认为这是整个学习链条中最基本和最重要的三个环节。那么，我就从这三个基本环节抓起吧。而记课堂笔记，可以促使丁安集中精力听课，是连环套中的第一环。

我自己，则又弄了一套高三课本，儿子每天在学校里上课，我对照着他的课程表，每天早早回家自学同样的“课程”。大学毕业已经30年了，中学的数理化早忘得差不多了，但认真读来还能懂个大概。丁安一回家，我首先检查他的课堂笔记，重点、难点有遗漏的，马上让他通过复习追记上去。

丁安自长这么大，一方面是见了妈妈从来就像老鼠见了猫，躲也躲不及，因为妈妈总是挑他学习上的毛病，挑到一点就训一顿；另一方面又从来不把妈妈的训导当回事，因为妈妈总是“布置”完就忙自己的去了，很少回过头来检查落实，所以要应付妈妈也最容易，“是是是，好好好”就能让妈妈满意。但这一次不行了，每天的课堂笔记，过不了关就要做“追记”，“追记”过不了关就还得回过头去复习。

一个星期之后，笔记居然也记得像个样了，再问他“现在每堂课能听懂多少”，想了想，答：“能听懂百分之七八十吧。”

这个回答一出口，连他自己也愣了一下。“有……这么多吗？”再仔细想一想，咧嘴笑了起来，“有这么多！妈妈，真有这么多！”“太好了！”

我也笑出了声。

又过了一个星期，听懂的比例又提高到90%，这一下丁安开始对自己有了信心，并真的相信“一切都还来得及”了。

消灭“错题”，就消灭了学习上的“空白点”

可对我来说，现在还远非乐观，只要一翻开丁安的练习本，心里的无名火就会往上蹿：字写得歪歪扭扭、页面涂改得像只大花脸不说，错题从来就不知道改正；更有甚之，几乎每页都留着一两块空白——那是不会做的题！莫非他还想留给别人替他去完成？今天不会做，明天还是不会做；今天在练习本上做错了，明天又照样搬到考试卷上；周而复始，恶性循环。

要怎样才能让他改了这坏毛病？这着实让我费了一番心思。一天，我突然有了个主意。我又给丁安准备了五个厚厚的本子，名叫“错题集”，我建议丁安每天晚上把不会做的习题，以及练习本、考卷上的错题，都分科目抄录到“错题集”上，第二天就向老师和同学请教，并立即把正确答案记上去。我告诉他，“错题集”上的内容，就是你学习上的空白点，今天的空白点必须消灭于今天，绝不留到明天。

但一星期后我发现“错题集”已被他扔一边儿去了。丁炳昌跟我就唱起了“双簧”，我唱“红脸”温言细语，丁炳昌唱“黑脸”施加“压力”，丁安无奈，勉强拿起了“错题集”。可两天后我发现他又故态复萌。

这下我真急眼了：“你这孩子，教给好办法你不用，到底为啥？”丁安黑愣着脸，硬邦邦甩出一句：“妈，你的办法脱离实际！”一句话噎得我脸都发白了。

事后我终于闹清了“脱离实际”的含义：时间不够用！现在已经是高三上学期了，为给高考总复习腾出时间，学校赶进度尽可能把大部分课程提早结束，各门课每天有一大堆作业，丁安光做这些作业就够呛；基础不扎实，不会做的题和错题约占了1/3，要把它们都腾抄到

“错题集”上，第二天要问明白，再把正确答案做上去，工作量实在非同小可！总不能让丁安每天干到凌晨两三点再睡觉吧？

办法只有一个：千方百计“挤”时间和提高时间的利用率。

譬如说——“安安，你每天回家后洗澡要洗 40 分钟，是否可以压缩到 20 分钟？洗完澡到吃晚饭一般还有十几分钟时间，你摸一摸这儿，翻一翻那儿，游游荡荡时间就溜走了——像这样的‘浪费’，仔细抠一抠，每天抠出一小时来，‘错题’集不就有保证了？”

仔细抠的结果，不是抠出一小时，而是抠出了一小时又 20 分钟。不过那也跟西方经济学中的萨达姆理论相接近了——每一分钟都做了精细的安排，几乎把人变成了机器人。尽管我是此方案的提议人，也颇怀疑它的可行程度。

凑凑合合坚持了一星期，接着就是数学、物理阶段性小测验。考完试，丁安回到家里是少有的激动不安。“是不是考得很好？”我试探地问。“不，还好……不。”见他语无伦次，我心里一阵紧张。“是不是考砸了？”“不是，妈，你怎么老不说吉利话？”我叹了一口气，算了，不问了。

那天傍晚，丁安回家敲门如打雷。我急匆匆跑过去开门，他拿两张纸一下堵住了我的嘴：“妈妈别说话，看这个！”

啊！是试卷：数学 81 分，物理 76 分。

作文比赛：“名记者”败给了中学生

这一天，我到学校找班主任李老师，一是要求给丁安办一张“走读证”不再住读，二是希望能联系几位任课老师为丁安系统地补习功课。

对于改“走读”，李老师答应得很痛快。第二件事我刚一启口就碰了钉子，李老师直话直说：高三的任课老师都已超负荷运转，要单独给某个差等生系统补课是不可能的——出高额报酬都不可能。没等李老师说完，我的脸已成了一块红布，我明白自己的要求既无理，又自私。

我决定自己解决这个问题：语文，由我亲自补习和辅导——全国名记者辅导一个中学生的语文应该能胜任吧？数学老师挺喜欢丁安，我们就厚着脸皮求上门去，对方慷慨允诺；理化和外语，我另请了两位年轻的朋友来担任，每星期各补习 4 ~ 8 小时。

为当好“辅导老师”，我把高中的六册语文课本仔细研读了好几遍——即使给武汉大学新闻系学生讲学，我备课的精心程度也不过如此。效果自然是好得不得了：每一篇课文都听得丁安如痴如醉，但因此也抛给我无数的问题，令我这个“名记者”应接不暇，以至于丁炳昌招呼我们母子俩吃饭必须“三请诸葛亮”，气得他直想拿饭勺敲我的脑壳。

但学语文的“硬功夫”是作文。我找到一本《快速作文一百题》，每星期六上午，是母子俩一对一进行“作文比赛”的时间，雷打不动。

这一次的作文题有两个：议论文是《正确对待批评》，记叙文是《我的好朋友 ××》。按要求，完成两篇作文的时间是 80 分钟，时间一到，小闹钟丁零零响起，丁炳昌就毫不客气地收卷子。

接下来是三个人一起阅卷评卷，最后由丁炳昌打分，一锤定音。记得那天丁安的记叙文写得很动情，有细节、有场面，开头和结尾也颇有特色，丁炳昌给出高分 86 分，我的因没来得及写完，有头无尾只拿到了62 分——“名记者”败给了中学生！这可是“开赛”以来第一次呀！

丁炳昌呵呵呵乐不可支，丁安兴奋得满脸通红，饭桌上父子俩竟然喝开了啤酒以示“祝贺”，一边喋喋不休、一吹一唱拿我开玩笑，把我这个“名记者”贬得一文不值。

那顿饭最大的“赢家”实际上是两条小狗沙沙和飞飞——我碗里的肉块都赏给它们了，如果它们的智商再高一点儿，就会明白其中的含义：儿子每一点滴的进步，都是对母亲最大的奖赏。

一年零两个月后，小儿子在班里的名次从第53名上升到了第12名，并以较理想的成绩考取了武汉大学，攀上了他人生道路上第一个关键的“高度”。

那一天，我们全家到轮船码头送丁安。丁安拥抱了哥哥，拥抱了父亲，然后转过身来，犹豫了一下，又犹豫了一下，终于，张开双臂轻轻抱住了我，低下头耳语道：“妈妈，我爱你。”

一个“爱”字，顿使我泪如泉涌——似乎从中学开始，这个小儿子就跟我生分了，一见到我的影子就飞快地躲出门外，或一溜烟钻进自己房内，倒像是见到一个妖怪或是一个穷凶极恶的“狼外婆”！有时看到别家母子亲亲热热有说有笑，我不禁黯然神伤，不知道自己做错了什么。

而今天，这个“爱”字从儿子的胸膛里轻轻吐出来，温暖了母亲的耳朵，深深陶醉了母亲的心！

在大儿子善良的心灵里，憎恨的冰块已经融化

与丁安相比，对于大儿子丁平，我怀有更深的负疚感。

记得那年刚调到太原，没有住房，一家三口就成了山西日报社招待所的常客。遇到我在外采访、丁炳昌又没能及时下班，上小学二年级的丁平，就得独个儿捧着大搪瓷碗去食堂吃饭，吃完了，还给爸爸妈妈打上饭。小小的人儿，一双小手捧着盛得满满的陶瓷盆，眼珠子

死盯着，迈步子小心翼翼着，还一路滴滴答答泼洒着……

一次让我碰个正着，我弯下腰接过碗，母子俩四目相对——我从儿子眸子里看到的，一半是惊喜，一半是委屈，那神情，那步态，永远、永远地刻录在了母亲的脑屏幕上……

有一年冬天，丁平上床睡觉之前，把一件毛衣团成一团，扔到我正在写作的桌子上。“你干吗？”我生气地问。可儿子竟背过身子去不理我。我扳过他的身子，只见他泪痕满面……

他叙述了事情的原委：上午，老师叫他到黑板跟前做一道题目，可毛衣袖口上脱落的毛线，一直从课桌下拖到黑板跟前，引起了全班同学的哄堂大笑。“你妈妈又出差了？”老师问。“她在家，只管写文章，不管我。”同学们又笑了。

“回去找妈妈，让她今天就给你补好毛衣。告诉她，这是老师说的！”

我捧着毛衣，脸发烧了。深夜，我又查看了儿子的毛裤，膝盖上两个大洞就好像两只嘲笑的大眼睛，谴责我这个当母亲的没有尽到起码的责任。一股酸溜溜的东西涌上喉咙。我打开箱子找出一团毛线，一边流泪一边给他打一条新毛裤，一直打到天明……

1987年丁平高考，而他的妈妈正面临着另一场“高考”——业务上再上一层楼，从写“平面新闻”到写“全息摄影式报道”，同时，《新闻文体大趋势》的理论著作也进入了写作过程。母子俩的房间紧挨着，咫尺之遥，然而又像住在两个星球上，各自循自己的轨道运行。偶尔碰面，简短的对话就像是录音机里放出来的“老歌”：“复习得怎样？”“还好吧。”“用功点儿，这关系到你一生。”“知道。”

天有不测风云，高考前一周，重感冒光顾了丁平，他发着高烧上考场，全家都为他捏着一把汗。考分一公布，最担心的事发生了：凭这个分数，进重点大学没指望，就连普通大学，都没得好专业让你挑。

看着分数单，我直觉得心痛得像插进了一把三刃刀并在不停旋转，头脑里一片空白。

而偏偏对门老余家的老大，丁平自小的同学，以高分保送进北京大学，前来祝贺的人川流不息，与我家的愁云惨雾成了鲜明对照。

丁平一连两个星期没踏出房门，我的老母亲眼泪涟涟，老父亲唉声叹气："云芳、炳昌啊，你们总得想想办法，联系个好大学让丁平上，你们认识的人多……"饭桌上，两个老人低声下气地哀求着，但我一直黑青着脸不吭声。

这一天，我和丁炳昌走进了丁平的房间，儿子低垂的脑袋抬起来，怯生生、可怜巴巴地看着我们，眸子里闪动着乞求，也闪动着希望之光。

我的决心在一瞬间动摇，但只是一瞬间。我把手搭在儿子的肩膀上，柔和地但是坚定地表达了下面这些意思：爸爸妈妈很想帮助你，儿子，也许可以去开后门——假如我们开口，也许办得到。但我们不能，作为《光明日报》记者，我们要做得正，站得直，才有资格去批评别人，儿子，请原谅，我们不能为你破这个例。

希望之光在儿子的眸子里熄灭，而我的声音也发颤了："现在我们联系了湖南一所重点大学，但……是分校，刚建立，条件很差……当然，假如学业优秀，一样拿文凭的，你愿意去吗？"

心灰意懒的儿子连眼皮也没有抬，轻轻吐出两个字："随便。"

在我跨出房门时，我回过头来，恰恰与儿子的视线相交，我希望我看错了：因为从那视线里射出的，竟然是憎恨。我觉得我的心又一次被利刃刺穿，突然间痛得喘不出气来。

从那时候起，丁平见了我永远是低眉垂手，一副毕恭毕敬的样子，而我们母子间的单独谈话也几乎画上了句号——做儿子的总是缄口无言、冷若冰霜，我这个做母亲的又如何能把"独角戏"唱下去？我甚至痛彻心扉地感到，我永远地失去了这个儿子。

1992年年初，丁平通过考试被美国某大学录取，为了弥补儿子，丁炳昌和我积极在国外亲友中找“经济担保”，进展很顺利，但一夜之间，“癌症晚期”的诊断结论改变了一切。

丁平从海南匆匆赶到北京，我问他，护照的事办得怎样了？他答：现在还哪里谈得上出国？我走了，弟弟一个人在海南怎么办？

我无言。当时全家刚搬迁到海口，丁安刚转了学，我这一病，死活尚且不知，要是留下两个孤儿，我……不敢再想下去。

手术后，丁平要回海南了，临走前一天，他踏着初冬的积雪在北京的大街小巷转了一天，苦苦寻找白菊花，因为这是我最喜欢的花。他还精心挑选了厚厚的棉袜和棉拖鞋——细心的他，生怕妈妈手术后感冒。

他把东西放在我的病床前，还是低眉垂手，一副恭敬冷漠的样子，但我知道，在他善良的心灵里，已经原谅了妈妈，而且挚爱着妈妈，憎恨的冰块已经融化。

感谢上苍，赐给我如此体贴入微的丈夫，又赐给我如此善良孝顺的儿子，作为人妻作为人母，我复何求？

傻儿子，父母的爱是没有条件的

1996年冬天，丁平很想跟朋友合伙，在海南东方县的一个村庄里租100亩地种西瓜，但一个困难横在眼前：资金从何而来？我和丁炳昌商量后，拿出了自己的积蓄5万元，又向两个朋友借了15万元，一起交给了丁平。他在接这笔钱时战战兢兢，双手都在发颤，因为他知道，接过去的是父母亲的全部，是父母重得让他难以承受的爱和期望。

过了两个星期，我忍不住了，驱车去东方县看儿子。

汽车行驶了五个多小时，终于在海南西南部一片荒凉的土地上看到了一个孤零零的竹棚，那就是丁平的西瓜营地。打着赤脚、晒得黑不溜秋的丁平与民工们正在吃饭，大粗碗里只有糙米饭及几片葫芦瓜。

“小丁，小丁，你妈妈来了！”民工们喊着，哄笑着，丁平看到妈妈竟然脸红了，一副手足无措的样子。

临走，我悄悄塞给他两包牛肉干、两包饼干。他笑了，笑得很灿烂：“妈妈，你怎么知道我正馋这个？”“哼，我还不知道你！”

不知为什么，回海口的路上，一件久远的往事盘旋在我的脑海里挥之不去。

还在大学时代，我参加上海北新泾公社的四清运动，其时农村的生活还很艰苦，母亲赶了远路来看我，带来了一斤饼干，被我生硬地推开。

“妈，你快走，以后不要再来，更不要带吃的，被别人看到了，要说我怕苦怕累！我正在争取入党呢，你别捣乱！”

母亲被女儿责备和驱赶，像犯了罪一样，垂头丧气地、眼泪汪汪地走了，没有喝一口水，没有歇一下脚，没有来得及聊一句家常。

目送母亲佝偻的背影、蹒跚的脚步渐行渐远，突然间，我心里又很难过，一丝惆怅在胸中弥漫、扩散，几乎塞满了整个胸膛。我忍不住紧追上去，抱住她的双肩说：“对不起，妈妈，对不起……”

一路上，我在想，幸亏那个极“左”的年代、那些极“左”的观念已经被扔进历史的垃圾箱！它竟然像毒品一样能腐蚀人的本性，让原本是普天下最自然、最纯洁、最深厚的母子（女）之情变质，变味，变成冷血，变成对立，真是太可怕了！

也许命中注定，我们家的劫难还没有过完，年底，刚结出瓜蕾，丁平的瓜田得了枯萎病，100 多亩西瓜几乎全军覆没，核算下来，亏了 16 万元。

他不敢回家，也不愿回家。我赶去东方县，西瓜营地已经人去棚空，只剩两三个人守着破抽水机、破床板。

丁平脸色灰暗，嗓音嘶哑：“妈妈，你别骂我，我把最后一点儿钱给民工发了工资——他们比我们更可怜。”

我说：“好儿子，做得对！先做人，后做事！我为你骄傲！”

“真的？可是，我亏光了……我不知道拿什么来偿还你和爸爸……”

“傻儿子，父母的爱是无条件的，我们不需要你偿还，只担心你一蹶不振。但你没有，你勇敢地承担了失败，承担了损失，像个男子汉。真的，我们为你骄傲！”

现在，丁平已成家立业，他的太太是个台湾女孩，夫妇俩自己也已经为人父、为人母，育有两个可爱的女儿，全家并已搬迁到上海工作与居住。几乎每个周末，全家会开着车来南汇看望我们，一下车，两个小孙女就像蝴蝶一样飞到我们跟前，小手里捧着自己做的风车或者画的画：“爷爷、奶奶，这是我们送给你们的礼物！”

已经在深圳工作的丁安，也会时不时打电话回来：“妈，我给你和爸买了健胃的保健品，替哥买了一本书很有意思的书《苹果哲学》，很快寄去哦！”“妈，我刚发了一篇论文到你邮箱里，你帮我看看，怎么修改好？”

当一个名记者，与当一个贤妻良母，我不知道哪个角色的分量更重，也难以回答哪个角色更幸福。唯一可以肯定的是：我不会再放弃我的丈夫和儿子，任何时候都不会，即使再给我一百个大奖！

岁数不是理由

害怕不害怕，敢与不敢，这是一种对生活的态度；对年轻人如此，对中老年人同样如此，岁数并不是理由。

50岁前现代人的三项“基本技能”我一样不具备

50岁学电脑、60岁学开车，这在今天——2012年——已经是很普遍的事了，但要是把时间往前移15年至20年，那就还算是很“时髦”、很“创新”的！

有人说，现代人要具备三项基本技能：电脑、英语、开汽车。我很相信。可要命的是，50岁之前，我一样也不具备。

我在大学里学的是俄语。1982年年底，我从印度新德里采访第九届亚运会回国，对采访期间不懂英语所遭遇的种种尴尬记忆深刻，便信誓旦旦要学会英语，但三天打鱼、两天晒网“学”了一年，水平总在原地踏步，让丁炳昌笑话得一塌糊涂，我的心也渐渐冷了。就这样，彻底败下阵来。

学不了英语就学开车吧。记者站有车，有专职司机，我求司机小周带我到郊外空地上开了两个半天。哇，来劲！“‘上道’试一试如何？”

我鼓动小周，但小周颇担心："你没有驾照，遇到警察怎么办？出了车祸怎么办？"也是。还是要考个正式驾照。考驾照最少要一个多月，可当时记者站的采访单子排得爆满，这"一个多月"就无限期地往后推，推到后来，自己都羞于开口了，一开口，全家都朝我发出嘘声。于是，又一次彻底败下阵来。

1989 年，我暂时离开记者岗位去搞科技开发。一起工作的有好几个研究生，他们一是英语好，二是电脑玩儿得滴溜溜转，很是让我眼红。但经历过前两次的"惨败"，现在已是"心如止水"，不敢再有非分之想。眼睁睁看着别人轻点鼠标就进入了风光无限的电脑世界，自己虽近在咫尺，却如同文盲、傻子，完全被排斥在外，心里的那种自卑感与失落感难以言喻。总叹惜自己"生不逢时"，今生恐怕与"现代人"的生活是彻底"无缘"了！

一个偷偷摸摸敲出来的
"大"字激发了心灵深处的欲望

三年后，我担任了报社总经理室总经理，报社给每个部门发了台电子打字机。比起传统的打字机来，它是一个"飞跃"，但比起正儿八经的电脑来，它只是个提不上弦的"小儿科"——但就这么个"小儿科"，当时会操作者也是寥寥无几，好多部门领了这新玩意儿便"束之高阁"。

我部的这一台就搁在办公柜顶上，它是我高不可攀的单相思的"情人"，我天天朝它瞟几眼，但绝不敢碰它一下。

一天，我的副手小高发现了这台机子。"嘿，干吗不用？""没人会用呀。""学呗！"他当即取来一份文件，打开机子就摆弄起来。

年轻人，什么“螃蟹”都敢吃——我心里好生羡慕。

待在一旁“观摩”了两小时，小高竟然像变戏法似的，开始在屏幕上打出一行行汉字，看得我目瞪口呆、眼红心热。

“学过拼音吗？”小高问我。

“学过。”

“那你也来试试，不难。”小高边说，边把我的手拉到键盘上，一五一十“启蒙”了我两手。

等他走后，我看着面前的机子思想斗争了好久，最后终于克制不住强烈的诱惑，打开机盖，怯生生地在键盘上敲了起来。敲着敲着，嘿，还真敲出个“大”字来，哈哈！可还没等我欢呼出声，“咔嚓”一声，死机了，再怎么鼓捣就是毫无反应，吓得我满头冷汗、心惊胆战——完了，机子被我搞坏了！8000元一台，你就等着赔吧！

翻来覆去一夜无眠。第二天一早小高来了，打开机子接着打，嘿，一行行字又出现了！

“没坏？”我小心翼翼地问。

“没有啊，好使着呢！”

一场虚惊！我舒出一口长气，忐忑了一夜的心总算平稳了下来。

我怎么也没有想到，这个偷偷摸摸敲打出来、差点儿闯了滔天大祸的“大”字，竟激活了我心灵深处一个埋藏已久、隐蔽很深的欲望，而且从根本上改变了我今后的人生。

从“鬼门关”回来第一件大事——买一台电脑

真是天有不测风云。就在一个星期之后，我被诊断患了癌症，被救护车送进了医院。接着，是手术、化疗，一晃就是一年多。掉光了头发、体重不足 90 斤、走路摇摇晃晃的我，跟着丁炳昌回到了海南。

休养了几个月，我对丁炳昌说，我想买台电脑。

“你要买什么？”丁炳昌听不明白。

“电脑！打字的电脑，上网的电脑！”我大声嚷嚷。

丁炳昌瞠目结舌：“你连打字都不会，买电脑干什么？”

“不会，就不可以学吗？”我反问。

“那你以前为什么不学？”

“那会儿工作忙，现在有大把时间嘛。”

“对呀！”丁炳昌觉得这下可抓住了理，得意扬扬，“以前工作很需要时，你都没学，现在休养在家，还学它干吗？”

“这还不明白？”我振振有词，“正因为捡回了一条命，才更珍惜每一天呀！过去来不及享受的，现在都要享受，你懂吗？——包括享受电脑带来的现代文明！”

“可你学得会吗？”丁炳昌满脸狐疑，“不是我打击阁下的积极性，别又跟学英语似的，学了一年只会说个 OK——”他扮出鬼脸，还故意拉长了音调。

这个坏蛋，哪壶不开偏提哪壶！我真想一脚踢过去。但眼珠一转，我忽然想起了那个“大”字，顿时有了底气。

“又翻老黄历了吧？哼，老实告诉你：其实在我生病前，就已在报社学会了打字。”

“真的？”老丁斜睨着我。

“还能是假的？”我理直气壮。

可不是吗？既然打得出“大”字，就一定也打得出“赵”字、“李”字——关键是要像小高一样，什么“螃蟹”都敢吃！嘿嘿，真要感谢小高：

是他拉着我的手，帮我迈出了弥足珍贵的“第一步”。

电脑，终于买回来了，就安在客厅里。IBM 的名牌，386 型号（当时的最高级别），还连带买了电脑桌和打印机，共花了一万五千多元——这大约相当于老丁一年的工资吧。我的想法是：既然要学，就干脆一步到位。

那是 1994 年的春天，我刚好 50 岁。

等安装人员一走，我立马端坐到了电脑前。我产生了一种感觉：好神圣、好庄严、好了不起啊——我，樊云芳，也开始玩电脑了，也开始向现代人的生活，迈进！而丁炳昌，则环视着空空荡荡的客厅，摇头晃脑：“啧啧，一万五！这家里，其他东西全加在一起，也没几个一万五呀！”

“怎么，心疼了？”我转过身来面对着他。

“哪里！”他嬉皮笑脸：“我倒觉得太便宜了，十万五才好呢！”我暗自笑了。心想：假如我真要去阎王爷那儿报到，你即使用十万五，也买不回我一分钟的生命呀！

年过半百的我成了地方记者中
第一批用电脑替代了笔的人

一位年轻朋友花了半小时教会我开机、关机和几个最简单的“命令”。之后，我自己到书店买来一本最通俗的教材，开始练习敲键盘。

敲了两天键盘，我迫不及待地开始输入汉字。汉语拼音还是在中学里学的，差不多都还给老师了，现在拼错一个字母就打不出字来，打 10 个字倒有 9 个要去翻字典。第一天打了 13 小时总共输入 200 多字，还死机 20 来次，中间给那位年轻朋友打了大约不下 30 次电话。

丁炳昌说："你烦不烦人？！"

是我在学，你烦什么？我装聋作哑，不予理会。

一个月后，我在电脑上打出了第一部"作品"——4000多字的《咪咪交响乐》。咪咪是我化疗住院时一直带在身边的一个形象极可爱的小布娃娃，她已忠实地陪伴了丁炳昌和我两年多。我们曾计划为她写一个类似木偶"匹诺曹"的童话，没想到这纯粹自娱的"童话"会成为我在电脑上的"处女作"。

从此就一发而不可收。从"全拼"到"双拼"，再到"智能ABC"，半年后输入速度渐渐跟得上思维速度，后来完全丢掉了笔，一天能写作3000字左右——这是我拿笔写作的速度。不过两者有天壤之别：拿笔写的是草稿，"版面"圈圈点点、勾勾画画犹如"鬼画符"，不经过丁炳昌的"美容术"（修改誊抄），是没人能看懂的；而现在从电脑上出来的，是一步到位、打印得清晰精美的文章。

丁炳昌从冷眼观望而变成最热烈的支持者——记得1987年盛夏在"火炉"武汉，他冒着38℃～41℃的酷热为我修改、誊抄第三本新闻著作《中国新闻文体大趋势》，整整一个多月，直抄得眼睛发直、颈椎发僵，走起路来就像个机器人跳现代舞。现在电脑不仅解放了我，也解放了他，这真叫福从天降！为之，丁炳昌真愿意朝着电脑磕三个响头。

1996年秋天，我正式回到《光明日报》的记者队伍，了解到：虽然在1995年时报社花2000万元实现了整个编辑部的电脑化，但各记者站尚无此先进装备，要电脑，自个儿买！因此用电脑写稿的地方记者，至今还寥寥无几。年过半百的我，竟然荣幸地成了这"寥寥无几"之一，成了地方记者中第一批用电脑替代了笔的人。

初入网络世界的我犹如刘姥姥进了大观园

但对我来说，学会了电脑打字，只是拿到了一张进入电脑世界的“入场券”。我知道，电脑的功能犹如一座庞大无边的宫殿，把个价值一万五千多元的电脑仅仅当作打字机用，就像让爱因斯坦成天演算“1+1”的算术题一样可惜。

我开始想方设法拓展电脑的用途。一次去南京出差，一位朋友听说我家有电脑，慷慨地送了我一套价值700多元的高考复习软件，内容涵盖数、理、化、语、英、政六门课程，包括各种题型1万多道。拿回家，我那刚升入高三的小儿子丁安如获至宝，可装进电脑后不运转，怎么回事？多方求教，原来这套软件必须用486的电脑带动。我一咬牙，到电脑公司请来一位行家，花了3000元把家里的386升成了486，使儿子的“苦瓜脸”顿时变成了“向阳花”。

1998年年初，我去采访海南省最大的电脑网络公司“海南公网”，这里的男男女女都是电脑通，他们面前的电脑连接着全世界，随意敲几个键，就可以在屏幕上浏览早自上个世纪、大至全球的信息，还可以跟大洋彼岸的朋友通话。有了这个“网”，时空感消失了，生活的领域扩大了千百倍！晚上躺在床上，我脑海里晃动的全是上了因特网的电脑屏幕，五光十色，千变万化……

我的电脑是不是也该上网了？这个念头令我兴奋莫名，也令我惶恐不安，折腾得我当夜一分钟也没有合眼。

从第二天起，家里只听见我嚷嚷要上网的叫嚣。可要上网须得再花3000元把486升级成586，否则内存不够，另外每个月还需交180元上网费。

这些钱在今天当然不算回事，可在当时，我和老丁的月工资加起来也就3000多元，为造老家房子借的债尚未还清，大儿子工作不稳定，小儿子到武汉上了大学，要花钱的地方多着呢！

“如果看得懂英语，那自然是值得的，但你我都是英盲，上了网又能看到什么？”其实丁炳昌的这个疑虑也正是我心里感到惶恐的，假如花了钱不能发挥作用，上网岂不成了附庸风雅？我闭上了鸟嘴。

但上网的念头是如此强烈，“理由”不断地冒出来：海南岛与大陆隔着一条海峡，大陆的报纸除非在海口市有印点的，如《人民日报》可以当天与读者见面，《光明日报》《经济日报》《文汇报》《中国青年报》等，都要三四天后才能到读者手上，因为它们须通过特别的邮车从广州运过来。遇到刮台风、下大雨，则四五天运送一次，新闻不仅变成了“明日黄花”，简直就是“木乃伊”了！

我真感到惊奇：我们这几年过的什么鸟日子啊，竟然就这么忍耐着，安于现状！现在是什么年代了，还这么封闭落后？光凭这一点就该上网！

我挖苦丁炳昌：以你那么好的忍耐性、又那么思古怀旧，蛮适合去坐牛车、点油灯或干脆茹毛饮血、披一张兽皮！哈哈，现在是丁炳昌闭上了鸟嘴。

“海南公网”的老总真够朋友，他认可我的那篇头版头条对“海南公网”的工作做了“出色的宣传”，特批准我记者站免交每个月的上网费，这无疑促成了最后的“一锤定音”。

但“公网”服务部的那个小伙子对我上网的积极性并不恭维，这种冷漠和鄙视写在他的脸上、闪现在他的眼神中，大概在他的心目中，已经把我归入了追随时髦、附庸风雅的“马列主义老太太”一档了。不过这并不能减少我的兴高采烈，哇哈，现在不仅能看到当天的《光明日报》，而且能看到国内上百种形形色色的报刊，看到世界各国华侨办的几十种中文报刊，如新加坡的《联合早报》、加拿大的《星岛日报》……简直像刘姥姥进了大观园，目不暇接。

之后一个星期，我从早到晚扑在“网”上，吃饭也要“三请诸葛亮”。

这天丁炳昌从外面回来，疑疑惑惑地问：“这几天我们家的电话是怎么了？别人都说总也打不进来……”我大吃一惊猛醒过来，连忙三下五除二“蹦”下“网”来，也真巧，电话马上就“丁零零”响起来。“呸！”丁炳昌狠狠地瞪了我两眼跑去接电话，我却掩着嘴“嘿嘿”偷笑起来。

刚上网，不熟悉，经常一惊一乍。

“糟糕，怎么画面出不来了！”

“不好了，病毒！”

“天哪，又死机了！”

……

丁炳昌的耳边充塞了我的这些噪声，不胜其烦。当然，更烦不过的是“海南公网”服务部的那个小伙子，几乎每天都会接到我的几个电话，有一次我把电话直接打到了他的家里，电话里他的声音已经失去了耐心：“你知道现在是几点吗？”

我看了一下台钟，呀呀，还差三分钟就到凌晨了。“对不起，对不起，我……我老糊涂了，明天再给你打。”

对方“噗”的一声笑了，无可奈何的语气：“有什么快问吧，我明天要出差。”

解答完我的问题用了整整20分钟，在他听来这都是些最起码的常识，我在他的心目中不是白痴就是弱智。小伙子出差期间我又积累了18个问题，他刚踏进公司，记者站的车也接踵而至。面对他愠怒的脸色，我还以灿烂的笑容。接到记者站后，又殷勤地端饮料送水果，把他伺候得像个王爷似的。一个半小时过去，18 个问题得到了圆满的解决，我的宝贝电脑又开始欢快地运转了，我不禁心花怒放。

哼，我才不在乎别人怎么看我呢，厚脸皮也好，弱智也好，反正只要能学到东西我就高兴，学到一星半点儿，我就用一星半点儿，急用先学，积少成多嘛。

1998 年 8 月，我通过因特网给报社发了第一封电子邮件——我的一篇稿件，从而开创了《光明日报》地方记者运用电子邮件方式向报社编辑部发稿的先例。邮件几经周折发到了报社的网络部，记者部副主任夏桂廉再用软盘把它复制到记者部的电脑上。夏桂廉打电话给我："樊大姐，你年纪比我们大，用电脑却走在我们前头了！"我嘴上客气了两句，心里可是像吃了巧克力冰激凌一样舒坦。

2000 年 8 月，报社终于给每个驻省记者配备了手提电脑，并要求记者直接从电脑发稿，报社不再接受手写的稿件——这一强硬措施，逼迫每个记者必须掌握电脑的文字处理系统。否则，就被淘汰。

翌年春天，我提着手提电脑到博鳌亚洲论坛采访，采访论坛的中外记者几百个，没有一个不是从电脑上直接发稿回本报社的。作为其中为数稀少、头发花白的老记者，我很庆幸自己跟上了"时尚"。我不敢想象，假如作为《光明日报》记者的我，拿着一篇手写的稿子，踏进"新闻中心"后目瞪口呆、手足无措，怯生生询问"哪里可以发传真"——恐怕这本身就会成为博鳌亚洲论坛上一条轰动的新闻！

我多么庆幸自己早走了几步。当然，从某种意义上这也是托了海南省的福。海南省的经济在全国是"小弟弟"，但信息产业却是例外。早在"八五"期间，当时的省政府就已经把信息产业定为海南省 21 世纪的支柱产业，决定投资 30 亿元，对全省的公共信息网进行改造，铺设环岛光缆和建设计算机网络系统。这个富有远见的战略决策，使海南省早在20世纪末就拥有了国际先进水平的通信基础设施——当北京、上海以及全国大多数省会城市的用户，还在为申请上网排长队时，海口市的信息高速公路已经全线贯通并大肆招揽用户了。我们记者站的“车”早早搭上了这条漂亮、迅捷的“高速公路”，这是我们的幸运。

电脑改变了全家人的“生活状态”

网络开通极大地调动了我大儿子丁平使用电脑的积极性，经常整个晚上都猴在我的电脑上，跟他台湾的女朋友互发 E-mail。本来嘛，这几个月他俩的电话费月月突破 1000 元大关，两边家长都已怨声载道，现在正好“瞌睡给个枕头”，一下子解决了大问题。可我的问题又来了，丁平动不动就霸占了电脑，有时我正在写稿，他站在旁边一副火烧眉毛、急不可耐的样子，倒好像他是这台电脑的主人，真是本末倒置！

岂止丁平，丁安更不像话，夏天放暑假回来，我的宝贝电脑又几乎成了他的专用机，连中午午睡，他都偷偷开电脑独个儿看 VCD，气温 37℃哪，家里又舍不得老开空调，机子都烫手了，心疼得我喊爹叫娘。

果不然，他前脚刚走，后脚电脑就出毛病，是CPU烧坏了，700元！丁平生气得比我还厉害些，因为他一连好几天没法给女朋友发E-mail，这个害人的丁安哪！

后来家里来了个更厉害的主——我的外甥女，是她教会我做各种电子表格。她和丁平给电脑装了话筒，录下自己的歌声通过 E-mail 发送给朋友（哼，他俩的歌声也不见得比我家小狗沙沙、飞飞的叫声好听多少！），后来又安装了扫描仪和刻录仪，安装了 MSN（网上可视电话），安装了宽带，安装了可下载电影、音乐、书籍的软件“电驴”，安装了……

有了这些“装备”，我的生活和写作确实称得上有了“天翻地覆”的变化。每天用完早餐，第一件事就是打开电脑，边听音乐，边浏览人民、新华、光明、凤凰、新浪等几大网站的最新新闻，看看世界上又发生了什么大事、要事——说实话，报纸、电视的信息量是有限的，而网络世界的信息量是无限的，你打开了一扇大门，就可以打开无数扇门，天上地下，精彩纷呈，立体多面，无所不有，特别是你想跟踪某个事件或研究某个专题的时候，网络的优越性无可比拟。

从网上下载资料、图片、书籍、音乐、影视，设置“电子资料库”，并定时刻录到碟片里——这也乐趣无穷。几年积累下来，我的“电子资料库”已经包含数十万篇资料、数十万张图片、5500多本书籍，远超过了我之前30年积累的全部剪报资料。而且两者无法相提并论：整个“电子资料库”也就是数十张碟片，不管哪条信息，一点鼠标，半分钟便可查到；而30年的剪报资料装了有五六个大纸箱，搬了几次家后已乱得一塌糊涂，找篇资料得翻箱倒柜，好不容易找了出来，有些还被水侵蚀，遭虫噬咬，气得你跳脚。

有了网络，我的采写速度快了若干倍，文章质量也因为资料充足而提升了。记得2006年6月14日下午，我正在上海，接到报社“人物版”主编邓凯的电话，约我给“人物版”写一篇对霍金的专访——其时，霍金已经在香港，预定17日到达北京参加国际弦理论大会，22日离京返英。

我问：“有把握获得霍金的独家专访吗？”答：“已经安排好了。五到十分钟。”“写多少字？什么时间要？”“一个整版。最迟22日见报。”

我扳着指头一算，好家伙，只剩六天了，一个整版！

但是“独家采访”的机会对我有不可抵挡的诱惑：我太想近距离接触这个科学界的奇才了——他身上有太多的谜，我渴望通过面对面的采访，为自己也为读者解读这些谜。

从 14 日晚上七点到 16 日深夜十二点多，我在电脑前坐了差不多有 40 多小时，搜索、阅读了 300 多篇关于霍金的报道，下载、并在电脑上通读了《霍金演讲录》与介绍霍金生平的《时间简史续编》两本书，又在上述内容的基础上，列出了独家采访的提纲。

17 日上午，我从上海登机，下午抵达北京，便急着联系独家专访的事。深夜十一点多，终于联络到大会主持者，把采访提纲传到了他助手的手机上，但回复的消息令人沮丧：霍金身体状况非常不好，接受单独采访的可能性几乎没有了。

于是，18 日一清早，我与叶辉来到人民大会堂，加入了浩浩荡荡“抢”新闻的记者大军。万幸的是，20 日晚上，在北京友谊宾馆聚英厅，丘成桐先生的专题演讲会上，霍金的轮椅意外现身，静悄悄地停在了距叶辉和邓凯五米远的地方，使他们得以近距离观察霍金的每一个动作、表情和反应，并当场写成“短信”，用手机发给正在记者部写稿的我。

19 日还有个插曲：我刚写了两节，突然想到大约在两年前，自己曾下载过一条消息：霍金公开推翻了自己“顽固”坚持 29 年之久的“黑洞悖论”。这么重大的情节、这么突出的性格特征，怎么就被自己忽略了呢？

于是停下写作，上网重新搜索这个专题，到傍晚时共收集到 30 多条相关信息，从各个角度印证了这件事的背景、细节、各等人士的不同反应。

我当夜又补写了“我很抱歉让科幻小说迷失望”这一节——这在整篇文章中，成了不可或缺、颇富特色的一节。

21 日下午三点半，7500 字的稿件从记者部的电脑上发到了总编室“人物版”，当晚上了大版面，22 日清晨与读者见面。四个月后我无意中从网上看到，该稿已经被 1000 多个网站转载。

要是没有电脑，没有网络，我绝不可能在六天内完成此稿，也绝没有勇气接受这样一个任务。

到 2003 年时，我家里除了两条小狗沙沙和飞飞不知电脑为何物外，四个成年人一人一台电脑。经常是：我在电脑上写稿，丁炳昌在电脑上浏览新闻、看股票，小唐（丁平的太太）在电脑上与大洋彼岸的客户谈生意，丁平提着手提电脑上班。两代人分别住在三楼和二楼，有时懒得走楼梯，就通过电脑可视电话交谈。各种照片，也不送照相馆印了，改为保存电子版，跟外地朋友们交流，多数也改用电子邮件了。

60 岁时我悄没声儿拿到了驾驶执照

与学电脑相比，学开车的“好处”似乎更直接：快退休了，家住城郊，到市里很不方便，去超市买个东西了，到医院看个病了，怎么办？明摆着，要想让退休生活过得潇洒、舒适，必须学会开车，没商量。

可已经 60 岁了，老丁是一百个不放心：“看看吧，满大街的车，有白头发老太太开的吗？我可以保证：整个海口市找不出一个来！你就不能安分点儿吗？”

“安分了还是樊云芳吗？”我朝他龇牙咧嘴扮着鬼脸，他拿我一点儿没办法。

由于记者站工作的特殊性，我坐汽车已有多年，看司机操作看多了，自己学起来也就没觉得有多难。那天，我在饭桌上发布“新闻”：下个星期，我可以领到驾照了。

似乎没有人感到惊讶。丁平扬了扬眉毛，笑了笑：“那好啊，祝贺你，妈妈！”小唐委婉地劝说：“妈，毕竟年岁大了点儿，反应没我们年轻人灵敏，开慢点儿，小心点儿。”丁炳昌则埋头吃饭，面无表情。

驾照拿到手那天，丁平翻来覆去看了半天，然后拉开自己的车门，把车钥匙塞到我的手里：“走，露一手，上路吧。”“去哪儿？”“我公司的基地。”“不，不行，那条路太复杂。”“那么，哪条路不复杂？”丁平笑嘻嘻地：“快走吧，妈妈，有我在旁边保驾呢！”被儿子“绑架”上车，摇摇晃晃上了路。一路上险情迭出，每次都吓得我心跳过速，身体发僵，手脚不听使唤，好在有丁平坐在副驾座上，每次都及时伸手、伸脚，帮我化险为夷。到了40公里外的公司基地，下了车，我发现丁平的汗衫都湿透了——原来他比我还要紧张！

几乎车毁人亡——我决定放弃

上了十几次路，有点儿门了。就开始上高速公路，司机坐在一旁保驾。从海口开到儋州，一路上有惊无险。下了高速，进了城郊公路，大意了，想超车，不料迎面一辆大卡车风驰电掣而来。

我一下慌了，抓住方向盘一个大右拐，车像一头疯牛又撞向右边并排的那辆大卡车，把司机的脸都吓白了，他手脚并用，才让“疯牛”来了个急刹，右边那辆大卡车夹带着气流和尘土，擦着我们的车边呼啸而过，高音喇叭的锐鸣差点儿没把我的耳膜震裂。

好家伙，就差那么一两厘米就车毁人亡！有那么几分钟，我都吓蒙了，连车门都不会开了。

从儋州回到海口，我和司机没有跟任何人讲这件事，但是接连一个星期，我夜夜噩梦缠身，不是梦见自己撞死了人，就是梦见别人撞死了我……每次从噩梦中惊醒，冷汗淋漓，我惊恐地想：这也许是上苍的某种暗示？

接下来，整整一年，我未敢碰一下方向盘。我决定放弃。

敢与不敢，是个心态问题，岁数不是理由

2005年深秋，我和丁炳昌报名参加了一个太极拳培训班。培训场地距离我们家太远，搭车不着，必须请司机每天清晨五点送我们去。

连送了一周，我自己都觉得没法再张这个口了。给报酬？人家不要，把我塞给他的钱都退还了，怎么办？放弃学太极拳？不，刚学了一周，“味道”很好，兴趣正浓……要不，再试试，自己开车？可这个念头一冒出来，把我自己都吓着了，儋州那惊险的一幕立即又在眼前晃动，呼吸都不匀了。

一整天我都在问自己：开，还是不开？这背后实际上是另一个问题：敢，还是不敢？

我重新回顾那惊心动魄的一幕：每一个细节，一秒钟、一秒钟地回忆。结论是：只要规范驾驶、不违章超车，这个事故苗子是完全可以避免的。

假如一定要把那些噩梦解读成上苍的“警示”，那么“警示”的内容就是：永远把安全行车放在第一位，严格遵守各项交通规则——做到这一点，就能把事故消灭在萌芽状态。

傍晚，报社的一位老记者也是我的老朋友张振声给我来电话，我向他诉说了自己对开车的恐惧，他哈哈大笑：“樊云芳啊，樊云芳，这可不是你的性格！一个事故苗子也能把你吓倒？60岁了又怎么样？岁数可不是理由！你没看到，外国老太太90岁了还在开车？——关键在心态！心态！报社人事部的杨胖子，体重大概顶你俩，年纪比你大10岁，北京的路又那么拥挤，她都开得滴溜溜的，你想不到吧？快，

把车开起来！开着车，带着老丁，到全国旅游，多自在，多潇洒！你能行！一定能行！”

我还真没想到老张是这样一个热情洋溢的鼓动家。当天，我毫不犹豫地又坐上了驾驶座。

2006 年春节前夕，海南省邮政局举办迎新会，已退休的我也驾着车前去凑热闹。会场前汽车云集，各家媒体的记者纷纷来到。看到我从驾驶座上下来，大家几乎不相信自己的眼睛，省邮政报的总编张少中专门跑过来，疑惑地问：“樊大姐，你的司机，没来？”“没来，我自己开。”“哇噻——”

会电脑，会开车，拉近了我与现实生活的距离

一年后，我驾车下乡采访，驾车到机场接人，已成家常便饭。那天，我到海南日报社办事，下车后，身穿一身休闲服、胸口挂着 U 盘、脚着白色旅游鞋的我，跟着一个年轻记者进了她的大办公室，我把 U 盘插入电脑，就开始介绍稿件内容、背景……在送我上车时，她对我说：“樊老师，我怎么感觉你就像年轻人耶！你跟现代生活是那么协调，我们之间没有代沟！”

这句“评价”让我高兴了一整天！“没有代沟！”现在许多中老年人跟青年人很难沟通，缺乏共同语言，不就在于他们对现代工具、现代生活所知甚少，无法进入和理解青年一代的生活和思维领域吗？

不久后，我和丁炳昌决定落叶归根、千里搬迁——把家从海口搬到上海浦东。我们不坐飞机，不坐火车，选择了“驾车游”。

行前，我在电脑上仔细查看地图，研究了路线。运气太好了：三年前，中国南北大动脉“同三线”已全线贯通。也就是说，我们回家，

可以全线“搭乘”这条现代化的高速公路。

第一天：海口—广州。第二天：广州—厦门。第三天：住宿在温州。第四天：在杭州吃午饭，当天傍晚到达上海。从出发，及至到目的地，四天四夜，边行路、边旅游，心情之好无法言喻。

当然，开车的主要还是司机小王，但我每天也开上三小时。对于这个退休生活的“开端”，我非常兴奋，也非常自豪——从某种意义上，它显示了今后的生活与命运，就如驾驶盘一样，掌握在我自己手中！

事实也正是如此。回老家后，我们住在一座农家小楼里，周围是农田、果园、鱼塘，似乎远离了这个喧闹的世界。但网络和小车，成了我们与外部世界联络的“视窗”与“热线”，尤其是电脑网络，几乎一刻也离不了（后来因出行很少，叫出租车又很方便，故不再自己开车）。有一次，我的电脑染了病毒，一连几天打不开，我顿觉惶惶然不可终日，好像这日子都没法过下去了。

而自从网上有了微博后，新闻的信息量更成几何级数爆炸，新闻的传播速度几乎跟新闻本身的进展同步——这使我们两个退休老人，虽然住在离市区几十公里的农村，也在第一时间看到了日本特大地震后的大海啸、温州动车追尾、反政府武装攻入的黎波里、罗伯斯故意拉扯刘翔……特大新闻惊心动魄的“现场”。

“世界上没有什么可害怕的，唯一可怕的，就是害怕本身。”回顾学电脑与学驾车的经历，我再一次想起了罗斯福——那位坐在轮椅上连任四届美国总统的伟人——的这句名言。

我还想加上一句自己的体验：岁数不是理由；害怕不害怕，敢与不敢，这是一种对生活的态度。对年轻人如此，对中老年人同样如此。

十五的月亮十六圆

中国20世纪80年代中期的职称评定，是在“文革”结束后刚“恢复”的，距上一次职称评定有十年以上的“断层”，这人为的十多年“断层”，造成了巨量的积压，使这“华山一条道”上的“厮杀”变得空前残酷与惨烈。本篇“十五的月亮十六圆”的故事，就是在这种大背景下产生的。啊，什么时候中国知识界的天空乌云散尽，变得明澈湛蓝，什么时候“大锅饭”与“独木桥”真正为“八仙过海，各显神通”所替代，这个故事也就可以当作笑谈了。

“高级记者”——一个“白日梦”

1986年中国新闻界恢复评职称，新华社、人民日报、光明日报、广播电视部四家是试点。在光明日报，经过极其严格的层层评审，41岁的樊云芳脱颖而出，成为四个入选高级记者的人选之一。据内部消息，这是当时上述四家试点单位中入选高级记者中年龄最小的一个。

也就是说，自己即将成为全国新闻记者中最年轻的高级记者！得到这个消息，我兴奋得彻夜难眠。

说实话，我当记者十年得过很多荣誉，但我最最看重的就是这一个。因为唯有这一个，真正代表了自己的新闻业务水平——而这，不正是一个新闻记者最基本、最重要的素质吗？因此，某种意义上，这，才是记者至高无上的荣誉。

是的，这十年来我目不斜视、专心致志地采写新闻。一条几百字的短新闻，我也要拟出几十个导语来反复推敲，选择一个最有创意的、最抓读者眼球的，虽然我知道短新闻可能只有一天的“生命力”，但我依然如此，力求每一篇都不雷同，一篇比一篇写得好一点点——这是我对自己的要求。

能当记者就很好，这十年遇到中国经济改革最辉煌的岁月，光明日报又是中国新闻界为改革真诚呼吁的“排头兵”。正是在这弥足珍贵的黄金岁月，在这个不可多得的舞台上，我获得了自由发展的广阔天地，实现了自己的人生价值。我珍惜这段岁月，珍惜这个舞台，我拼命地写，为了读者，也为了自己。

现在，这种努力与付出，获得了社会的承认：光明日报一批最高水平的高级记者、资深评委，用自己的投票宣布了这种承认！为了这种承认，我得到了最大的心理满足，我觉得自己是世界上最幸福的人，我也决定：要一如既往、心无旁骛地，为中国新闻事业付出我的后半生。

在充满幸福感的同时，我更庆幸自己当年的选择：选择了搞业务，而非仕途。现在看来，这种选择是多么正确。当时，上面规定：被提拔当了报社领导的，不得参加评职称，也就是说，当官与搞业务是两条基本不交叉的路，在这两条路上，不同“性格”、不同“特长”的知识分子，各自都有广阔的发展前景，都能为社会做出最大贡献。譬如像我这样的，不适合仕途，但搞业务就得其所哉，哈哈！

然而，沉醉于“哈哈”中的我，绝没有想到，这“哈哈”仅仅是自己的一个“白日梦”。

真所谓乐极生悲。事情的发展，突然发生了180度的大转弯。

接下来，四家试点单位组织了“联合验收组”进行验收。前面三家都顺利过关，最后到了《光明日报》，竟然卡了壳：卡壳者就是樊云芳。

“樊云芳才41岁，我已经75岁，我的党龄比樊云芳的年龄还长啊！而我已经是末班车，樊云芳以后还有的是机会。”全国政协委员、《光明日报》已退休的72岁画家王乐天到验收组那里哭哭啼啼：“党已经给了樊云芳那么多荣誉，而党对我是亏欠的：我被打成右派，20年蒙冤受屈！现在无论如何也应该给我点儿补偿吧……”

在长途电话里，报社一位高级职称评委会（下面简称“高评委”）评委对我讲述了上述情况，并委婉地劝诫我：“总之，你要做好思想准备，据说王乐天的哭诉已经打动了验收组成员——他们多数是王乐天的同龄人，对于他的遭遇是很同情的。”

“王乐天，不是已经退休了吗？”我结结巴巴地问。

“没错，退休了理应没资格评职称，但王乐天不是全国政协委员吗？这就另当别论了。”

放下电话，我发呆了。

王乐天，我认识，原是报社美画组的编辑，一个很和蔼可亲的老人。他既然已退休还要职称干什么呀？评职称，评的是新闻业务水平，跟党龄又有什么相干？“补偿”，当政协委员不就是“补偿”吗？可高级职称是一种业务水平的标志，不是政治待遇，还能用来作为政治的“补偿品”吗？验收组怎么会同情他呢？报社，会不会迁就他？通宵失眠。

接下来的情况是：联合验收组找《光明日报》副总编、报社高评委主任王强华谈话，要求报社把评给我的那个名额让出来，给王乐天。

总编辑杜导正要王强华“顶住”。老杜说：“不能让，樊云芳是《光明日报》中青年记者中的突出代表，我们就是要树这样的典型，让中青年记者学有榜样，学有动力。”

联合验收组发话了：如果你们不把樊云芳换成王乐天，我们就不验收。

僵持了一段时间，报社内部的“不同声音”也冒出来了：“41岁就当上高级记者，那她以后还有什么前进目标和动力呀？验收组的意见不是没有道理的。”“樊云芳就那么重要吗？为了她一个人，全报社都不验收了？”

终于，老杜顶不住了。报社编委会做出决定：做好樊云芳的工作，把她那个名额让给王乐天。

于是乎，皆大欢喜，独我向隅。

其实在今天看来，当时的那一“让”实在太正常不过了，假如当年一帆风顺“圆”了我的“白日梦”，那就叫“不符合中国国情”，那就是最大的不正常！可惜我当时硬是钻了牛角尖，这么简单的理儿就是想不明白。但更令人意想不到的是：这一“让”，竟“让”了16年之久！以致16年之后，当年的老评委们集体写信给《光明日报》总编辑，为我呼吁和打抱不平。我给这个哭笑不得的故事取了个名字：十五的月亮十六圆。

我钻进了“牛角尖”

评职称不久，我回报社改一篇大稿，很多人见了我就说起这件事，说法各个不同，但大致是惋惜与安慰：

“小樊，我们都听说了，是报社要你让给王乐天。让就让了吧，也就推迟一年。你才40岁出头，前途无量呀！”

“别难过，让了就让了，反正你在我们心目中，是个够格的高级记者。”

“中国嘛，就是讲论资排辈！‘破格’是说说而已。别放在心上。”

……

他们不说还好，越是这么说，我心里越难受，也就越钻牛角尖了。

那天，在报社家属区门口遇到了王乐天。我跟他不熟，但他这次一见到我就过来热情地打招呼，之后是不无抱歉地说：“小樊，这次，这次的事……望你能谅解……”而后，执意拉我去他家吃饭。我明白，这是他致歉的表示，但我并不能释怀，任他怎么拉也不肯去他家，终究拂袖而去。走了几步，我回头，看到在他苍老的脸上露出失望与痛苦的神情，这神情让我心里一动，很有些不忍，但也没有多想，就走了。

在报社走廊里我遇见了老杜。我满心委屈，眼泪都快掉下来了，很想跟他诉说几句，强忍住了。他也看出来了，让我下班后去他家。我去了，饭后，他拿出两幅他夫人画的水墨画——画的都是水仙花。老杜铺开画纸，自己磨墨，握笔在两张画上均题了“冰清玉洁”四个字，赠送给我。“小樊，但愿你像这水仙花一样——这是我对你的期望。”这明明是冲着评职称的事——这就是老杜的态度！我明白了：无须诉说，一切诉说都是多余。

我回武汉后，把这些情况告诉了老丁。老丁展开两幅画看了许久，最后长叹了一口气：“行了，也不用生气了。把这两幅画裱一裱，挂起来吧。”

“不挂！”我把画卷起来塞进了书橱。

“争取自己该得的东西就不‘冰清玉洁’了？这样的‘冰清玉洁’我做不到！也不想做！”我气呼呼地，就像只气蛤蟆。

老丁的回答是沉默。他知道在我气头上，任何劝说都只能是火上浇油。

但此刻，何须“浇油”，我的“火”已经直蹿脑门了：“凭什么叫我‘让’？职称又不是一串项链、一个金表，可以随便‘礼让’给别人！”我喊得震天响。

在我心目中，“剥夺”我的高级记者职称，拿它作为一件“物品”去“补偿”别人，这意味着这种“评定”已失去了原则，失去了公正，变味了；当然，还意味对我劳动价值的轻视，对我所作贡献的贬值！

老丁的回答还是沉默。

“说得多好听：‘破格’！现在41岁了评个正高还算是‘破格’！光知道个论资排辈……”

“够了，越说越出格！”冷不防，丁炳昌一声断喝，震得我一愣，见我不喊了，丁炳昌放缓了口气，“你这一番慷慨激昂，要是杜导正能听到，胡耀邦能听到，也算有点儿价值，可惜呀，听众只有一个：老丁也。你即使喊破嗓子，我也无权给你个‘高级记者’呀，是吧？何必呢”！

想想也是。我颓丧地闭上了嘴。

“来吧，喝口水，消消气，等养足精神了，再开骂，如何？反正有我这个‘出气筒’在，你骂得像老鸭叫，我也只当是‘天籁之音’，呵呵！”

丁炳昌优哉游哉地调侃，终于把我逗笑了。

夏大哥的告诫让我开始
思索中国评职称的大背景

“牛角尖”钻了好一阵，直到有一次报社的夏浩然给我打电话。

夏浩然是报社的体育记者，1992年曾跟我一起到新德里报道第九届亚运会，自那以后，我与他就成了无话不说的好朋友。

说完正事，夏浩然问我最近在干什么。老丁抢过一步，对着电话（按着“免提”）大声说：“在骂娘呢，还越骂越来劲！”

“骂娘？”夏浩然莫名其妙，当听完我的“诉说”，他不胜惊讶，“什么，小樊，你居然跟王乐天争职称？他最后一班车了，你让他一下又如何？”

“这职称……也能让吗？”现在轮到我吃惊了。

“怎么就不能让？”夏浩然的口气理直气壮，“不就是个职称吗？让了，你的文章就没‘水平’了？”电话里，夏浩然抬高了声调，半开玩笑地告诫我，“小樊呀，我告诉你，你要连王乐天这样的老人都不肯让，那就真叫没水平了啊！你知道他的经历吗？20年右派！惨哪呢！”

放下话筒，我呆若木鸡。

这是我第一次正面听到“另一种声音”，而且来自我最尊重、最信赖的朋友。

我从未报道过体育运动，去新德里，是夏浩然无私地把最有特点又能稳拿金牌的项目让给我来采写，还把他积累多年的剪报资料提供给我；我两眼一抹黑，谁也不认识，是他领着我到各运动队一一去“朝拜”；我写了稿，为了赶时间，他帮我修改、誊抄；有几个一起署名的稿子后来评了奖，他到处宣传：“这是樊云芳写的，我是跟着沾光。”

像这样一个作风正派、道德优良的记者，也认为“该让”，我就不能漠然视之了。至少说明一点：这种观点在报社内外有相当的代表性。

难道是我太偏颇了，没有站在全局的立场上看问题？还是我太自私，只考虑自己、完全不考虑对方？我开始反思。

而老丁得意扬扬，在一旁“痛打落水狗”：“你给我好好听听——这才是真话！这才叫朋友！忠言逆耳啊！你这个人啊，就喜欢听‘灌米汤’的话，还自以为那就是‘民意’！哼，女人嘛，总是头发长见识短！”

我不搭理他。

之后，在采访中耳闻目睹的关于评职称的林林总总，使我逐渐看明白了这次评职称的整个“背景”。

当时，中国知识分子要提高待遇只有两条路：一是当官，二是评职称。当官的永远是少数，绝大多数就只有评职称这“华山一条道”了。工资、住房、看病、出差、发表文章、出书，甚至在会场上座位的排次、发言的先后……样样与职称挂钩，可见评职称对中国知识分子来说有何等的重要！

而中国20世纪80年代中期的职称评定，是在“文革”结束后刚“恢复”的，距上一次职称评定有十年以上的“断层”，这人为的十多年“断层”，造成了巨量的积压，使这“华山一条道”上的“厮杀”变得空前残酷与惨烈。

尤其是高级职称完全不成比例，说其是“寥若晨星”也不为过。而老、中、青三代人都仰着脖子、伸着手摘“星”：老年知识分子强调“资历”，强调“历史背景”，强调“还账”，强调“最后一班车”；中青年骨干则强调“实绩”，强调“平等竞争”，反对“排资论辈”。

作为《光明日报》的记者，采访的多是知识分子高度集中的单位，在那两年里，耳闻目睹了许多令人痛心的事情：为了评职称，一些业务骨干不再自恃清高，而是到处去诉说自己的成绩，有些人干脆“赤膊上阵”，与领导争得脸红耳赤。当申诉与争吵都无济于事时，他们耿耿于怀，牢骚满腹。

为了评职称，本来的朋友与同事，成了恶性竞争的“对手”，本来很团结的集体，四分五裂，一些单位的内斗达到了白热化，而这些单位的领导，就像在“走钢丝”，“钢丝”激烈晃荡，他们只能不停地摇摆手中的“雨伞”，以求得脚下的“平衡”。

一次，华中民族学院一对中年教师找到记者站来，气愤地诉说他们系里评职称的极端“不公平”。“你看看，这是我们发表的文章、出版的书籍，这是学生对我们的评分，这是……”那个男的一面展示他们的“成果”资料，一面“控诉”，气愤得嘴唇发抖，而他的夫人则自始至终一言不发，垂头掉泪。两小时后，老丁和我送他们到楼下，那个男的把我拉到一边，低声告诉我：“这次落选，我那一个连死的心都有了！你说急不急人？樊站长，我，我……”说着，他也快掉泪了。

两个成年人，两位大学教师，对着素不相识的记者掉泪，不是伤心到极点绝不至于如此。作为同龄人，我们太理解、太同情他们了，但我们又能如何？

相比之下我还是个“幸运儿”

没有比较就没有鉴别。渐渐地，我感觉到相比之下，自己还是个“幸运儿”，因为我毕竟在本单位的评审中还曾经“脱颖而出”过呀！这实在要感谢报社领导的悉心培养与提携，感谢一大批老评委的关照和呵护。

尤其是像杜导正这样尽心竭力扶植中青年业务骨干的单位一把手，实在是凤毛麟角。

当记者之初，国内报纸上还是“新华体”的天下，我学外国记者“倒金字塔”的写法，在报社引起争议，记者部主任卢云充当了我的“保护伞”。杜导正来的那一年，我已进而写“散文式新闻”，他看了如获至宝，每每兴冲冲地到老卢那里，眉飞色舞地评论一番，然后又跑到总编室，大发议论：“像樊云芳这样的记者，我们要支持，她写来的稿件，你们轻易不要改动。我再说一遍：轻易不要改动！鼓励她大胆探索嘛，让她形成自己的风格嘛……”以至于有两回为了改动我的稿子，总编室主任程里嘉竟然直接打长途到记者站来：“你要不同意改，我们可不敢动，一会儿老杜准把我们骂死！”弄得我差点儿晕倒。

1985 年，荣誉排山倒海而来：先是全国三八红旗手，接着是全国优秀新闻工作者，然后是全国党代会代表。

当我进入了全国党代会会场、领到了全体“党代表”的名册时，我不敢相信自己的眼睛：名册上，所有中央新闻单位的党代表都是“社长“总编辑”，都是些在中国新闻界“如雷贯耳”的名字，唯独《光明日报》的“党代表”是个来自基层的普通记者，一个无名小卒。

原来是老杜把这个荣誉——这个在世人眼里崇高无比、珍贵无比的荣誉——让给了我！全国党代表啊！即便是新华社这样的正部级单位，全国党代表的名额也只有两个，由于老杜在新华社时不是一、二把手，这两个名额从未轮到过他，如今他坐上了《光明日报》一把手的交椅，却坦然地把报社这个唯一的名额让给了一个普通记者，而自己屈尊坐到“列席”座上！

我心中翻江倒海。大会休息时，我找到老杜，语无伦次：“老杜，你……我不够格的，我……”老杜却开心地拉我过去，指着一位慈祥的长者：“你不是崇拜穆青吗？来，我给你介绍……”

党代会后，老杜携夫人到庐山休假，把丁炳昌和我也叫到了庐山，等待我们的是一场推心置腹的谈话。“小丁、小樊呀，”他说，慈父般的亲切、朋友般的坦诚，“我想过提拔小樊，但有人提议，按小樊的条件，可培养成全国名记者，搞管理反而浪费了。我觉得也对，《光明日报》需要各种各样的人才，《光明日报》的事业需要有一批响当当的名记者，你们怎样想？”

丁炳昌和我深以为然。两代人的心达到了高度默契，老杜兴高采烈，我们也自以为进一步确定了目标，心无旁骛。老杜夫妇邀我们一起，在庐山过了两天神仙般的日子。

从杨西光到杜导正，《光明日报》铸就了十年辉煌。这十年，中国的政治与经济体制改革实现了重大的突破。这十年，在中华人民共和国的历史上、在中国新闻史上，是永载史册的。我，一个普通的新闻记者，有幸亲身参与并见证了这个伟大的历史时刻，是何等的幸运和幸福啊！

回忆这十年，真是一段充满阳光、充满激情的岁月！人生拥有过这样黄金般的岁月，也就不算虚度了，何必再计较是否当上了高级记者？

何况，今年不成还有明年。老杜，相信你会一如既往地支持我的。

麦哲伦的启示——观察事物要不断变换视角

但天有不测风云，1986 年年底的那场学生运动，最终造成了胡耀邦的“下台”，还“催生”出了一个“中国新闻出版总署”。1987 年 1 月，老杜离开《光明日报》，去担任新闻出版署署长。《光明日报》总编辑换了人，接着，记者部主任也换了人。1987 年评职称前我就有一种“不好”的预感，果然，“资历”被进一步强调，入选的高级记者清一色是“长者”，我，落选了。

要不是有前面所说的“自我释然”，这一次的打击会比上次更“致命”。

因为，上一次还看到“希望在前”，而现在只看到“希望渺茫”。

如何看待这件事？与其“掩耳盗铃”，不如“直接面对”。

这时，我受到麦哲伦故事的启发：看一件事，要不断变换视角。

早在公元前2000多年，当时的欧洲人曾经传说：大西洋就是世界的尽头。直到公元1522年，由葡萄牙航海家麦哲伦率领的船队首次完成了环球航行后，人类才确认自己是居住在一个圆球上。

这说明一个真理：当人们站在一个固定不变的视角观察事物时，他们的眼界总不免受到限制；而当他们不断地变换视角，对事物做全方位扫描时，眼中的景观就会气象迥异。

运用“全方位扫描”的方法，我采写了一篇8000字的长篇通讯：《在“得”与“失”之间——记中南财经大学的中青年科研群落》，它发表于《光明日报》1988年2月1日头版头条。

这篇报道，可以说，是我对评职称问题全面思考后的“答卷”。

我觉得中南财大的情况是整个中国知识界的“缩影”。该报道发到报社后很快即被采用，我想也是因为这个原因吧。

报道中，作者对中南财大的中青年科研群落寄予了无限的同情与赞誉——那是不言而喻的，写他们就是在写自己啊：“了解中国国情，又饱尝生活的艰难，这使他们有别于手不能提、肩不能担的白面书生；十二年寒窗，又使他们有别于凭经验吃饭的‘大老粗’；‘文革’前后的亲身经历及其深刻对比，使他们清醒地思索着中国驶向现代化的曲折航程；兼收并蓄东西方文化的精髓，又优化了他们的知识结构。他们是既能动笔动口，又能动手，在理论上开拓着新的思路，同时又脚踏实地、坚忍不拔的一群。”

报道中，作者为他们大声疾呼：

“据校方提供的数据，中南财大1982—1987年共有852人参加评职称，评出的一个最年轻的教授是50岁……”

“在 36 ～ 45 岁的 146 人中，评上高级职称的仅占 9.6%，而这批人承担着全校 65% 的教学量、57% 的外接科研课题。”

“31 ～ 50 岁的 327 人中，评上高级职称的仅占 13.4%，而他们却承担着全校 80% 的教学量、65% 的外接科研课题。”

报道说，于是这批中青年骨干牢骚满腹：“什么评水平、贡献，说穿了，就是评胡子。胡子两寸长，教授；胡子一寸长，副教授；没有胡子，靠边！”“这次评职称，本意是发现人才，鼓励人才，结果怎么样？有目共睹！”

“但一旦冷静下来，他们也会站到别人的角度上加以思索：老一代知识分子的命运，比我们更坎坷，很多人在极‘左’路线摧残下九死一生，历尽磨难，评职称不考虑这个历史背景能行吗？对他们来说，这已是‘末班车’，而自己尚有机会，怎忍心与老一辈去争这一碗‘粥’？”

报道进一步揭示了该群落生存状态中最令人痛心的一面：

“但是，长时期地超负荷运转，付出的代价是昂贵的……我们翻开这本黑封面的本子，是中南财大的‘死亡档案’。里面记载：从 1982 年以来，56 岁以上的老年知识分子死亡 6 人，而 35 ～ 55 岁的中年知识分子却死亡 12 人，恰恰是两倍。”

报道中，借这个中青年科研群落之口，作者发出感慨：

“啊，中年，中年，历史注定这一层人要在振兴中华的航道上，当逆水行舟的纤夫；历史也注定这层人要‘扶老携幼’，当人梯，当垫脚石。”

“这是‘得’，还是‘失’？是幸福，还是痛苦？是无私的奉献，还是被迫的索取？

“也许兼而有之吧。

“于是，一边发牢骚、一边拼命干，就成了这批中青年骨干的一个重要‘性格特征’。这个‘性格特征’又反映了他们内心的失望与希望、不满与满意、消沉与亢奋交替出现的一条心理曲线。而他们的生命之舟，就在这条心理曲线中不断地加速，迎着一个又一个波峰浪谷，拼搏，再拼搏。”

写到这里时，我的眼睛已经湿润。

那么，出路在哪里呢？报道引用了一些中年骨干的思考：

“35 岁的讲师朱延福认为：一个运动员得了世界冠军，重奖万元，无可非议。一个科研人员的发明创造，假如为国家创造了巨额财富，为何不能成为万元户、十万元户？必须公正地考核一个知识分子做出的实绩，并保证实绩最大的人得到最大的‘实惠’，把贡献与利益这个不等式变成等式，提倡在实绩面前人人平等。

“33 岁的中年讲师钟朋荣，对于现在一提改善知识分子待遇就马上联系到国家没有钱、似乎只有‘钱’才是落实知识分子政策的前提，阐明了不同看法。他说，个体户是怎样富起来的？国家给了钱吗？苏南乡镇企业又是怎样发展起来的？深圳特区又为什么发展那么快？都不是国家给了钱，而是国家给了政策，给了允许他们富起来的政策。

“我认为要提高知识分子待遇，同样如此。给点儿钱是一方面，但我们更需要、更盼望的是给‘允许’知识分子富起来的好政策，允许人才流动，允许第二职业，允许在平等条件下竞争，允许知识分子在利国利民的前提下去获得自己合法的物质利益。”而现在，“要想干点儿事，四面八方亮红灯，大家只好窝着、等着、熬着，去争那清汤寡水的‘大锅饭’，千军万马过‘独木桥’。为什么不能把竞争机制也引进知识分子政策，允许各条战线的知识分子‘八仙过海，各显神通’呢”？

樊云芳要“下海”——地方记者会上的大“新闻”

通讯发表后,收到不少读者来信,谈到该报道对他们的“触动”与“启迪”。但首先受到“触动”与“启迪”的,正是作者自己。

“对呀,为什么要窝着、等着、熬着,去争那清汤寡水的‘大锅饭’?”

这个问题我问了自己一百遍、一千遍。

而且,还要面对另一个现实:在“大环境”“小环境”都有所改变以后,我感觉作为一个新闻记者,“自由驰骋”的天地好像越来越小了,这是我最感痛苦与无法忍受的。

十年来,我第一次开始“东张西望”“心有旁骛”。

1988 年,我整理、撰写了两本书——《记者梦》与《新闻文体大趋势》,一起交付出版社出版。加上之前出版的新闻作品集《我就是我》,也算是对自己十年新闻生涯的一个小结吧。

1988 年 10 月下旬,《光明日报》在苏州召开全国地方记者会议。会议结束前夕,我把一纸“停薪留职申请书”交给了姚锡华总编辑。

“什么,你要‘下海’去经商?”姚锡华摘下眼镜,满脸惊诧,他看我的眼神,好像在看一个外星人。

“不是经商,是搞科技开发。”我郑重地纠正。

“那有什么区别?小樊,你不是在开玩笑吧?”

我又拿出一张纸来,这是刚注册的“海南中桥科技实业开发总公司”的执照,上面明明白白印着:“法定代表人　樊云芳”。

我看着老姚,语气非常坚定:“假如您不同意我停薪留职,我可以辞职。”

这时，很多人围了上来，那两张纸在大家手里传看着，一时间，房间里很安静，没有人作声。

“小丁，这件事你知道吗？你难道也同意？”半晌，还是老姚打破沉默，转过头去问丁炳昌。

丁炳昌脸上挤出尴尬的笑容：“老姚，樊云芳的脾气，我能拧得过？”

那天晚饭时，记者们在饭桌上纷纷议论着这个本次记者会的“最大新闻”。

我永远感谢老姚和那一届编委会。当知道我心意已决后，编委会做出了三个决定：1. 批准我停薪留职两到三年；2. 在停薪留职期间，保留记者身份，可以继续采写与发表稿件；3. 任何时候想回报社，立即解除停薪留职。老姚还让记者部主任在长途电话中转达他个人的意见：“告诉小樊，要是下海不顺利，及早回来，报社随时欢迎！”

老丁摇头晃脑，唉声叹气：“看看，报社对你多么宽容，多么爱护！你呀你，不可理喻！非吃了苦头才会回头！”

“嘿嘿，你说错了，我就是撞了南墙也不会回头了！”我龇着牙笑。

但是我错了。“名记者”的情结依然深埋在我的心底——三年后，还是它，把我召唤回记者队伍。

“范长江新闻奖”诱惑我吃了“回头草”

1991 年金秋，当时的《光明日报》总编辑张常海来海南考察，也顺便“考察”了一下樊云芳办的“中桥公司”。他吃惊地发现，公司办得还不错，已在一座气派的大厦里拥有了 350 平方米房产，还连续两年获得“海南省进出口优秀企业”称号。

“小樊，你发财了呀！”张常海跟我开玩笑。

我告诉他，这是挂靠在一个厅级单位下面的“国有企业”，虽然公司创办时是白手起家，但现在赚的钱却不属于个人，我们正筹划把它改制，让创办人都占有股份，这样就可以顺理成章地“发财”了。

“这么说，你还是在为公家办公司？这么着吧，你干脆回报社来，办报社的公司，如何？”

老张很诚恳，他说，《光明日报》都是书生，不懂企业，这几年下面挂靠了不少公司，赚了钱不上缴，亏了就让报社赔，报社拿它们一点儿办法都没有。“你回来吧，把这些公司都交给你管。报社刚成立了一个总经理室，你就来当这个总经理室的总经理吧。”

我呵呵笑着打哈哈，心想这怎么可能？我这里好不容易才搞得有点儿模样，哪敢回报社去“太岁头上动土”？

一星期后，老张又亲自从北京打来长途电话，电话的内容只有两句话，但顿时让我脸热心跳，一夜失眠。

这两句话是：“我在一次会上遇见穆青了，穆青说，快叫樊云芳回来，马上要评首届范长江新闻奖了。你们《光明日报》，也就樊云芳有希望。”

范长江新闻奖！这可是中国新闻界的最高奖啊！首届，更是至高无上的荣誉！新华社社长穆青是该奖项的评委会主任，他竟然说我有希望！

我真有希望吗？我在新闻界奋斗了十年，追求了十年，要能摘取这个奖项，一切的付出都太值得了！天哪，我太想得到它了！是的，我必须回去！

此时不回，更待何时？！

半夜三更，我兴奋地在房间里来回走动，几十次撩起窗帘看外面的天色，真恨不得能把那个月亮像拨时针似的直接拨到西边。

好不容易熬到天亮，好不容易熬到上班时间，我迫不及待地拨通张常海的电话，告诉他我愿意马上回报社。

“可回来后只能到总经理室，记者部主任的位子有人了，这你知道。”

“到总经理室能参评范长江新闻奖吗？”这是我最关心的问题。

“要参评这两天就必须申报了！小樊啊，你还在犹豫什么！”

“好，好，我马上来北京！”

去报社之前，我回了一趟湖北，不知怎的，我要回报社的消息竟传到当时的省委书记关广富那里去了，他让秘书邀请我和老丁去他家。书房里还坐着省委宣传部部长王重农——我和老丁在湖北记者站干了十年，与他们两位领导都很熟悉。

关书记和颜悦色：“小樊呀，你这次回报社给你个什么级别？”

“副厅级。”

“这样吧，省委宣传部还缺个副部长，你来省里吧，正厅级，怎么样？”

我嗫嚅着，不知如何回答。我不能“坦白”：关书记，我此次回报社是冲着范长江新闻奖去的——天哪，这还只是个“单相思”呀，谁知道运气会不会落到我头上？我更不敢“拒绝”——那不明摆着看不起湖北省吗？否则该如何解释——宁要报社的副厅级，不要湖北省的正厅级？我的脑子在飞快地转动：要是答应了关书记，级别是上去了，可范长江新闻奖肯定“泡汤”了——我所有的新闻成果均是在《光明日报》取得的，能带到湖北去申报吗？不可能。评委会也绝不会接受一个行政官员的申报。而且如此出尔反尔，我情以何堪？……

关书记看出我很为难，就笑了：“呵呵，是我提得太突然了。这样吧，你们回去考虑一下，考虑清楚了直接找重农。”

考虑的结果是不言而喻的：范长江新闻奖对我而言，至高无上！为了范长江新闻奖，我好马也吃“回头草”。

又一次与“高级记者”失之交臂

1991年在12月10日上午，首届范长江新闻奖颁奖大会在北京人民大会堂举行。颁奖时，我正好排列在穆青对面，从穆青手中接过了沉甸甸的奖杯。

颁奖两天后，我和老丁到新华社看望穆青，他靠在沙发转椅上，手里玩弄着一支笔，隔着宽大的办公桌笑眯眯地望着我，竟也开起了玩笑：“呵呵，了不得呀，得了范长江奖了——这个奖连我也想申报呀，可惜我年龄超过了（上限是55岁），没资格参评了。呵呵，你现在成新闻界名人了，别搞你那个破公司了，快回来好好写新闻吧。”

当他听说我回报社要去“总经理室”，就皱起了眉头：“还不务正业啊！”等把我俩送到电梯口，又语重心长地叮咛，“小樊啊，好好干，可别辜负了这个奖项哦！”

1992年春节过后，我正式回到了报社，就任总经理室总经理。让我深感意外的是，报社竟然还给我安了个职称评定委员会委员的头衔。我够资格当这个委员吗？我自己还不是高级记者呢，哪有资格评别人？但左顾右盼，发现除我之外，评委会里还有好几个也不是高级记者——报社出于什么考虑如此安排，我不得而知，但“惴惴”之心稍得平静：管他呢，让我当就当呗。

那么，自己还到底申不申报高级记者呢？我盘算了一下：评委会里尚有一半是我的老领导或好朋友；我这三年虽在搞“开发”，但断断续续还在为报社写稿；去年又得了范长江新闻奖——综合这三条，也并非一点儿希望也没有。那就申报一下试试。

不料评审尚未正式开始，记者部副主任老陆就登上门来：“小樊啊，老王自己不好意思来，要我来向你求个情：这次评高级记者你就不要跟他争了——你刚得了范长江奖，够意思了。老王说，好事让别人也分点儿吧。”

老陆说的“老王”，就是当时的记者部主任，他也是个评委，比我年长个七八岁，写一手好文章，就是笔头懒，当地方记者时稿件稀少，多年来一直评不上高级记者恐怕就在于此。

在《光明日报》记者队伍里，我一直佩服老王的业务水平，现在，既然“老大哥”向我开了口（虽然是拐弯抹角通过别人），我也不好意思不“从命”啊。于是，老陆很高兴地回去“复命”了。老陆走后，我心里很不是滋味。但答应了的事，就得办。我找到夏浩然（他也是评委之一），告诉他我决定放弃“申报”。

夏浩然听了原委后皱起了眉头：“小樊，1986年那次我觉得你应该‘让’，现在我不赞成你‘让’：那个老王这么些年一共写了几篇稿?数都数得过来！”

“唉，不管这些了。”我无精打采地说，“反正你把原本要投给我的那一票投给他就是了。还有另外几个评委，也求你帮我一起拜托了！”

几天后，老王如愿以偿，而我又一次与“高级记者”失之交臂。

“直肠癌后期”——灭顶之灾从天而降

两个月后，《光明日报》全国记者会在北京召开，会址是海军招待所。会议最后一天的最后一个“节目”，是由我介绍报社多种经营的情况。刚站起来说了两三分钟，突然感到一阵强烈的头晕目眩，我不得不匆匆结束讲话，回到老丁的住房。未及坐定，不得了，下身大出血，一下就瘫坐在地上……

当医生的最后诊断——直肠癌——摆在我面前时，大脑屏幕上跳出了一行字：老天爷是公平的！现在该轮到你了！

是的，这些年来我运气实在太好——健康、荣誉、家庭、事业，几乎色色俱全。周围的同事中兢兢业业者为绝大多数，但如我者，不多。

冥冥中自有一杆秤：这头得到太多，那头就会失去。现在，我失去了健康，也许还会失去生命？这符合辩证法，很公平，无可抱怨。

不知为什么，老王的那句话也盘旋在耳边："好事让别人也分点儿。"我的嘴角咧出了一丝苦笑："看来这乃天意也。"

接下来，是漫长的"穿越死亡之旅"。老天没有抛弃我，报社没有抛弃我，同人与朋友们没有抛弃我，家庭更没有抛弃我。我又活过来了。

我获得了第二次生命。

在这个过程中，当死神黑色的翅膀一次次掠过我头顶时，我反复思索了生与死的含义。

现在，1996 年 7 月，当我重新回到《光明日报》记者行列中时，我已经是一个脱胎换骨的"新人"了，原来那个争强好胜、咄咄逼人的名记者樊云芳已经不复存在，现在的樊云芳是个两鬓斑白、心境平和、不为人注意的"普通一兵"。

回报社开记者会，在走廊里遇见了已退休的老王。他把我拉到一边，推心置腹："我听说你还回来当记者？唉，我劝你千万别回来！现在都是新人当道了，没人理你了，被冷落、被漠视……啧啧，那种滋味呀，实在太难受了！唉，我反正是要走了，我劝你也……"一面长吁短叹。

我理解他的感受，但并不认同。"被冷落""被漠视"，那是因为他依然把自己当成"部主任"，当成"名记者"，而我，已经把"名记者"的情结从心里连根拔去，往日曾经的"辉煌"更是恍如隔世。

眼下对我，每一天都是“老天的恩赐”，每一天都是“节日”，每一天都是“享受”，我不会让任何“身外之物”来影响我的好心情！

十五的月亮十六圆

话是这么说，其实也不能完全做得到。譬如：评职称。

要不要申报高级记者？这是我回来后马上遇到的问题。

从我内心来说，实在不想再申报，因为那对于我已没有任何实际意义。但问题是，混在一大群年轻记者中——其中有些还是听过我讲课的“学生”，他们都已经是高级记者了，而两鬓苍苍的我，竟然还不是！偶尔还听到有年轻记者在窃窃私语：樊老师至今不是高级记者，是不是有什么问题？

若要申报，又必须正视这个现实：现在的评委会绝大多数都是新面孔，他们未必很了解我。

还有，《光明日报》现在这批40岁左右的中年记者咄咄逼人，他们精力充沛，思维敏捷，写稿量大，好稿率高，报纸的头版头条，有相当比例被他们占领。这批人现在雄心勃勃，眼睛都盯着“高级记者”——要真按“贡献”来评，大病后的我还真不是他们的“对手”！

怎么着？把范长江新闻奖抬出来？也许有点儿用，可这样一来，岂不重蹈了“论资排辈”的覆辙？岂不也成了盖在年轻人头上的青石板？

“不要因我的回来挡了年轻人的路。”——这是我的决定，老丁也赞成。因此，从1996—1998年，连续三年我没有提出申报。

但报社内外总有一批同人很为我打抱不平。1999年入秋后，报社人事部几次打电话到记者站来，催促我申报。此情难却，老丁就替我填了表，寄了过去。记者部有两个评委：叶辉和杨荣。他们对我的入选信心十足。但开票结果令他们失望：落选。晚上，叶辉在电话里难过得几乎说不出话："樊老师，我，我……对不起……"

我哈哈大笑："对不起什么？很正常嘛。其实，错在我，我本来就不该申报的呀。"

但叶辉却一直对此耿耿于怀，他说：首届范长江得主评不上高级职称，这不公平！三年后，他辞去了评委。

又过了两年，到了2001年。一天，人事部分管评职称的副主任小何打电话来，很激动："老樊，告诉你一件事，袁总编收到一封信，是报社的一批老领导、老干部联名写来的。信上说，他们都是1986年的评委，就在那一年，樊云芳就已经评上了高级记者，后因某些原因，报社动员樊云芳让给了王乐天。时隔16年，他们竟然得知，樊云芳至今尚不是高级记者，这令他们感到惊讶和不理解。他们要求袁总编亲自过问此事，尽快解决樊云芳的高级记者职称，以落实知识分子政策。

小何还说，每年去《人民日报》复评，总有人问："你们报社为什么不评樊云芳？"他只好回答：是她自己没有申报。

放下电话，我对老丁说："是时候了，该解决了。"

老丁说："是呀，再不解决，就对不起那些一直在关心我们的人了。"

有人说：如今中国大学里的职称晋升、年度考核及成果指标之类，已经被许多学者认为是"灾难性的"，其压力恐怕远大于爱因斯坦当年的学院环境。当年爱因斯坦就认为"只有坚强的性格才能在这种情况下不流于浅薄"。

现在要解决的是：既"不流于浅薄"，又能得到足够的票数。该怎么做？

8月初，报社给了我一个去俄罗斯的机会，绕道北京时我特意早去了两天，这两天时间，就专门用来完成上述"特殊任务"。

首先去“朝拜”袁志发总编辑。袁总一见我就说：“老樊啊，你的职称问题响动搞大了！前两天，连王群书记也从武汉打长途给我了（王系内蒙古自治区原区委书记，袁当时是《内蒙古日报》副总编），说他还在湖北省当副书记时，你已经是全国名记者，竟然到现在还不是高级记者，你们《光明日报》是如何落实知识分子政策的？老樊啊，你给我说说，这到底是怎么回事？”

我用两分钟简单介绍了全过程，最后，非常恳切地说了这段话：“老袁，要按照我现在的发稿量，绝对比不上那些年富力强的中年记者，因此，我这些年一直不敢申报，申报过一次没评上，也心服口服，毫无抱怨。但假如，报社与评委们考虑我曾经有过的贡献，体谅我大病之后的实际状况，额外照顾，投我一票，我将非常感激。总之，评上评不上，我都一样会尽力而为，当好一个普通记者。”

老袁默默地看了我一会儿，若有所思，然后给我提了个建议：“这样，你去见一下老李和小翟（均为副总编，负责评职称），把你刚才说的那些话也给他们说一下。”

遵命。我依次又“朝拜”了这两位。说来惭愧，这些年来我“无事不登三宝殿”，跟这些领导确实是非常“生疏”。但显然，老袁的电话赶在了我的前头。老李见了我竟先做“自我批评”：“老樊，怪我呀，这些年考虑不周到，疏忽了你的事情，今年一定补救，一定补救。”

小翟更是热情，还拿一张纸把这届评委的名字一一写上，指着告诉我：“这几个你一个个都得拜到，这几个我替你打招呼。老樊啊，今年应该没有问题。”

评选的结果，估计读者已经想到了。但我对这个结果反应平静，没有激动，没有喜悦，倒有一丝悲哀。在我最渴望得到它的时候，它对于我来说，就像天上的月亮，可望而不可即；现在我得到它了，它对我已经失去了任何意义。

想起当年王乐天遭到我拒绝时那苍老的脸上失望与痛苦的神情，我至今有愧疚之心，假如时光能够倒流，我会高高兴兴地跟着去他家吃饭，再对他说：“老王，那是你该得的，我衷心祝贺你！”

想起中年记者们眼中渴求的神情，我也有愧疚之心：“请原谅我，是我占了你们一个宝贵的名额，而你们现在比我更需要它！”

啊，什么时候中国知识界的天空乌云散尽，变得明澈湛蓝，什么时候“大锅饭”与“独木桥”真正为“八仙过海，各显神通”所替代，这“十五的月亮十六圆”的故事也就可以当作笑谈了。

■ 1991 年年底樊云芳领取范长江新闻奖前夕

永乐村300号

我和老丁奔波几十年追逐新闻，虽有过很多个家，但对我而言，更像是旅馆，唯现在叶落归根才有了家园的感觉。家园，是一个洒满阳光的阳台，几个白发老友品茗弈棋，海阔天空；家园，是一间宁静的书房，几橱在匆忙的人生旅途中未及细看的书，随意挑一本细细赏读；家园，是一个闲适的庭院，里面的碧草绿树色色菜蔬，均自己栽种；家园，是与老伴手牵手漫步于铺满野花的乡村小径，两边是撒满金色碎稻秆的田野，真如歌里唱的，手牵手慢慢变老……

千里搬迁——从海口到上海

2007年盛夏。海口家中。一星期来，我忙得汗流浃背，脚不沾地，上蹿下跳，饭都顾不上吃，老丁却在一旁冷眼旁观，还不时冷嘲热讽。

“书籍，16箱；衣被，5箱；杂物，3箱……”天哪，总算把要带走的东西都一一打了包！这天，我一边点数、记数，一边捶着累得直不起的腰。“哎呀，不对，我刚才数书籍是18箱，怎么少了两箱？老丁，你快来呀，帮我再数一遍！”

“我？”从楼上传来他懒洋洋的声音，“对不起，你心明眼亮，还数不清，我老眼昏花，能数清？”

这个家伙！我恨得咬牙，又无可奈何。

6 月 27 日晨，一切终于就绪。所有行李已经托运，海口家中，已变得空空荡荡，床和家具，都蒙上了布。门外，司机小王已坐在驾驶位上，就等我们上车了。

我打开车门，先把两条小狗沙沙、飞飞招呼上车，然后转过身来催促老丁。老丁却迟迟疑疑，举步又止，还冷不防冒出一句惊人之言：“我看……还是你先去吧，我一个人带沙沙、飞飞留在这里……”

我几乎要晕过去——这位老先生在说什么胡话呀！我不由分说，上去一把抓住他的胳膊，把他推进车去，然后自己也钻进去，对着司机：“开车！”

乌拉！筹划一年之久的“千里搬迁”终于成行！目的地上海——樊云芳的故乡！在离开 40 多年之后，终于要回家了！

一路上我心情之好无法言喻。每天还接替小王开三小时车。海口—广州—厦门—温州—杭州—上海，全线走“同三线”高速公路，两边要么环山绕林，要么穿越农田水泽，真是饱览南国大地的秀美风光。“同三线”设施之完善、行车之舒适，出乎我们的意料，想想我们国家近几年在基础设施方面的巨大进步，用“突飞猛进”四个字来形容是毫不夸张。老丁的心情也随之好了起来。

开出杭州，高速公路上的车辆逐渐成倍增加，开出一半路程，公路上便开始拥堵起来，越接近上海，公路也越宽阔，双车道变成了四车道、六车道，但车辆的拥堵却越厉害，成了望不到头尾和边际的、涌动的车之海洋。是的，我们已开始感受到了中国这座最大的金融商贸城市不平凡的“呼吸”！

终于开到了我爸爸的老家——浦东南汇，惠南镇永乐村 300 号。

乡村公路四通八达，两边，绿色的稻田、鱼塘与果园鳞次栉比，一栋栋、一排排农民的小楼点缀其间，目不暇接。一条三米宽的水泥路把我们的车指引到了一座红色尖顶的三层小楼面前。

这就是我们新的家。也是我们俩在外奔波近半个世纪后叶落归根的“故居”。

改造“沙漠”——重整荒芜家园

五六年前，我妈和爸相继去世，这座房子便空置了起来。没有人住的房子犹如被抛弃的鸟巢，其间我回来过一次，其冷落、空寂、凄凉之境况，令我不忍目睹。回忆起爸妈在时，那萦绕其间的欢声笑语，那一幕幕温馨美好的场景，更令人心碎落泪。从此，我再不愿回来。

但现在，丁平已到上海工作，全家都搬走了，我和老丁在海南有了寂寞与孤独感，也就有了叶落归根的念头，而这座空置的乡村小楼重新进入我的视野——它还能不能住呢？经回来“视察”，结论是：可以住，但水、电及部分墙体需要重新修复。修复的事，委托给了上海的大妹。

5 月初，我又回上海订购了一些新家具。“千里搬迁”的梦想，就这样一步步变成了现实。

老丁对我的这个“梦想”一直持怀疑态度。这源于“文革”中我第一次把他带到南汇老家时留给他的糟糕透顶的印象：他刚踏进我一个亲戚的家，就吓得马上退了一步——在黑咕隆咚、满地泥泞的堂屋里，面对着他的竟是三头臭烘烘的猪！它们朝着“入侵者”瞪圆了小眼睛，并发出“呼噜呼噜”的示威声。

事后他告诉我：“当时真以为走错了，误进了猪圈呢！啧啧，真没想到，堂堂大上海的郊区，如此不文明！猪，竟然就养在家里，人猪同屋！啧啧，还不如我们启东农村呢！天下奇闻！”

从此，他对南汇就有了根深蒂固的偏见。这偏见一直延伸到现在这座乡村小楼上——别看房子宽敞，外形也不错——在他眼里，只是一朵“鲜花”插在牛粪上：荒芜的庭院里，杂草丛生、垃圾遍地；房内，苍蝇、蚊子和蟑螂轮番进攻，搅得我们日夜不得安宁；还时不时断电——那是因为室外电缆还是十年前的，太细，无法承担新添的各种家用电器；电脑网络是有了，但容量仅为半G，上网速度奇慢不说，还时断时续，让人烦不胜烦；还有，每天要接待亲友与乡邻来访，这与在海南时的安逸、宁静又成鲜明对照……

“说起来好听，住在上海，其实是个文化沙漠！”我心里咒骂，口上却不敢抱怨——是我自己坚持要回来的呀！

这天，我坐在电脑前，一小时内，网络断了11次，气得我拿起电话筒，朝着盐仓电信局的接线员一阵放炮：“你们这也叫网络？还让网民活不活了？哼！还大上海呢，真不如海南那个偏僻的海岛，人家宽带都用上了！……”老丁从我手中拿过话筒，和颜悦色地说：“小姐，对不起啊，老太太脾气不大好。什么？半年后这里可接通宽带？好，好，谢谢！谢谢！”

“半年后接通？”我顿时喜形于色。

“哼，六月天，小孩脸，一会儿晴一会儿雨的——我看你是越活越小了！”

“嘻嘻！”对他的这类“斥骂”，我从来是当“补药”吃的。

我们自己动手，一点一点清理掉了庭院里的垃圾，还到镇上买来锄头等各式小农具，除掉荒草，垦松土壤。第二年春天，请来工人，种上了四季常青的麦冬草，种上了海棠、桂花、玉兰、紫薇等树木，还种上了茶梅、月季、玫瑰、杜鹃、栀子花等花卉。渐渐地，这个庭院变成了美丽的小花园，草坪常绿，四季有花，从阳台上看下去，就像一块五彩织锦，赏心悦目。

我们去了南汇电力局好几次，还求了朋友去疏通，终于把外面那陈旧落伍的电缆，换成了大负荷的“三相四线”。这下可是一劳永逸：春节时，小楼宾客盈门，所有的家电都在闪烁运转，所有的灯泡大放光华，其乐融融。

小楼所有的“出口”，全都安上了纱窗、纱门——对不起，小楼拒绝接待苍蝇、蚊子！我们精心挑选了各种花色的窗帘布，为每个房间增添了不同的情调。我的两位妹妹贡献了她们的十字绣绣品，在书房与卧室里挂得琳琅满目。哈哈，现在小楼虽然没有任何豪华装饰，但看上去如此悦目、温馨、舒适！

多半年后，宽带果然接通了，我们成为盐仓电信局第一批申购者。

当我点击新浪网，那熟悉的页面一下子跳出来时，我心花怒放，大声欢呼，还把小狗沙沙举起来在屋子里转圈，老丁斜睨着我，骂了声：“神经病！”

悠闲宁静——演绎中国式金色池塘

现在，感觉越来越好。

房前是小花园，花园之外是田野、果园，一边是个大渔塘，晨闻鸟啼，夜听蛙鸣，天籁之音，令人陶醉。而小楼内，宽带、有线电视、各式家电一应俱全，十分惬意。

我们的小书房靠墙是 L 字形两排书柜，1200 多本从海南精心挑选带来的书籍，在里面归置得井井有条，30 秒内即可拿到我想要的任何一本。两个书桌安放在书房中央，桌面上各放一个电脑，老两口面对着面，各自在网上浏览与下载自己喜欢的东西，时不时也交流几句、评论几句、打趣几句，偶尔还互发邮件，把“好东西”交换着看——这种氛围，似乎与过去的“夫妻记者站”有几分相似，其实大相径庭：记者站的气氛是忙碌的、紧张的，总是在赶时间，在急着完成某个“任务”；而现在，已全然没有了紧张感，气氛是悠闲的、从容的、宁静的、甜蜜的。

“房西鱼塘东桃林，朝闻鸟啼暮蛙鸣。心静自然尘世远，白云悠悠昭空灵。”——这首打油诗记下了我当时的心境。

卧室外的阳台很大，我们用玻璃窗把三面墙都包了起来，它就变成了一间“阳光房”，视野开阔，冬暖夏凉。朋友们来了最喜欢待在这里，往藤椅上一坐，沏一壶好茶，话题就像脱了缰的野马……

这天，我弟弟又从市区给我们带来了自家做的熏鱼、四喜烤麸与红烧肉，让我垂涎欲滴。饭前，餐桌上添加了一瓶啤酒，饭后与小弟海阔天空聊到半夜。我和老丁自大学毕业，在外面奔波了 40 多年。40 多年间，像这样的手足相聚屈指可数啊！而现在，这些均已白发苍苍的至亲至爱的人，终于又得以常相聚，享天伦，心里的满足与安慰真是无以言喻。

南汇乃水果之乡，这里出产的薄皮西瓜、翠冠梨、水蜜桃、玫瑰香葡萄，均是上海市场上脍炙人口的品牌。回南汇的翌年，房前的大片田地，被一户安徽农民租去种了西瓜，于是，从端午节的头批西瓜，直至 10 月底的收藤西瓜，我和老丁成了最忠实的买主，不仅自己吃，还买了些送给城里的亲友。那西瓜皮薄，水多，甜如蜜，只要用水果刀尖轻轻一点，便“哗”的一声裂成两半，我与老丁各捧半个西瓜，一勺一勺往嘴里送，边看《狐步谍影》等碟片，也时不时看一眼股票……

于是又有了下面两首打油诗：

“锄草栽花时飞度，手抱西瓜赏‘狐步’。沙飞左右绕膝下，键盘追思人生路。”

“股指跳水不回头，飞流直下三千六。经济平稳且健康，股民脸色皆绿油。”

入秋后，每天下午到田野里散步更有着无穷的乐趣。一片片水稻已被拖拉机收割，留下满地金色碎稻秆，踩在上面如同踩在柔软的金色巨毯上，而空气中依然弥漫着稻谷的清香。走过稻田，走过果实累累的葡萄园，我俩站在一座桥上往西看：夕阳火烧一般映照在河面上，映照在树林上，映照在远近的农家小楼上，犹如一幅油画，美不胜收。

当夜，我给一些朋友发了下面这封邮件：

“我和老丁奔波几十年追逐新闻，虽有过很多个家，但对我而言，更像是旅馆，唯现在叶落归根才有了家园的感觉。家园，是一个洒满阳光的阳台，几个白发老友品茗弈棋，海阔天空；家园，是一间宁静的书房，几橱在匆忙的人生旅途中未及细看的书，随意挑一本细细赏读；家园，是一个闲适的庭院，里面的碧草绿树色色菜蔬，均自己栽种；家园，是手牵手漫步于铺满野花的乡村小径，两边是撒满金色碎稻秆的田野，真如歌里唱的，手牵手慢慢变老……

“也许你会说：嗯，就这些？没有汶川大地震？没有 CPI 高企？没有两岸包机？回答是有。但只是静静地关注与思考，已没有了以往跃跃欲试的冲动与战士出征的豪情。

“这种感觉，大概只有到你退休后才能体味。而人的心境，都是此一时彼一时也。”

浙江记者站的叶辉马上给我来了回复：“一篇优美的散文，一种闲适的情调，一对恩爱的夫妻，演绎着中国式的金色池塘。”

中国政法大学的一位年轻朋友王永亮则回复了一首小诗："南汇田园抚琴瑟，伯牙子期知音乐。太行长江通琼岛，诗意荷塘飘双叶。"

偶尔"战争"——"樊老太100元"

2009年夏天，安徽记者站站长李陈续来300号做客，他一口气喝了两大碗老丁熬的八宝粥，津津有味地品尝了我自己种的丝瓜与毛豆，在欢声笑语的饭桌上，他突然想起什么，眯起眼睛，提了一个很多年轻朋友曾问过的问题：

"丁老师，樊老师，你们俩是否从来都没吵过架？"

我们俩相视而笑。而后老丁摆出了一脸正经："别提了，前些时，我俩还大吵一架，差点儿分居了呢！"

"啊？！"李陈续吃惊不小，眼睛瞪得圆圆的。

"大吵一架"的罪魁祸首是电视剧碟片《我的团长我的团》。我先是在电视上偶尔看了两集，立即热血沸腾，感觉它在人物的立体塑造与真实性上，超过了中国有史以来所有的战争片，绝对可以与《拯救大兵瑞恩》媲美。于是迫不及待给小弟打电话，而小弟则赶在翌日中午就把碟片送到了300号。

接下来的事在老丁的意料之中：那个姓樊的任天塌下来也不管了，我一连十几小时坐在电视机前看碟片，一会儿"嘿嘿嘿"傻笑，一会儿尖叫，一会儿摩拳擦掌，一会儿又高声咒骂——用姓丁的话说："十足是个精神病人！"

但在这种时候，老丁愿骂我"反革命""混账女人"都请便，因为我一概听不见的，假如他不把饭菜夹在碗里塞到我手上，我是可以连饭也不吃的——这些，他都已见惯不惯了。但这次，我确实是有点儿过分了：深夜，我看了一集又一集，实在难以割舍，竟然一直看到了天亮。

而当我看完最后一集起身关机时，突然发现老丁正满脸震怒地站在书房门口，那整个模样就是一尊“战神”。

果然，一开口就炮火凶猛：“你，你自己不想活，还不叫别人活！”

他竟然气愤得浑身发抖。

我一声不吭，一溜烟从书房小跑到卧室——我知道，此时最佳反应就是避开“火力”。

然而姓丁的竟然又追到卧室，继续震怒着“开炮”：“60多岁的人了，还这么不知死活！”

我还是不理，倒头便睡，还拉过被子蒙住了脑袋。

可是“炮声”继续在我耳边震响。我忽地坐起身来，用请求的语气问：“你到底让不让我睡呀？”

按以往的“规律”，我既已“服软”，他就该“降火”了。然而这次“火力”却有增无减：“睡什么睡？有本事继续去看呀！不是还有好几盘吗？去呀，去呀！”

我的火气也渐渐上来了，但睡意上得更快，我无心跟他“战争”，只想找个安静的地儿睡觉，看来家里是不成了。我翻身下床，“噔噔噔”下了楼梯，走出了大门。

我是想尽快到我小弟家去好好睡一觉。但走出百米左右，突然想到口袋里没有一分钱！“金钥匙”拴在姓丁的裤腰带上呢！于是，我又返身回家，“噔噔噔”跑到二楼，朝着这个老家伙伸出手掌：“快拿5000元给我！”

“你要5000元干吗？”他吃了一惊，语气里的火药味已经小多了——而这，正是我要的效果。

“你别管，我自然有用。”我故意“卖关子”。

他想了想，从口袋里掏出了一张票子。我接过来：是100元。

其实100元足够了。我转身就走。

一个多小时后，我到了小弟家。一进门，小弟就笑：“正等着你呢。”

接着就端上一碗热腾腾的馄饨：“吃了再睡。炳昌哥哥嘱咐了，你没吃早餐。”

我一面吃着馄饨，电话铃响个不停，是其他几个妹妹打来的，均问我来没来。原来老丁把我“离家出走”的“新闻”已通知到了我可能去的每个地方，同时下达的还有“拦截”的“命令”。

我几乎笑倒。

一觉睡到下午四点钟。我拒绝了小弟的挽留，又开始往南汇赶。

一踏进300号，两人面对面直视了约有半分钟，都憋不住“噗”地笑出声来。老丁满脸不屑地说：“哼，我还当你值多少钱呢，闹半天就值100元！”

这“樊老太100元”的故事让我的弟妹们乐了好几天。

之后，我俩谁也没再提这件事，好像都已经遗忘了，其实，谁也没忘：因为之后遇到再抓眼球的碟片，只要是过了午夜十二点，我一定会站起身来关了电视机；而老丁——我感觉得到——他也给自己的“炮膛”加了个“减压阀”，膛内压力高到一定程度就会通过这个“阀”自动减压，而不致“炸膛”。

这有下面这件事可以做证。

2010年，我又有了“进步”：开始在电脑上玩“俄罗斯方块”和“80分升级”。这得益于采写瑞金医院的王振义院士——他老人家88岁了，还每天在电脑上打桥牌两小时，为的是“不得老年痴呆症”。

我深受启迪，也开始了玩电脑游戏。玩俄罗斯方块需要眼快手快，玩80分升级需要动点脑筋。我知道，我的“对手”绝大多数是些个二三十岁的年轻人，以我66岁的年纪与他们“拼杀”，确实是个不小的“挑战”。一开始，一败涂地，渐渐地，勉强能打个“平手”了，好刺激呀!

我的兴趣陡增，每天玩游戏的时间从两小时增加到了四五小时，这一下，老丁的脸色开始不好看了。

“哼，怪不得小孩子成网瘾，六七十岁的人了，还不一样上瘾！”这天，他看我一连干了三小时还意犹未尽，就在一旁冷言冷语。

又玩了一小时，他走到我跟前，疾言厉色：“你还吃不吃晚饭?五点半了，还不去做？”

“知道了，这盘完了就去做。”

“这样下去，我们俩都不会有好日子过！”他的声音越发冰冷。我回头看——老爷子脸色铁青，大有一触即发之势，但显然是克制着，没有像上次那样讲“死”呀“活”呀的狠话。

我一声不吭地关了电脑，下楼做饭去了。

一晚上，两人坐在电视机前没说一句话。临睡前，我叹了口长气:“惨哪，多玩了会儿，就被人骂，可有人整天游手好闲，还被当‘大熊猫’优待着。”

他只管铺着被子，没搭理我。

“‘大熊猫’哼哼唧唧，这儿疼那儿疼，我就天天在家陪伴，三年没旅游一次；可我玩会儿游戏，就犯了弥天大罪。”

他白我一眼：“歪曲夸张！我是怕你玩太久，对身体不好。”

“可骂骂咧咧，凶神恶煞，对我身体就好了？”

“可不是吗？你就欠骂！”他“噗”地笑了，上来就一个“野马分鬃”（杨式太极拳里的招式，技击时用以击人颈部）。

我哪会吃亏，立马回了他一个“十字腿”：“可不是吗？你就欠揍！”

“呵呵呵！”老丁笑得弯腰捧腹，我笑得干脆蹲坐在地上。

恍如隔世——考察上海农村房屋的变迁

本来以为，一退休就跟“采访”永远告了别，没想到“恶习”难改，不知从啥时候起，散步也变成了“采访”。

现在我们采访的题目是：上海农村房屋的变迁。

每次出去散步，我们都尽量“开辟”一条“新路”，一年下来，我们几乎走遍了周围方圆十里内的村庄，一幢幢农家小楼，引起了我们莫大的兴趣。

从 1967 年深秋“人猪同居、亲密接触”的景观令老丁厥倒，到这次回南汇居住看到家家立起农家小楼——这 40 年间，南汇农村最大的变化，首先就是住房——有时甚至令我们产生恍如隔世之感。

1973 年，我那到老家农村插队的三妹与一农民结婚，还算不错，男方父母给了他们一间小砖瓦房，婚宴就摆在房前的场地上。我和丁炳昌回来吃喜酒，丁炳昌先悄悄地“侦察”了一下新房，然后告我：“还好，家里没养猪哎！”

那年月，有一间小房安身就心满意足了，儿子多的农户，为争房打得头破血流的有的是。

1979 年，我三妹、妹夫自个儿造了三间平房。1985 年，他们把平房改建成了二层楼，但没有粉刷，是“赤膊房”，楼梯因尚未用水泥砌牢固，踩上去有点儿晃晃悠悠，像云梯，窗框里没有安玻璃只蒙上了塑料薄膜。

三九寒冬呀，北风横扫，我和丁炳昌在里面睡了一夜差点儿没冻僵。

问：为何不粉刷？答：钱不够呀，只能分段实施嘛。据说，这是必经的程式：家家盖房，起码住两三年“赤膊房”。

1999 年，那二层楼又翻造成了三层楼，这次是一次作业，外墙贴了洁白的瓷砖，房顶上还安了个很洋气的红瓦尖屋顶。我们回乡下一看，傻眼了：好气派好漂亮哟，从外观看简直称得上别墅了！在盐仓镇勤乐大队 10 小队（现为永乐村勤乐 10 队）里，我三妹家是第二个翻造了三层楼的。

我三妹家的房屋变迁，是整个永乐村乃至整个南汇、整个浦东农民住房变化的缩影。这一栋栋平房—二层楼—三层楼的“升级版”农家小楼，忠实地见证了上海农村这段不平凡的历史，它们的每一块砖、每一片瓦上，都篆刻着主人 40 年来奋斗致富的艰辛脚印。

到 2005 年，永乐村 10 队 70 多户农户，几乎家家都有了三层小楼。此时，人们追求的已不仅是房屋面积，而且是大客厅、大厨房、大卫生间、大阳台，还有庭院绿化，还有车库——截至我写这篇文章时，全队已有 21 辆私家小汽车。

我三妹夫扳着指头算了一下，一般农户人口在 3 ~ 5 人，一座小楼房建筑面积为 300 平方米左右，也就是说，全生产队人均住房面积超过了 60 平方米。而永乐村勤乐 10 队各方面的条件，在整个南汇也就属于中上水平。乖乖，40 年前人猪一室的景象尚在眼前，弹指一挥间，竟换了一片天地！

但同样是小楼，如要细看、特别是深入里面看，其结构与装修又千差万别。整体框架结构的尚属少数；多数是上面描述的“升级版”——砖混结构，而且是空心砖墙（为省料把砖立起来砌，墙中间为空心）。富丽堂皇、外贴花岗石板、内摆柚木家具的是少数；仅有一般装饰，但里面已配备了空调、洗衣机、彩电的是多数；也有仅外墙用水泥砌了一道、里面仍然“赤膊”且家徒四壁的“贫困户”，外表的光鲜掩盖了里面的苍蝇成群、破破烂烂。

在有些新盖的农家小楼旁边，至今还立着已被遗弃的、几十年前“人猪同居”的小瓦房，黑不溜秋、低矮歪斜、龇牙咧嘴、荒草丛生，用老丁的话说：“是用来拍摄‘夜半歌声’的最佳场景。”沈阳记者站老站长苗家生是个摄影发烧友，他来300号做客时，我们领他来参观这新旧“两重天”，可把他乐疯了，眯缝着眼一口气拍了几十张照片，横着拍，竖着拍，蹲下来仰拍，跑到高处俯拍，犹如哥伦布发现了新大陆一般。

又一天，我俩穿越川南奉公路往东插入，竟然又发现了好大一片豪宅：罗马柱，圆顶的落地门窗，前后都带大花园，园内假山池塘、汽车、名犬。假如用照相机拍下来，骗人说这是解放前杜月笙的公馆，肯定有人信！我和老丁这下子真的是目瞪口呆了。我还不禁揉了揉眼睛，怀疑自己看到的是一片“海市蜃楼”！

回去后问我三妹夫，他说那片“别墅”应该属于星火村“先富起来”的农民企业家。

啊，同样是“农家小楼”，又折射出它们的主人富裕程度上的千差万别，甚至是天壤之别。

更有一些有权势者，富得流油者，或者两者兼有者，小楼盖了一座又一座，“宅基地”指标早超过几倍了，但他们总有办法把地圈起来，把房子立起来。普通农户没这本事，唯有尽量地“多吃多占”：今天在房边上盖个“厨房间”，明天再盖“杂物屋”，后天再“升级”……反正土地是公家的，不占白不占。

这，同样是“历史”——21世纪初，上海农村的真实“历史”。

“半壁江山”——永乐村的外来工

必然要写进永乐村这段“历史”的，还有已在当地占了“半壁江山”的外来户农民工。全村的土地，至少有三分之一已被他们租用，那鳞次栉比的葡萄园、西瓜园、菜园，80% 是他们所种植与经营的，他们创造了永乐村 90% 的财富，但住的是临时搭盖的“窝棚”，也即那种种植西瓜的塑料棚，不过在外面再压层稻草，外包一层塑料编织袋布，或者是帆布。

我和老丁经常默默地注视着这些像乌龟壳一样趴在农田里、仅一人高、没有窗户、又黑又闷、蚊蝇丛生的黑色窝棚，想象里面的人是怎么生活的，他们从哪里来，又准备往哪里去。终于有一天，我们决定走进窝棚，用自己的眼睛实地观察一下。

这对 50 多岁的老夫妇来自安徽歙县，他们租用了当地农民的 5.2 亩地种植葡萄。傍晚，我们走进窝棚与老太太聊了半个多小时。他们的窝棚有点儿独特，是用整块的胶塑板拼接成墙壁，盖成了方形，里面用塑料薄膜隔成了几小间，外面还围了个小院，这就很有了家的感觉。当然，家具是谈不上的，床、桌子，都是用捡来的破板子临时搭建而成的。

我们还发现，电线，是他们直接从高压线上拉进来的，小院里打了口井，做饭、洗衣都用井水。

据老太太自述：5 亩葡萄每亩约产 1.5 万串葡萄，可卖得 4 万元，纯利润占一半，即 2 万元。满足与欢喜，书写在她黑红色的脸膛上。

我们与老太太聊天时，老头与小孙子对坐在“屋檐”下的小方桌旁，老的悠悠然喝着小酒，小的吃着我们给他的蛋糕。

第二家种葡萄的租用了 9.2 亩地，每年产约 3 万串葡萄。这一家显然来得最早，种得很得法，先富起来了，窝棚隔了三小间，竟然每间都有电视机（当然，都是 12 ~ 14 英寸的老式电视机），“屋檐”下还立着个冰箱。一问，他们原来是先前那老两口的女儿、女婿。再问，原来周围几家种植葡萄的全是他们的亲戚——一家来了，过得不错，有钱赚，就逐渐把七大姑、八大姨都吸引来了。

我们还“采访”了两家种葱的，来自福建，每家租用了 4 ~ 5 亩地，每亩地一年可赚万把元（年成不好时赚个七八千元）。

桥头那几家种黄瓜的，来自山东最南端、最贫穷的曹县。我们采访的那一家租用了两亩地，盖了四个大棚，每年可种两茬黄瓜，每个大棚年成好时能卖个四五千元。“但今年不成，太旱了，种的第二茬黄瓜都死了，病虫害厉害呀！”女主人这么说，还领我们进大棚里去看了。确实，棚里一排排黄瓜的叶子都枯焦了。“四个大棚只卖了 4000 元，只好补种第三茬。”女主人叹着气。

“但不管咋的，比在老家时可好过多了。可不，还有人赚到钱回家盖了房的。”说到此，她的目光越过田野，落到了远处的农家小楼上，目光中充满了羡慕与向往——也许，赚到钱回家盖房，这就是她在这异乡住窝棚、艰辛劳作的精神支柱与最大目标？

总之，“采访”的结果令我们感慨万分：这些住在窝棚里的最艰辛、最贫困的一群，却似乎比住在小楼里、经常打着麻将的人们更有“幸福感”与“满足感”。

这些“窝棚族”还有一个共同特点：家家都是“超生游击队”，小孩一大堆。这些小孩整天就在泥土里爬、粪堆里玩，晒得古铜色，有的甚至赤身裸体，身上糊满了泥巴与粪，但显然很健康。虽然在同一块土地上，但他们与本地那些独生子女的“生存环境”真有天壤之别——后者一般都有父母双方四个老人围着、抱着、宠着，喝进口奶粉，坐漂亮童车，一个个像小公主、小王子似的，长大一点就大堆的玩具、图书、碟片，就肯德基、比萨，还动不动生病。

“你说，这两种小孩，长大后，谁更有竞争力？”我问老丁。

“说不好。”老丁沉思着，嘴角边浮现一丝神秘莫测的微笑。

■ 2006 年 6 月丁、樊夫妇俩游神农架

爸爸，你是一本我没有读懂的书

爸爸，在你身上，到底还隐藏着多少女儿不了解的秘密？假如在你生前，父女俩能进行心灵的交流——可惜一次都没有——我将长多少人生阅历与见识啊！对米店老板“原罪”的成见及“名记者”的自视过高，使我愚蠢地错失了无数良机！爸爸，你是一本我没有读懂的书——这是我此生最大的遗憾！

童年的记忆：爸爸是个不会笑的人

从我记事起，爸爸就是一个没有笑容的人，尤其是对我们这些女孩子。

我妈妈一连生了四个女孩，最后才有了我弟弟。我是老大，得到姥姥与妈妈的千疼万爱，但在爷爷与爸爸铁板的脸色、严厉的眼神面前，总是浑身不自在。

有这么两件小事，在过去了很多很多年后，还不时飘忽过我的脑际。大约在我4岁时，我那巧手的妈妈，用嫩绿色的细毛线，给我打了一条裙子，那是照着连衣裙的式样打的，有白色的翻领与裙边，我穿上后兴奋极了，像一只蝴蝶在爸爸的米店店堂里飞来飞去，希望让更多的人看到。不料，坐在柜台上的爷爷斜藐了我一眼，一撇两行八字须，从鼻子里哼出三个字："不识相！"我爸爸立即应声而动，黑着脸朝我扬起下颚，低沉的呵斥声里盛满了不耐与厌烦："去！进去！谁让你出来的！"我几乎吓得要哭，而我的姥姥飞步从厨房蹿出来，将我一把抱起逃也似的又蹿进厨房，正在切菜的妈妈放下菜刀，拉我到身边，一双惊恐的大眼眶里贮满了泪水。

对这样的爸爸，我能有什么好感吗？而对那位总是像一尊罗汉端坐于店堂、嘴唇上横着两撇八字须的爷爷，我小小的心里装的只有害怕。

就在那个夏天还发生了另一件事。

那是个大雷雨的下午，店堂里一个买米的顾客也没有，更让我高兴的是，总是矗立在那里的爸爸和爷爷的人影也不知去向。于是我犹如被打开了笼门的小鸟从里屋飞了出去。店里的伙计各有各的事，我百无聊赖，立在店堂门口，两只小手握住半开的铁栅栏，痴迷地观赏着外面瓢泼般的大雨落地时溅起的一层层水花，观赏着马路上被大雷雨无情追赶的行人与车辆，观赏着天空中银蛇般飘忽的闪电，独对忽远忽近的隆隆雷声听而不闻。

不知过了多久，一双温暖的大手搭在了我的肩膀上，我一回头，竟然是爸爸。他蹲下来，把我抱起来，轻柔与怜爱的口气是我从未听到过的："你这个傻孩子，打雷时抓住铁栅栏会触电的。"他把我一直抱到里屋交给妈妈，受宠若惊的我在他怀抱里一动也不敢动，生怕这稀有的父爱会突然被惊走。

我注意到：那天，爷爷没有在店堂里出现。

我要上小学了，爸爸和妈妈发生了激烈的争吵，爸爸要我上就近的小学，而妈妈坚持要把我送到一所昂贵许多的私立小学。吵到后来，妈妈哭了，哭得很伤心。爸爸叹了口气，做出了让步。

第二天，我听到店堂里爸爸在俯首帖耳地聆听着爷爷的训斥："一个女孩儿家，值得花这么贵的学费吗？什么都听你那女人的，我看你是昏了头了！”

爸爸低声下气地恳求着：“您说得在理。但这个小姑娘还有点儿小聪明，兴许、兴许……”

“哼！”爷爷气愤地在柜台上猛敲水烟斗，两条八字须就像大爬虫上下抖动，而爸爸，始终毕恭毕敬地垂手而立，大气都不吭。

事情就这么定下来了。听姥姥说，这是与妈妈结婚以来，爸爸第一次也是唯一的一次违抗爷爷的意旨。

长大了些知道我妈妈是个“二房”

后来长大了些，我又知道了爸爸在浦东老家农村里还有一个结发妻子——那是爷爷给他从小定的亲，并在我妈妈出现之前就有了一双儿女。

据说那个儿子，也就是我的哥哥，聪明好学，是我爷爷的心头肉。我妈妈的出现是在我爸爸和爷爷在上海开米店以后。用今天的眼光看，爸爸和爷爷是老家村子里“先富起来”的人。由于小学毕业后不甘心在家种地，爸爸撑起了一条小木船，把自家及亲友种植的粮食运到上海去卖，风里来浪里去居然慢慢积攒到一些钱，在老家买了几亩地，在上海开了米店。解放前夕，米店的店面大约有 100 平方米大小，店里的伙计有十多人，大都是老家沾亲带故的亲友。

有了钱就张罗着娶二房。经人介绍，看中了我妈妈——一个袜厂的女工。这个年轻漂亮的女工当时只有 18 岁，比我爸小 7 岁。她 3 岁丧父，由母亲——也是她唯一的亲人——独自带大，日子穷得实在过不下去了，孤苦的母女俩从浦东乡下漂泊到上海来讨生活，在偌大的上海滩上，她们就像两粒沙尘，浮来飘去，无依无靠。

据我姥姥说，结婚前母女俩很是欢喜，以为福从天降，进了门才知是来做“小”的，我妈把眼睛都哭肿了。但即使把眼睛哭瞎了又能如何？一来是木已成舟，二来我爸答应把我姥姥一起接到家住，也算是母女俩有了个归宿。

爷爷对这对“一步登天”的母女十分不屑，尤其在妈妈一连生了四个“赔钱货”以后，在家里的地位就更是一年不如一年了。爷爷的脸色越来越黑，对爷爷俯首帖耳的爸爸，也变成了没有笑容的人，而我和妹妹们，见了他们俩就像老鼠见了猫。

一件事让生活的河道拐了弯

接下来，发生了一件事改变了这个家庭的整个生活。

那是1952年春天，新中国成立后的第一场政治运动——“三反”揭开了序幕。据爸爸后来给我弟弟回忆——他老人家几十年来对我绝口不提一字——事情的经过是这样的：那天，爸爸去金陵东路的粮食交易市场办完事，出来看到门口贴了一张市军管会的布告，布告对工商业者们晓以大义，号召有偷税漏税行为的业主主动坦白交代，一律既往不咎。

言辞凿凿，掷地有声。

爸爸想到自己的米店，偷税是从来不敢的，漏税嘛，不能说一点儿没有吧，既然坦白了就既往不咎，那就赶早不赶晚。于是转身就进了“举报室”，一五一十自报家门做了坦白，还按工作人员的要求写成了文字，按了手印。

正当他回到店里平静地向爷爷汇报坦白一事时，工商部门的“三反”

工作队也闪电般接踵而至。

接下来的事，稍上年纪的人大概都可以猜出来：紧锣密鼓的查账，掘地三尺；发动店里的伙计们揭发批斗，挑灯夜战；一张接一张的罚单，直至罚到漏税者脚腿发软瘫倒在地，罚至米店在短短一个月内倾家荡产。

说实话，当时的批斗实在很文明，绝没有“文革”中野蛮的“喷气式”，更没有拳打脚踢，只是叫漏税者——我爸爸和爷爷——站在店堂中间，工作组与工人群众围坐成一圈，喝令他们老实交代，也不时喊喊口号。

店堂与后面灶披间之间是窄长的小天井，我姥姥、我妈妈常摸黑来到天井里，蹑手蹑脚趴在店堂的门缝里往里张望、偷听，其状像极了小偷。我当时就六七岁吧，出于无比的好奇，有两回也偷偷跟了过来看“西洋景”，结果就发生了一个意外的插曲，它令我在事后很长一段时间里经常做着噩梦。

那夜从门缝里看到炳祥叔叔——店里的一个伙计，突然站起来朝着我爸爸和爷爷大声呵斥：“老实交代！不要挤牙膏！”其他工人也跟着一叠连声地喊：“交代！交代！交代！”

也许是因为对爷爷从无好感，也许是觉得此场景很好玩有趣，也许是小孩子的一种表现欲——我突然打开门缝伸出脑袋也跟着喊了两声：“交代！交代！”这稚嫩的童音如此突兀与滑稽，就如在庄严的军乐声中突然飘出两声小猫咪的“喵呜”，一时间店堂里静默下来，继而爆发了哄笑与零散的喝彩，但也在这一瞬间，我的目光与爸爸惊诧、阴沉的目光对接，我全身起了一层鸡皮疙瘩。

没容我反应过来，妈妈已拎住我的衣领，像老鹰抓小鸡般一路脚不沾地拎进了二楼房间。把我扔在床上，妈妈满脸是泪，手指尖差点儿戳穿我的额头：“你这个忤逆！”

等长大后妈妈曾告诉我，我当时的那声“猫叫”是如何像一支利箭刺穿了爸爸的心扉！

米店关门了。店堂里一麻袋一麻袋摞得好高的大米，被运走冲抵了罚款，妈妈的几件首饰，被变卖后付清了工人的遣散费——这个结果恐怕也是工人们始料未及的。而此时，这一街区的其他米店，还全都安然无恙。

那一晚，在空空荡荡的店堂里，父子俩有一场不平常的对话——说它不平常，是因为姥姥和妈妈一直屏声敛息站在临天井的门缝前偷听。

据妈妈后来告诉我，那是父子俩在决定后事。

“你爸的心伤透了——本来米店在外面还有一些债可收，或许可渡过难关，但一出事，那些欠了债的就都翻脸不认账了。哼，都是些狐朋狗友！”过了很多年后，姥姥一说起来还是愤愤不平。

“唉，也不光是钱的事。”妈妈另有自己的判断，“你爸的米店一贯足秤足量，在顾客中有信誉，在同行中有头面，现在出了这样的事，你爸觉得颜面扫地，再无心也无力把这个米店开下去了。”

总之，在父子俩谈话的第二天，爸爸就把一楼的店堂连带后面的天井、两间灶披间、二楼的东厢房，全都交给了政府，我们全家退缩到二楼一间约 20 平方米的西厢房里。立一张夹板把卧室一分为二，朝着马路的一半住着爸、妈、二妹和小弟，另一半住着我与姥姥；爷爷带着三妹回浦东乡下去过日子；四妹送给了浦东周浦一家人家。

妈妈出去找了一份工作。那是离家很远的一家袜厂，去上班几乎要穿越整个上海市区。我记得每天天不亮，妈妈就轻手轻脚绕过我的床脚走下楼梯，天黑了才会从楼梯下疲惫不堪地一步一步走上来。妈妈用她瘦弱的肩膀，担起了千斤重担，用她微薄的薪水，养活着全家老小，使这个破产后濒临破碎的家庭得以度过最艰难的岁月。

家里不见了爸爸的身影。爸爸哪里去了呢？姥姥告诉我，他先是推一辆小推车沿街卖水果，没人买，水果全烂了；走投无路呀，就去朱老板的米店了。“去做什么？”“做伙计呀，扛米呀，他还能做什么？”

伙计？我眼前浮起了店堂里那些肩膀上搭一块肮脏的厚布、汗流浃背扛着麻包的伙计形象，这与我昔日眼中的爸爸——白净、整洁，不分冬夏总是穿一袭长衫，脚上的皮鞋擦得锃亮——无论如何也连不到一起呀。我感到迷惑。

妈妈的薪水不足以喂饱我们这几张嘴，饿肚子的日子经常光临。这一天我们姐弟仨早晨空着肚子上学，中午回家锅里是空的，下午回家还是空的。姥姥躺在床上流眼泪，我就领着二妹与小弟到楼下，直愣愣站在弄堂口等妈妈，姥姥说只有等到妈妈才有吃的。

眼巴巴等到晚饭时光，妈妈没等着却来了久久不见的爸爸。爸爸变黑了，胡子拉碴，满身汗臭味，见了我们一反以往的严峻冷漠，躬下瘦小的身躯、张开手臂把我们姐弟仨一齐搂住，问：“吃饭没？”“没，家里没吃的。”弟弟边说边舔着嘴唇瞟弄堂口大饼摊上热腾腾的大饼。

爸爸二话不说，从口袋里掏出几张皱巴巴的小票子，去买了四份大饼油条，分给我们一人一份，还有一份拿回家给姥姥。

回家后，他坐在一张凳子上看着我们吃，还不停地叮嘱：“慢点儿，别噎着。”那眼光，那语气，是从未有过的温柔、亲切、疼爱、怜惜，他还特别把我拉过去，用手指梳理一下我蓬乱的头发。可惜我当时并不能体味父亲感情的变化，只顾着贪婪地舔食手掌上一粒粒香脆的芝麻。

工商地主的“孝子贤孙”

爷爷回来了，他在乡下肺气肿加重了，身为“工商地主”还不时受到批斗，他住不下去了。爸爸向政府递了申请，政府返还了楼下一间小灶披间，里面两条长凳、一块木板支起了一张小床，给爷爷睡。

爷爷彻夜咳嗽，粗重的咳嗽与喘气声甚至会进入我的噩梦。有一次，我从噩梦中惊醒，翻身坐起，发现那恐怖的声响来自楼下。我循声来到灶披间，看到昏黄的灯光下，爸爸瘦小的身躯几乎弯成了 90°，双手捧着一个痰盂放在爷爷胸前——爷爷已喘到不能平躺，用枕头垫着半靠在墙上，脸憋得黑紫，嘴角一阵阵抽搐，黄臭带血的痰液时而拖成“长龙”，时而随着激烈的咳嗽喷射而出，喷得爸爸满头满脸，但爸爸毫不闪避，还竭力腾出一只手来，用衣袖替爷爷抹嘴上的痰。

“爸爸，好脏……”我脱口而出。

“胡说！”爸爸转过头来低声呵斥我。

我悄悄回到楼上，姥姥也是醒着，发出一声又一声叹息：“唉，一个多月了，你爸就这样，整天整夜伺候着你爷爷……昨天，把最后一件长衫也拿去当掉了——买了一瓶药。其实，唉，什么药也没用了！”

过了一会儿，姥姥又嘀咕道：“要是把自己当了能救你爷爷，我看你爸准干！像这样的孝子，真是少见！”

不知为什么，这句话久久回旋在我耳边。少年时代的我，不懂该如何评价爸爸的行为，但昏暗的灶披间里那幅画面，却终生铭刻在了我的脑海。

比党员还党员的“资方”

小小的灶披间现在成了全家活动的中心：它既是厨房，又是吃饭间，还是我和二妹、小弟做功课的地方；邻里与同学来串门时，它又成了会客室；更重要的是，它成了爸爸的工场间——两把老虎钳，一把手钻，几把锉刀，全部家当加起来不值几十元，却是名副其实的谋生手段——修理脚踏车与手套机。爸爸的合伙人是范叔叔，他懂技术，也有两个客户，但一寸铺面也没有，我家的灶披间正好补了这个缺。于是，45岁的爸爸还成了41岁的范叔叔的“徒弟”。

这个“徒弟”之勤快好学，令范叔叔赞不绝口。当范叔叔早晨八点来“上班”时，系着围裙、满身油腻的爸爸往往已经干出一堆活计了，范叔叔有次拿起爸爸锉的钢条，眯起眼横看竖看，禁不住伸出了大拇指：“上手挺快啊，老樊！这可达到四级钳工的水平了！”此时的爸爸，脸上绽出了发自内心的欢快笑容，嘴里连声说：“是你教得好，教得好！”

“公私合营”了，灶披间里的这个小工场间，竟然作为“资方”，被“合营”进了上海市第七纺机厂，爸爸和范叔叔欢喜得就像小孩子一样。

那是1956年，我正读小学五年级。记得把所有的铁器破烂全部搬清后，爸爸赤着足，把灶披间的水泥地拖了一遍又一遍，我放学回来，好家伙，满世界是水！我穿的是布鞋，踮着脚尖小心翼翼踏了进去，心里禁不住抱怨，可爸爸抬头一看见我，手里捏着拖把柄就叫了起来，声音里颤抖着抑制不住的激动：“云云，爸爸有铁饭碗了！有铁饭碗了！”

那晚，爸爸一直在灶披间里等着妈妈回来。天黑透了，小弄堂里响起了脚步声，爸爸跳步过去开门，把妈妈像皇后一样迎进来，又是端凳子、又是端饭菜，然后恭恭敬敬端上一杯酒：“阿新，这几年多亏了你，我一个男人，没本事，靠着老婆养家糊口……我对不住你，我敬你一杯！”

妈妈手里的筷子跌落到桌面上，眼泪扑簌簌滚落双颊，而姥姥，竟然在小天井里哭出了声。

当时我们姐弟仨正占着方桌的半边做功课，看到这一幕不禁发呆。

但接下来的一幕更令我们目瞪口呆：爸爸竟然对身边几个孩子的反应不管不顾，一把将妈妈搂在了怀里，吻着妈妈的头发，饮泣着说：“现在好了，政府给了出路，我有铁饭碗了！阿新，相信我，我樊某人会知恩图报……”

我不知道爸爸说的“知恩图报”是指什么——是对政府，还是对妈妈？但我知道一件事：爸爸成了七纺机厂干活最卖力的工人。他每天提早一个多小时上班，又推迟一个多小时下班，多少年来，天天如此，年年如此！ 40 岁学艺的他在五六年后就评上了七级钳工。有一次范叔叔到我家来玩，说他们车间的支部书记曾感慨地表示：“可惜老樊是个‘资方’，否则早就发展入党了。”范叔叔还说：“老樊虽然没有入党，可平日里的表现比党员还党员”！我爸爸在一边听了只是淡然一笑，嘴里连声说：“应该的，应该的。”

我当时已经入了中学，积极要求进步，填“家庭出身”这一栏时总是很不爽：小业主！——那是按照公私合营时的“资方”身份。唉，为什么就不是贫农或是工人阶级呢？我更绝口不提家里曾经开过米店、妈妈是“二奶”那一档子事——反正这不光彩的一页早已翻过去了，别人不说、我自个儿去翻这个旧账莫不是得了神经病了？！但它们一直是埋在我心底里的一包脓疮。

老照片的不平凡经历

1962 年，我考入了复旦大学哲学系。也就在那一年，毛主席重新强调：“千万不要忘记阶级斗争！”这十个字，为之后一个又一个的政治运动揭开了序幕。

哲学系不是政治系，但作为主课的马克思主义哲学、毛泽东思想，就是讲阶级斗争、讲政治的学说。哲学系学生的家庭成分几乎清一色是“红五类”，我班32名学生中只有两个出身小业主，一个出身资产阶级，真所谓“鹤立鸡群”。

按理说，“小业主”亦属于劳动者阶层，但在“阶级斗争”无限升级的年代，它也被荣幸地“提拔”到了“剥削阶级”里。于是就不断地要求我们三个“可教育好的子女”与家庭划清界限，要求我们更加严酷地改造思想、斗私批修。于是我也就不停地搜索枯肠，从家庭出身“深挖”资产阶级“思想根源”。为之，我私下里经常琢磨爸爸，而且百思不得其解：一个米店老板，真的就被“改造”得那么“彻底”了？真的就不想“变天”了？从阶级分析的观点，那应该只是表面现象，在“比党员还党员”的背后也许还隐藏着一条其毒无比的“狐狸尾巴”？！

但无论我怎么“深挖”，都找不到这条“狐狸尾巴”的蛛丝马迹——假如真能找到，以我当时的政治觉悟，会毫不犹豫地去揭发。但要我去凭空捏造一条“尾巴”，确实也做不出来。

偏偏在这当口，我爸爸的心肝宝贝、那个早我两年考入上海华东化工学院的哥哥，突然因心肌梗死去世。遭受了老年丧子的致命打击，爸爸在一夜之间白了头发。也正因为哥哥的离去，我越发成了爸爸的掌上明珠。

“文革”中，我跟随系里的同学一起上了北京，准备接受伟大领袖毛主席的第五次接见，但因为属于“狗崽子”，入京的第二天就被系里一批“红卫兵”强行赶出了北京——理由是：你们这些“狗崽子”会危害毛主席的安全！

灰溜溜“滚”回了上海，“滚”回了那个“小业主”的家，我懊丧得一整天没有吃饭。而爸爸则像犯了弥天大罪一般，都不敢抬眼看我。

深夜，他端了一碗馄饨立在我床前，低声下气地求我吃一口，我厌烦地翻身向壁，不置一词。不知过了多久，我欲起床，一转头却看见爸爸依然立在我床前，手里还是端着那碗馄饨。一瞬间，爸爸弯腰端着痰盂、整夜立于爷爷床前的情景如此清晰地显现于脑际，我翻身下床，双手颤抖着接过了那碗已经凉却了的馄饨。

“云云，是爸爸的罪过，害你被人家赶回来，害你入不了红卫兵……可是爸爸这些年，也在拼命改造、拼命赎罪呀，你就原谅爸爸，你就……”

我嘴唇发抖说不出一个字，眼泪，噼里啪啦滴落在馄饨里。之后我坐在床沿，把冷馄饨一个一个塞进嘴里，一点一点吞进了肚子里。我细细咀嚼、细细品味着一个“有罪”的父亲对女儿深入骨髓的爱、无私奉献的爱。

而我的爸爸，也就一直立在床前，看着我喝完碗里的最后一滴汤。他的目光里，交织着一种我无法解读、无法形容的悲喜交加的复杂感情。接下来，是七纺机厂的造反派来家里抄家。那是个星期天。当我第一眼看到那些佩戴着红袖章、冲进家门的工人时，我就明白：十多年来埋在我心底里的那包脓疮终于被捅破了。

该来的终究要来。我出奇的平静。我平静地看着那些工人在我家里翻了个天翻地覆，我平静地看着他们在灶披间里批斗我爸爸，直至他们的头头勒令我也要揭发，我平静地说了下面这段话：“党教育我们，必须与剥削阶级的家庭划清界限。但作为子女，我也知道爸爸一直在努力改造，认真赎罪。当然，改造是长期的、一辈子的事，希望爸爸以后做得更好，也相信我们的党，有能力把我爸爸这样的人，都改造成自食其力的劳动者，改造成对社会有用的人。”

在抄家者离开后，我把爸爸扶到楼上，给他倒了一杯水。令我万没想到的是，他颤颤巍巍地爬到自己用木板搭建的小阁楼上，取下来一个纸包，打开来，几张已经发黄的旧照片赫然在目——照片上的爸爸，长衫、皮鞋，风华正茂；照片上的妈妈，着一袭无袖旗袍，青春靓丽！

天哪，要是刚才给造反派查抄出来——我周身的血液都快凝固了，根本就不敢想下去。但随即，一个更可怕的字眼闪过脑际——“变天账！”我像被人猛抽一鞭似的跳将起来，用凌厉的目光逼视着爸爸，那样子大概有点儿吓人。

爸爸低眉垂眼，躲避着我的目光，声音低得几乎听不见：“我知道，这是‘四旧’。但我舍不得烧掉……可要是再来抄家呢？……云云，你……你说怎么办？”

我舒了口长气，为自己的“杯弓蛇影”感到可笑，目光也随之变温柔了。

是的，每个人都有自己值得纪念的物品，这跟“变天”根本扯不上。

“交给我，我来收藏。”我郑重地接过了纸包。

于是，这几幅旧照片，就一直压在我的箱底，从上海，到石家庄部队农场，到山西浑源，到太原，到武汉，到海南，直至退休之后，回到了上海农村老家。时过 40 年，飞越数千里。

现在，它们就立在我的书桌上，虽然照片上的双亲已经离我而去，但每当我抬头接触到他们慈爱而神采奕奕的目光时，总会有一股暖流从心房缓缓流至全身——我知道，这是爸爸妈妈无边的爱在冥冥中保佑着我。

“父心肌梗死急归”

那是 1975 年，我和老丁在山西浑源那座小县城里干得正红火，突然间，从上海发来一封电报，把我打入了十八层冰水里。

电文是：“父心肌梗死急归。”

尽管有了心理准备，但当我见到病床上那个形销骨立的躯体时，还是感到了惊骇：仅仅一年未见，爸爸怎么就衰弱成了这般模样！

握住他枯柴般的手，我不禁哽咽出声，而爸爸却咧开两片枯叶般的嘴唇，绽出了一丝笑容，白得像纸的双颊上也泛出了红色，神情极为激动。

听妈妈的叙说，爸爸的冠心病应该是积劳成疾——长达 20 年从不间断地加班加点，有目共睹；近 4 年来又添加了一件苦差事——帮我喂养小孩。我生下丁平 40 天（当时产假只有 40 天），就独自回浑源去上班，把嗷嗷待哺的婴儿丢给了父母。丁平自小体弱多病，特别是冬季，动辄气管炎高烧，半夜三更送医院、挂急诊是常事。那年月，叫出租车是想也不敢想的，来来回回全靠老人背，年近六旬的爸爸，经常背得“呼哧呼哧”气喘如牛，而清晨还得赶去上班——这么着，就是铁人也得倒下啊！

妈妈的叙说，就像针尖刺在我心上。我下决心把丁平带回浑源自己抚养。不料爸爸为此跟妈妈发了脾气，竟至“罢药”一天。爸爸数落妈妈：“你糊涂啊！云云他们在那座小县城容易吗？眼下刚干出点儿名堂，你想毁了他们呀！他们还年轻，前途要紧！我们老了，能帮几天，就要帮他们几天！”

一年后，我们俩双双调离了浑源，丁炳昌进了《山西日报》，我到了雁北地委通讯组，两人又是写报道，又是出书，成果不少。又过了两年，我入选《光明日报》山西记者站，“灰姑娘”终于穿上了“水晶鞋”，从此踏上了新的人生阶梯。

我深知，我的每一篇报道，都编织进了父母的绵绵深情，我每往前走一步，都有我父母的脊梁做后盾。我的父亲，解放前开过米店，这就是他的“原罪”，他的整个后半生，都在用自我牺牲式的“赎罪”

来成就儿女们，包括成就我这个“名记者”女儿。

学会太极拳，活到八十七

1980年，山西记者站建了住房，我分得了一大套，立马将姥姥、爸爸、妈妈及两个儿子接来太原。我的本意是：要在今后的岁月里，对三位老人有所回报与弥补。

半年前，爸爸的冠心病第三次发作。出院时，医生警告他：“老樊啊，你这条命已经是捡来的了！下次再要进来，恐怕就出不去了！”

看到爸爸走出武昌火车站时骨瘦如柴的身躯、摇摇晃晃的步态，我的心都紧缩起来，对自己这个莽撞的决定萌生了一丝后悔：万一爸爸又犯病，太原的医疗水平不及上海，我岂不是害了他了！

几天后，我发现爸爸戴着老花镜，在仔细阅读我刚见报的一篇报道：《杨氏太极拳的正宗传人杨振铎》。

饭桌上，爸爸怯生生地问：“云云，这个杨老师，我能不能跟他学拳？”

当时的杨振铎还只是一个“无名小卒”，我替他写了报道，他十分感激，经我一说，立马收下了爸爸这个年逾六旬的“徒弟”。

第二天吃早餐时，不见爸妈，姥姥说：“别提了，天不亮就出了门——学拳去了。”我不禁失笑：这也未免太积极了吧！看你们能坚持几天？

不料一个星期过去，天天如此。我便劝说爸爸不要急于求成、不要过于劳累，万一犯病，得不偿失。“是的，是的。”他连连点头，一副虚心接受的样子。但次日，据姥姥说，老两口起得更早了——“怕你阻拦！”

老丁在一旁“嘿嘿”地笑：“狗抓耗子——多管闲事！”

之后我采访一个大稿子，一走一个多月。回来后发现爸爸学拳简直入迷了，那天全家正吃着午饭，他突然说："不对！"我问："什么不对？"他站起来，拉开架势，比画了一个动作，继续自言自语："这不，还是不顺呀！"真让人哭笑不得。饭后回到卧室，我不无忧虑地问老丁："你有没有感觉我爸有点儿不对劲？"老丁悠悠然一笑："你才不对劲呢！老爷子精神在好起来，你真看不出来？""是吗？""哼！你除了稿子还懂什么！父女俩，半斤八两！"

三年后，当我和老丁从太原调往湖北记者站、举家迁至武昌水果湖时，爸爸的杨式太极拳已经打得有模有样。记者站就设在湖北省委的家属区内，他每天清晨即在楼下空地上打两遍太极拳，然后舞一套太极剑、一套太极刀，常吸引一些人围观，时间长了，慢慢有人跟着学，一年后居然带了 20 来个"学生"。有一天我偶尔早起散步，看到那场面目瞪口呆，那些学生口口声声叫他"樊老师"，他也居然以"老师"自居，指手画脚地教着别人。

自从他练上太极拳，冠心病好像离他而去，就连感冒咳嗽都很少。

那一次我去武汉协和医院采访，顺便带爸妈去做个体检，医生一量脉搏，大惊失色："老先生，你的心脏病很严重啊，恐怕要住医院哦！"

爸爸半信半疑："不会吧，我自己没什么不适呀！"

而我非常紧张，硬逼着他做了几项心脏检查，检查的"奇特"结果令医生大惑不解。"这种情况太少见了！"他说，"打个比方吧，之前发生梗死的地方，现另外被打开了一条通道。哦，你听不懂？这么说吧，连我也搞不懂！这太少见了！总而言之，老先生你真福大命大呀！"

医生的结论令爸爸振奋与骄傲。于是他开始缠着我和老丁，要我们俩也学太极拳。但我既没有充裕的时间，更缺乏兴趣，因为我知道并非每个人学太极拳都能像爸爸那样，取得奇迹般的健身效果。一来爸爸有幸获得杨振铎这样的名家直接面授，确实学到了一些太极拳的“真谛”；二来说真的，我爸爸的钻劲与毅力也非常人能及，就说我自己吧，也学过几次，但三天打鱼、两天晒网，均半途而废。我有自知之明，从此任老爷子摇唇鼓舌，我自“岿然不动”。而这，成了我爸爸莫大的遗憾。

爸爸一直活到87岁，才因为脑梗死去世。

“问题不大”的“钓鱼工程”

1992年年初，我被调往北京，到报社总经理室任职，老丁则调任海南记者站站长，全家搬迁到海口。

真是“天有不测风云，人有旦夕祸福”，搬家刚六天，我和老丁回北京开记者会，在会上我突然大出血，医院当下就诊断为直肠癌后期，从此开始了漫长的“穿越死亡之旅”。

所幸的是，爸妈这次搬家没有跟我们同行，他们先行回了上海，准备等我们一切安顿好了再来海口会合，因此，我在北京的手术与最初的化疗，得以隐瞒了他们。之后，我转到苏州，继续接受化疗。化疗全部结束后，我们全家会合在了上海南汇——我三妹的家里。那是1994年春天。

在经历了生死离别、大悲大喜之后，爸爸妈妈开始对着大女儿述说这一年来“流离失所”之“悲惨”：老两口提着五六个小包裹，在几个弟妹家的“鸽子笼”里轮流住宿，唯有三妹家的住房宽敞，可惜农舍条件简陋，卫生差，他们也实在住不习惯。

说到伤心处，爸爸唉声叹气，妈妈哭天抹泪，弄得我俩好难受。晚上，我们清点“荷包”：林林总总共有12.6万多元。这点儿钱，要买房还差一大截，租房可绰绰有余。

在“家庭会议”上，三妹提出了一个全新的方案：造房！她说，在农村造两上两下的小楼，八九万元就够了，加上卫生设备（农村房一般没有），10万。她还说，她家的旁边有块承包地，可供造房，以后爸妈的生活，可由她照顾。

造房的方案一推出，爸爸就两眼放光，激动得脸都涨红了。他用乞求的眼光直愣愣盯着我，就等我表态。

二妹不无担心地说：“农村交通不便，要有个病……”

“问题不大！”爸爸恶狠狠地打断了她。

小弟也感觉不妥：“谁来造？三姐还在上班（她是小学教员），姐夫天天在地里忙，爸爸你已经80岁了，总不成亲自张罗？”

“问题不大！”爸爸厌烦地朝小弟一摆手。

“10万元究竟够不够？”我也很犹豫，“再多了我可拿不出。”

“问题不大！”爸爸斩钉截铁。

见状，老丁把我拉到外面，悄悄劝诫我：“你还看不出来？三妹的主意就是老爷子的意思！你就随了他吧。我这头已没有负担（老丁已父母双亡），这点儿积蓄，用来解决爸妈的归宿，我们也好安心了！”

我感激老丁的慷慨大度与通情达理。事情就这么定下来了。

初秋，我们回到海口，当即把10万元打到了南汇。

两个月后，接到爸爸的电话：“云云，10万元已经花完了。”

“房子这么快就造好了？”我惊喜不已。

“房子……房子的地脚刚做好，墙还没立起来呢。”

“什么！刚做个地脚就花了10万？”我简直不相信自己的耳朵。

“还有买地皮花了4万元，你忘了？”

是的，农民盖房不需要买地皮，而我，是正儿八经到县国土局批租的地皮。我叹了口气：“这样吧，爸，我再寄3万元来，再多就没有了！”

“好好好，问题不大。”爸爸在电话里信心满满。

又过了一个月，丁平告诉我：“外公跟我要钱，我把积蓄的5万元全寄给他了。”

“什么！他竟然跟你要钱！”我又一次大跌眼镜，“那么，房子进行得怎么样了？”

“听他说，盖了一楼，还有两层的钱没着落。”

我火急火燎跟老爸打长途：“爸，不是只盖两层吗？怎么变成了三层？我可有言在先：一分钱也没了！”

对面的回答不慌不忙、胸有成竹：“跟你弟弟、妹妹借呀，他们手头都有个两三万的。”

我气得摔了电话。一个念头冒出来：看来老爷子是早有预谋，一步一步都算计好了！意识到中了圈套更恨得我咬牙切齿，竟至骂出了声：“这个狡猾的工商地主！”

“是工商地主的‘孝子贤孙’，可别张冠李戴！”老丁在一旁冷嘲热讽。

无奈，我向几个弟弟、妹妹张了口。好在“名记者”大姐还有点儿面子，总算又筹集到了六七万元。

从此，我怕了上海来的长途。可躲是躲不过去的，那天，老丁一边往我手里塞话筒，一边挤眉溜眼做着鬼脸：“快点儿，是‘问题不大’，指着名找你！”

我接过话筒就大声嚷嚷：“爸爸，你讲不讲理？你叫我去抢银行，还是去印假钞？”

电话那一头还是不紧不慢的：“云云，你别急，问题不大的，我已跟你表妹讲好了，她家开着工厂呢，有钱。”

我真是哭笑不得，叫喊得更加“声震屋宇”：“她家有钱跟我屁相干？借了她的钱是不用还呢，还是你替我还？！”说罢又一次摔了电话。

摔了电话还不解气，继续骂骂咧咧：“我看这老头子是疯了！我非得回南汇一趟，一把火把那个‘钓鱼工程’烧了不可！”

“别，我倒有个建议。”老丁躺在沙发上慢悠悠地说。

“什么建议？”我跑到他跟前。

他坐直身子，一本正经地说：“我建议《光明日报》启用人才：聘你爸爸做财务部主任——保证每年能向财政部要来10亿元拨款。”

“你滚！”我一脚踢过去。

老丁以极其敏捷的动作“滚”了出去，到了门外还在“嘿嘿嘿”地坏笑。

我简直怀疑他也是我爸的“同谋犯”。

两年后，我们回了一趟南汇老家，一座有着红色尖顶的三层小楼矗立在眼前。不得不承认，比我们想象的要漂亮，也更宽敞。一头银发的爸爸满脸红光，带我们上上下下“参观”，那神情，好像他是建造了一座白金汉宫！其时，共花了37万元。

当夜，我们还是睡在三妹家——因为新房尚是空壳一个。老爷子郑重其事地抱来一个账本与一大摞发票：里面每一块砖、每一个灯泡的来路都一清二楚。

“云云啊，这是爸第一次造房子，没经验，如造第二座，我算了，至少可以节约7万元。”

我白他一眼，没好气地说：“等你造第十座时，能倒赚1000万了，万科的老板也要来请您了！”

估计他不知道“万科”为何物，但肯定听出来我在嘲讽他，就叹了口气，低声下气地解释："云云，我知道你这次借了不少债，也知道你在生爸的气，但我这都是为了你……这是爸能为你做的最后一件事了。你总要叶落归根的，这儿，是你的老家……"

"这是你的老家，不是我的。"我粗暴地打断了他，"我出生在市区，即使叶落归根，也不会到乡下来！"

话一出口，我就后悔了，因为爸的脸色瞬间变得煞白，瘦小的身躯摇晃了一下，脑袋一直低垂到胸前。

我的心一下子软了，抢上两步扶住了他："爸爸，我说错了，你别往心里去。"

他苦笑，摇晃着满头银发："爸不生气。云云，你总有一天，会明白爸的心。"说完，他转过身，迈着沉重的、蹒跚的步子，一步步走出了房门。

时隔 11 年，爸爸的话应验了。

已经退休的我们，在海南有了寂寞与孤独感。在外奔波了半个世纪，与众多至亲好友与老同学离多聚少，现在终于空闲下来了，思亲、思友、思乡之情日渐浓烈。

要叶落归根，第一要素当然是房子。但当时（2007 年），上海的房价已经乘上了"火箭"，一套两室一厅也要 100 多万元，对于工薪阶层的我们，这是个可望不可即的"天价"。此时此刻，我想到了南汇的房子——这座因父母相继去世而空置了五六年的乡村小楼，到底还能不能住呢？

回来视察了一下，大喜过望：由于当年建造的质量很好，现在只需略加修整，便可居住。而且四周的乡村公路已四通八达，电脑网络也已开通，整个环境与十年前已不可同日而语！

2007 年 7 月，我和老丁，带着已经喂养十年的两条小狗沙沙、飞飞，一起回到了这个新家、也是故居——永乐村 300 号。

回归 4 年来，已先后有 100 多位朋友来这个“世外桃源”做客。客人们极口称赞农舍的幽静、宽敞、舒适，以及“房西鱼塘东桃林，朝闻鸟啼暮蛙鸣”的生态环境，认为这里很适合养老。朋友们还总是穷追不舍：“当时的造价 37 万，现在值 100 多万了吧？你们怎会预见到上海的房价会飞涨？又如何判断自己有一天会叶落归根？”

这些问题，我回答不了，只能由爸爸来回答，可惜他已经不在人世，因此，这些问题对于我，也成了永远无法解开的“谜”。每当客人们走后，我会反复思索爸爸的那句话：“这是爸能为你做的最后一件事了。”“你总有一天，会明白爸的心。”

爸爸，在你身上，到底还隐藏着多少女儿不了解的秘密？假如在你生前，父女俩能进行心灵的交流——可惜一次都没有——我将长多少人生阅历与见识啊！对米店老板“原罪”的成见及“名记者”的自视过高，使我愚蠢地错失了无数良机！爸爸，你是一本我没有读懂的书——这是我此生最大的遗憾！

妈妈，请在天国等我

引言：妈妈，你是一个最普通、最平凡的妈妈：既无权、无势，又没有万贯家财，既无文化修养，又无优雅的风度、高贵的谈吐——这一切上流社会妇女拥有的东西，你一样都没有；但我敢说，你是这个世界上最尽职、最慈爱、最善良的妈妈！能有你这样的妈妈，是上苍对我的恩赐与厚爱，我复何求？

妈妈，自从你离开了我们，女儿对你的思念几乎无日不在，特别是在回到了永乐村300号之后。在这座农家小楼里，满眼是你留下的印记，满耳萦绕着你慈爱的声音——

庭院里，有你和爸爸亲手栽种的广玉兰、栀子花与橘子树。每年春夏，我会摘几枝盛开的栀子花插在花瓶里，那是你和爸爸带来的清香；每年秋天，我会细心摘下每一个橘子，分装在漂亮的小篮子里赠给弟弟妹妹，那是你和爸爸留给我们的甜蜜……

只要一踏进厨房，就会看见白发苍苍、佝偻着脊背的你，双手抖抖颤颤端着一盘热腾腾的四喜烤麸在朝着我笑——那是你一生中为我炒的最后一盘菜，那盘菜的滋味，至今让我回味无穷……

只要走进卧室，拉开衣柜的大门，最先映入眼帘的，总是靠左边挂着的那几件毛衣。那是你为我精心编织的，虽然毛线质量很一般，式样早已不再时尚，但穿在身上，总感到特别的熨帖与温暖……

床上，铺的、盖的，都是你为我们打的棉花被，那棉花，是你住在永乐村的最后几年，亲手种植、亲手采摘的。我在海南时，用这些你寄来的棉被更换了之前的腈纶被，千里搬迁时，又一条不落地把它们带回了永乐村 300 号，因为那一丝一缕，都充盈着深厚的母爱……

妈妈，我现在经常会后悔、会自责，那种自责，有时甚至让我潸然泪下。

冬天了，西北风从每一条缝隙灌注进室内，农家小楼里不开空调就冷若冰窖，我就会想到，患癌症后骨瘦如柴的你，就是在这里熬过了最后一个严冬，你说过，夜里十多次因脚抽筋被惊醒，洗菜时手被冻得麻木，手上布满了裂口……而远在海南享受长夏无冬的我，为何没有想到为你安一个空调？是的，当时债台高筑、经济拮据。但那不是理由，至少可以设法安一个北方的炉子，就像我们刚回来的那个冬天，既可取暖，又可烧热水。但是我，没有……

夏天了，蚊蝇肆虐，即使有了纱门、纱窗、尼龙帐，有时可恶的蚊子还会钻进来咬得我浑身是包、奇痒无比，而十年前，这座农家小楼没有安一扇纱窗，你们两个老人靠点燃蚊香驱蚊，度过一个个闷热难耐、蚊虫叮咬的长夜。为了节省每一分钱，你们总是买最便宜的那种蚊香——后来听我妹说，那种蚊香含敌敌畏！也许，正是这种敌敌畏的剧毒，诱发了你的癌症？我呀我，当时为何没能想到这一点？为何……

是的，普天下只有为了儿女甘愿奉献出最后一滴血的母亲，而鲜有设身处地、无微不至地为父母着想的儿女。这也许就是古人说的："谁言寸草心，报得三寸晖？"

天崩地裂，你挑起了千斤重担

妈妈，1952年春天的那段日子，对于你也许是不堪回首的：爸爸的米店突然倒闭，断了全家的生计，为了活命，三妹跟着爷爷回了浦东乡下，四妹被送给了浦东周浦一家人家。

记得我四妹是被一粒糖果骗走的。家中来了一对年轻夫妇，他们牵着我四妹的小手左看右看，上看下看，终于朝我姥姥点了点头，然后从口袋里掏出一根棒棒糖，剥掉糖纸后塞到四妹小嘴里：

“甜吗？”

“甜。”

“走，跟我们到外面去拿，外面还有好多好多呢！”

四妹犹豫，姥姥说：“去吧，不怕，姥姥在。”

就这样，他们牵着四妹的小手一步一步往外走。我急了，要上前拉，姥姥扳住我的肩膀，饮泣着说：“让她去吧，好歹有口饭吃。”

眼睁睁看着四妹小小的身影即将消失在门口，你尖叫了一声：“等一等！”踉踉跄跄走过去，把手中一块印花头巾系在四妹的围脖里。你的手发颤，结子打了三次才打住，你泪流满面，泪珠扑簌簌滚落在头巾上。

那对夫妇大概是怕你反悔，扳开你的手，抱起四妹就急步往楼梯下跑，而四妹居然傻乎乎地不哭也不叫喊。那一年她刚满3岁。

半夜里，我被吓醒了——是谁把我抱这么紧，紧得我都透不过气来？睁开眼睛，是你，妈妈，你的脸惊恐得都扭曲了，姥姥拼命扳开你的手，连声喊：“阿新，快松手，你要憋死她了！”半天，你才醒过神来，垂头跌坐在床沿上，幽幽地说：“是梦……噩梦，那对夫妇又来了……”

过了几天，你找到了一份工作。那是离家很远的一家袜厂，去上班几乎要穿越整个上海市区。我记得每天天不亮，你就轻手轻脚绕过我的床脚走下楼梯，天黑了才会从楼梯下疲惫不堪地一步一步走上来。你用自己瘦弱的肩膀，担起了千斤重担，用自己微薄的薪水，养活着全家老小，使这个破产后濒临破碎的家庭得以度过最艰难的岁月。

记得那年夏末的一个晚上，你双手捧回了两个小小的西瓜。你说，西瓜收尾了，跌价了，让几个小孩尝一口吧——这是是年我们姐弟仨第一次吃到西瓜。看到我们狼吞虎咽，你笑了。你笑起来真好看，弯弯的柳叶眉下，一双大眼睛亮晶晶的，素来没有血色的双颊也飞上了两片红云。

我把一片西瓜送到你的嘴边：“妈妈，你也吃。”你用手掌轻柔地擦着我满是西瓜汁的脸蛋，声音里透着一分自豪：“好吃吧？明天再给你们买——知道吗？妈妈涨工资了！”

妈妈，听我姥姥说，你在厂里年年受表扬，“摇袜筒”“缝袜头”……样样精通，后来，机器坏了，也来找你修，你这个自小右耳失聪、只念到小学二年级便辍学的“文盲”，因此竟被提升为机修工，赢得了厂里姐妹们的敬重。于是，这些年来久违的笑容，重新绽现在你的脸上，你在爸爸面前，从此站直了身子。而当爷爷从乡下回到这个家时，吃惊地发现，这个原先低声下气的女人，已经成了全家的主心骨。

最大心愿：让每个子女都“读上去”

1956年，爸爸也被“合营”进了上海市第七纺机厂，有了稳定的工资。这个一度风雨飘摇的家，总算像一叶进入了港湾的小舟，平稳下来了，全家过上了一段相对平静、温馨的日子。虽然不富裕，但能吃饱穿暖。此时，你和爸爸有了一个最大的心愿，就是要让身边每个子女都“读上去”。

“读上去”，对我、大妹及小弟，都不是问题。我们在学校虽不是顶尖的学生，但也都过得去。问题在三妹，她从小被送到了乡下，自爷爷、奶奶相继去世后，她成了一匹“野马”，无人管束，一年级未上完便自行辍学。

为了她的学业，你和爸爸一次次地跑到乡下，连哄带骗、威逼利诱，硬是把三妹带来上海家中，给她联系上学校，送她去读。但已经“野”惯了的三妹，对“从小抛弃了她”的这个家有极大的抵触，一次次又逃回乡下。

记不得这是第几次了。三妹又从家中逃走了。爸爸气得脸色发青，你气得垂泪，晚饭也不肯吃。

夜深人静时，我隔着板墙听到爸爸一声接一声叹气，你一阵接一阵饮泣。爸爸说：“我们已经尽力了，实在不行就由她去吧，今后的日子就看她的造化了。”你一听这话，哭得更伤心了，说：“你舍得，我可舍不得！自小放在乡下就已经对不起她了，再不给她读书，心里怎么过得去！现在她年纪小，不懂，以后长大了会埋怨的。”

于是，我听见爸爸摩拳擦掌地表态，星期天一早他再去乡下，就是用绳子捆也要把三妹捆到上海来。

实际上并没有使用绳子，而是用一系列极其恳切的“承诺”把三妹带了回来。这些“承诺”后来一一兑现了：在小阁楼上给三妹搭了个小床，使她有了自己的“单间”；每个月给一点儿零花钱，虽然很少，但毕竟从无到有；除了洗自己的衣服，不用做其他家务，等等。三妹，终于在上海这个家里安定下来了，小学毕业后进了一所职业中学。

但天有不测风云，“史无前例”的“文化大革命”，彻底毁灭了你和爸爸要供我们姐弟四个都“读上去”的心愿，也彻底斩断了全中国上亿莘莘学子的求学之路。

中国大地上所有的大专院校，在一夜之间全部停办了——这在人类文明史上是个空前的、大概也是绝后的巨大悲剧。

那是1968年秋天，我们三个女孩一齐“上山下乡”，去接受工农兵的“再教育”：我要去河北滹沱河畔的解放军农场，大妹去崇明农场，三妹回老家农村插队。家中只剩下了小弟，被分配到了街道一家小染坊厂——我们家算是幸运的，四个孩子还让留下一个，弄堂里有一对瞎眼老夫妇，两个儿子一个不许留，都让去云南插队。

那段时间，街道弄堂里天天锣鼓喧天——谁家要不肯让孩子“上山下乡”，街道管委会就让人在他家门口昼夜24小时鸣锣打鼓，直至他们“自愿”；我去送朋友，在火车站站台上，见到每列火车启动时，车内车外，犹如生离死别，哭声惊天动地。

明天，我也将登上一列火车，离开上海，离开这个家，去那遥远的不可知的异乡。晚上，全家人脸色凝重，围坐在灶披间里，该说的都说了，该叮咛的都叮咛了，一时间房间里一片静默。

妈妈，我理解你此刻的心情，你一晚上眼里都噙着泪水，却始终强忍着，不让泪水流下来。静默中，你几次张嘴想说什么，却又抿紧嘴唇把话咽了下去。妈妈，你到底还想说什么呀？

静默中，你突然发声，声音颤抖而古怪：“我就是想不明白，读书长本事，这个道理，连我都懂，毛主席他老人家，怎么会不懂呢……”

话音未落，全家人都已吓白了脸，爸爸急伸手掩住了你的嘴，姥姥手中的碗失手落地，小弟急步跑到门口，打开门张望外面有没有人走过……

妈妈，解放以后，你对共产党的政策，没有一样不拥护——包括爸爸的米店倒闭，你都认为错在爸爸，命该如此；唯独这一次，你发出了自己的疑问。我知道，你虽然自己没多少文化，但从骨子里崇拜文化。就是打死你，你也不明白：自己节衣缩食供子女上学究竟错在哪里？为何要中断孩子们的学业，把他们送到农村种地？

妈妈，别说你不明白，当时全中国9亿人，有几个人能明白？

静默中，我走过去搂住了你，轻轻抹去了你眼中的泪水。而我自己心里也酸溜溜的，直想要哭出来。

手炒鱼松——让我反复咀嚼“家”的含义

两年后，又一列火车把我和丁炳昌送到了当初杨家将打仗的古战场——山西雁北浑源县。

如翻一翻雁北的地方志，你会对那片神秘的黄土地产生神往：历史悠久，古文化灿烂，凝重的历史沉淀，为这里留下了独特而丰富的人文景观。我们所在的浑源县，就拥有北岳恒山、悬空寺等脍炙人口的名胜古迹，宋代名将杨继业抗击辽兵、血战金沙滩的故事，就发生在离此不远的怀仁县城南。我从小看《杨继业传》，对杨家将崇拜之至，对金沙滩这个当年的古战场也曾颇怀憧憬。但如今，我和老丁并非正常地分配来此工作，更非来此旅游，而是被流放到这里来接受“改造”的，就犹如林冲当年被发配至沧州、俄国囚犯被流放到西伯利亚，而且很可能是终身流放，自然又是另一番心情了。

我们到了浑源后半年未尝到肉味，没见到一星半点儿绿色菜叶，从食堂里打回来的，永远是咸得发苦的水煮圆白菜，永远是黑不溜秋的“傀儡”——一种玉米面与土豆混合制成的食品，真不知当地人为何给它起这么个怪名字！偏偏我又怀孕了，想念家乡的大米饭与小黄鱼简直想疯了。

这时候，唯一的指望就是千里之外的那个家，具体地说，就是你，妈妈！你是这个世界上唯一会日夜惦记着我们、会给我们寄食品来的人。

你寄来大米、梅干菜，有时米袋里还会夹两包鱼松——这对于已严重贫血、挺着个大肚子、一蹲下就站不起来、走路都得扶着墙的我，何止是雪中送炭，简直就是输血救命呀！

当时家境清贫，我不知道你怎么买得起鱼松——那应该非常昂贵吧？后来我回家探亲，才看到了这鱼松是你的“发明创造”：你到菜场上寻找按堆儿卖的最便宜的小带鱼，洗干净后先炖烂，再剔除鱼骨，然后放进煤球炉上的小铁锅里，一铲一铲炒成鱼松。一大锅汤汤水水要炒成干透的鱼松，要三四小时，之间的比例大约是 15 ： 1。在不停翻炒的过程中，煤球炉炙人的热气、呛人的煤气、带鱼发出的腥味夹杂在一起，熏烤得你不停地咳嗽，汗水浸透了你的头发，黄豆粗的汗粒，不断地从脸上滴答滴答往下掉……我在旁边看着看着，心潮如巨浪起伏……

我还知道了每一个身在异乡的孩子，都在享用你手制的鱼松——包括我那苦命的四妹，她后来跟着养父母去了新疆石河子农场，16 岁便独自一人到乌鲁木齐做工，现在已跟你通上了信。出于对这个“弃女”无限的歉疚甚至“有罪”感，你竭尽所能对她做出弥补。你劳累自己，积攒下每一分、每一角，你烤干自己，制做出一包包鱼松、菜干，无怨无悔、年复一年地供应着我们每一个“游子”！

从此，我在享用这些大米和鱼松时，每一粒、每一丝，都要反复咀嚼、反复品味，它们让我深切地感受到什么是无私的母爱！什么是“家”的温暖！

“只要我有一口气，就不让你弟走邪道”

1973年，林彪已摔死在温都尔汗，但“文化大革命”毫无结束的迹象，相反，高层的“阶级斗争”呈现出越发诡谲的迹象，而我和老丁的“终身流放”似乎成了定局。

但此时的你，已不再奢望我们几个“游子”的回归，而是日夜操心着留在上海的小弟——这个你无限疼爱的“老幺”正经历着生命中的“噩梦”。

由于社会秩序几近瘫痪，由于对社会现象的不理解与极度不满，上海很多年轻人走上了邪道。我们居住的小弄堂里也有这么几帮，他们赌博、酗酒，结伴打架，动辄拔出刀子来。小弟本来是个腼腆、本分的孩子，但处于这种环境，渐渐也被裹挟进去，先是打打麻将，后来也跟着一起喝酒，这一下可把你和爸爸吓坏了：再下去是否也要参与打群架了？

为了遏制事态的进一步恶化，你和爸爸想出了一个“绝招”：盯。你当时为喂养我的孩子丁平已提前退休，此时丁平放到了第二位，你每天在小弟下班前，就等在小弟的厂门口，然后像影子般寸步不离地盯在他后面，苦口婆心地求他、劝他回家。

是年冬天，我回来探亲，目睹了年近六旬的你，如何实施这匪夷所思的“绝招”：小弟是三班倒。他上大夜班是你最“舒服”的日子，因为一下班他自己就会回家来睡觉，最苦的是他上中班，深夜十一点下班，正好是年轻人赌博、酗酒的“黄金时段”，此时你不管天寒地冻、刮风下雨，都得提前等在厂门口，有时老眼昏花，一时瞅不见，小弟走了，你还在那里苦等，直等到半夜了才失魂落魄地回来。

那天我上街回家，告诉你外面有年轻人在打群架，你一听，顿时脸色煞白，浑身发颤，踉踉跄跄就冲了出去。天黑了，我找到小弟的厂门口，远远就看见你立在昏暗的路灯下，陪伴你的只有长长的影子。你的满头白发在凛冽的寒风中飘动，你佝偻着背，手按着胃部，那么瘦小，那么疲惫，那么孤独，那么无助，我跑上来抱住了你，母女俩忍不住相拥而泣。

"妈妈，实在不行，你就由他去吧，一切命中注定。"我劝你。

你的回答是如此斩钉截铁："不行，只要我有一口气，就不让你弟走邪道！"

这种备受煎熬的日子，你过了整整两年多！在这900多天里，你原本花白的头发变成了雪白，眼睛周围刻上了一圈圈深深的皱纹，体重只剩下了70多斤，憔悴、消瘦、苍老，还有脸上那无法形容的悲苦，使我几乎认不出原来那个你了！

啊，妈妈，一定是上苍也不忍心再看到这悲惨的一幕，小弟终于迷途知返！渐渐地，他不再去打麻将、酗酒，与那帮人渐行渐远。那天，他下班后带回来4个苹果，声音里有了久违的亲情："妈妈，这是我特意给你买的，你吃呀。"你写信告诉我这件事，说，这4个苹果你珍藏了整整26天……

前些天，聚会的餐桌上回忆起这些往事，我问小弟："哎，到底是什么，使你后来'浪子回头'？"

小弟搔着斑白的后脑勺沉思半晌，做出了这样的回答："我不忍心再看妈妈的脸。有一次，他们要拉我参加打群架，我都已经站起来了，但一回头看到妈妈煞白的脸，看到她脸上的绝望、悲哀，我的心发抖了……那次我没去算躲过一劫：有两个人被打残，三个人被判了刑。"

啊，妈妈，我亲爱的、梦思魂牵的妈妈！您不仅给了我们生命，而且在我们每个子女一生中最关键的时刻，用您深厚的、无私的爱，为我们驱赶噩梦，为我们铺垫了前进道路上的坎坷，让我们得以度过最艰难的时刻，您的爱，甚至改变了我们的人生！

妈妈，你是一个最普通、最平凡的妈妈：既无权、无势，又没有万贯家财，既无文化修养，又无优雅的风度、高贵的谈吐——这一切上流社会妇女拥有的东西，你一样都没有；但我敢说，你是这个世界上最尽职、最慈爱、最善良的妈妈！能有你这样的妈妈，是上苍对我的恩赐与厚爱，我复何求？

妈妈，虽然你离开我们已经 11 年了，但你的音容笑貌，还鲜活在我的眼前，不管再过多少年，在我的心中，永远流淌着对你无尽的爱和思念！

妈妈，您现在一定是在遥远的天国——像您这样美丽的灵魂，一定是会升入天国的！

妈妈，请在天国等我！

无法拒绝的黑眼睛

沙沙，你是一条小狗，你在我和老丁处于人生低谷的时刻走进了我们的生活。你的到来，给我们带来了太多的轻松与欢笑！在你生命的最后几年，你又给我们留下了那么多的“人生”启示！谢谢你，沙沙，谢谢！

小狗沙沙有一对
黑水晶般的眼睛

清亮、纯净、滚圆、犹如两粒黑水晶般的眸子，当我们四目相视时，我能从这两粒黑水晶中看到自己清晰的面容——这就是我们的小狗沙沙。

沙沙体态娇小玲珑，通身雪白无一根杂毛，带到公园遛弯时“回头率”颇高，而她仿佛也很明白自己的“优势”，经常把许多小公狗逗得团团转。

每当这个时候，她的儿子飞飞就愤怒得要发疯——在它心目中，它是妈妈的唯一，绝不允许其他狗沾染。

但那只是它的一厢情愿。它从小被结扎了，无性功能，而沙沙那么漂亮活泼乖巧，是“大众情人”，它有何能力约束妈妈？可怜的飞飞！

■2006年樊云芳在海南家中与爱犬沙沙在一起

我爱沙沙，最爱的是她那对黑眼睛。那对眼睛会说话，时时刻刻表达着极其丰富的内涵。

当她站立起来，把两个前爪搭在我膝盖上，眼巴巴看着我的时候，那对黑眼睛在说："给我喝点儿水吧。"或者是："我好饿了呀！"

她那对黑眼睛能分辨出来我是在高兴，还是在生气。我高兴，她的黑眼睛里就会因储满了欢愉而分外明亮，还蹦蹦跳跳不停地向我摇着尾巴。我生气，她的黑眼睛也就失去了光泽，安安静静坐在我的脚边，乖巧地一声不吭。

当看到我忙呼呼地收拾行李时，她那追随不舍的黑眼睛里，会流露出无限的忧伤，令我都不敢看她——这是她知道我要出差了。

她会从早到晚趴在大门口耐心地等着我回来，那对黑眼睛里闪烁着无限的思念。当我的脚步声远远响起时，家里人还毫无感觉，而她，已经竖起两只耳朵，黑眼睛闪闪发光，之后会突然蹦跳着直立起来，一边用前爪趴门，一边欢声吠叫，招呼家里人来为我开门。

那次她偷着上街被人抓去，两天两夜不曾回家，我们找了她两天两夜，第三天下午，我忽听楼下一片欢呼："沙沙回来了！沙沙回来了！"我急冲到楼梯口，只见她颈脖里拖着一根长长的铁丝，一路从楼下狂奔上来，直奔到三楼，一头扑进我的怀里，一边"呜呜呜"地哀声叫唤。我捧起她的小脑袋四目对视，那对黑眼睛里竟溢满了晶亮的泪水，以致我的泪水先夺眶而出。

沙沙与飞飞——母子
俩的性格天差地别

沙沙先后生育过三次，总共生养了 11 个小宝宝。我怀疑沙沙是天底下最伟大的母亲——一时一刻都无法和她的狗宝宝分离：吃饭，非得把饭盆端到她的狗窝里才边喂奶边吃，否则宁可饿着；撒尿，来回都是急匆匆一溜小跑；她此时的最大乐趣，是一刻不停地舔那些在她怀里蠕动着、寻找奶头、吱吱乱叫的粉红色小东西。

除飞飞之外，其他10条小狗娃，等长到一个月大时，均被我们的朋友领养了。之所以把飞飞留下，是因为这件事。那是沙沙第二次生育时，有一个狗宝宝丽沙送给了住宅小区的电工，狗棚就在他家平房的墙边。沙沙每天上午都去看望她的丽沙并一起玩耍两三小时。那天我和老丁正在吃早餐，突然听到远处传来沙沙撕心裂肺的一声惨叫，叫得我俩头皮发麻。“沙沙出事了！”我像一只皮球一样从三楼滚下去，冲到丽沙的狗棚前，只见狗棚已经拆除，丽沙不知去向，沙沙则全身瘫趴在地，抖得像筛糠，黑眼睛灰暗无光，似乎快死过去。

我把她抱起来，找到那电工，他解释说已把丽沙转送别人，气得我扭头便走。

之后的一个星期，沙沙每天上午还依旧要去丽沙的狗棚那里转圈，一边嗅一边“呜呜呜”地低声哀叫，希望她的叫声能唤回自己的宝宝。

她的叫声令我心碎，我一次次把她抱回来，并暗暗发誓：下次再生，一定给她留个宝宝，陪伴她终生。

说来也巧，本来留下的是旺旺，飞飞已经送给一位朋友。但这飞飞离开妈妈后竟然两天不吃不喝，并从早到晚狂吠不已，吠声惊天动地，以致整栋楼的居民无法安睡，以致我只得开了车去接它回来。

母子俩见面的情景我至今历历在目：飞飞恶狠狠地朝着正在吃奶的旺旺又撕又咬，赶走了旺旺后，它一头滚进沙沙的怀里，扭动着小身子“呜呜呜”撒娇，沙沙的黑眼睛里流淌出无限的温柔与爱怜，用舌头一遍又一遍地舔着它的小身体，甚至咬咬它的小耳朵——大概为了证实自己并非做梦？

“真是缘分啊！”老丁摇着头叹息，“谁要是再拆散这对母子，就是老天也不容啊！”

飞飞长得很快，个头超过了妈妈，也是全身雪白，就两个耳朵尖尖是黄色的——这可能是它爸爸的遗传？虽然外貌酷肖，但母子俩的性格差异却如黑与白那样分明。有一次它们合力干坏事：围捕一只小猫咪。

小猫咪瘦小极了，可能是被妈妈遗弃的，饿极了就溜进家来舔它们的剩饭，结果被这两个家伙追捕得无路可逃，跳到了鞋柜上“喵喵”惨叫，形势岌岌可危。

幸亏我及时赶到解救了可怜的咪咪，然后我抓起一个鸡毛掸子，意欲教训这两个毫无“狗道主义”的坏东西。沙沙一见我举起鸡毛掸子，立马“摇尾乞怜”，快快地向我跑过来，直立起身子趴我的腿，舔我的手，晶亮的黑眼睛里满是温柔与讨好；而飞飞却箭一般蹿到电脑桌底下去躲起来，我喝令它：“出来！”它竟然朝我“呼……呼……”低声吼叫，以示抗议，恨得我真想给它一杆子。

与妈妈的温柔与乖巧相反，飞飞是一条坏脾气的小狗，它不仅不善于讨好人类，而且跟外面的任何一条狗也合不来，唯独无限忠心于自己的妈妈。

有时候，沙沙吃完了自己碗里那一份还觉得饿，就会毫不客气地把嘴伸进飞飞碗里，飞飞嘴里发出“呼噜呼噜”的响声来表达自己的不满，但还是会让到一边，等沙沙吃得心满意足后，它再上去舔着碗底。

一次一起出门遛弯，在小区门口突遇一条不知哪儿窜来的大狼狗，此公狗竟然对娇小的沙沙发生了兴趣，就上前来图谋不轨。

冷不防，跟在后面的飞飞狂吠一声猛扑上去。那大家伙哪会把飞飞放在眼里？抬起一脚就把这小不点儿踢了出去，踢得飞飞在地上连打了三个滚。

我在一边看得心惊胆战，估计这下子飞飞非死即伤！不料，飞飞又从地上一跃而起，无比勇猛地再次扑向那比自己庞大几倍的入侵者，而平日里温柔娇弱的沙沙，此刻也竟然发威了，吼叫着冲向那条大狼狗——此情此景，显然是大狼狗始料未及的，加上我已捡起了一块石头高高举起——它估计占不了便宜，便灰溜溜地走了。

“飞飞，飞飞，你这条勇敢的小狗！”我蹲下来，捧住飞飞的小脸蛋简直想跟它亲吻，沙沙不干了，也钻进我的怀里争宠，还舔我的脸。多么可爱的母子俩！我伸出双臂将它们一起搂住。

两条小狗给我们带来太多的欢乐

那次我外出采访，老丁独自在家，重感冒，一连躺了两天。沙沙、飞飞一反常态，也不去门口等候我了，而是非常懂事地陪伴着老丁，蹲坐在床头几乎寸步不离。沙沙还会时不时把前爪搭到床沿上，亮晶晶的黑眼睛察言观色：假如老丁醒着，她便会温柔地舔一下老丁的手，以示慰问。飞飞则要粗鲁得多，对着老丁一阵激动的乱吠，口水喷溅老丁一脸，搞得这个笨家伙根本招架不住。

老丁病愈，我也回来了。沙沙马上“故态复萌”，只围着我团团转，不再到丁站长那里去“献殷勤”——在我们这个家里，沙沙永远把樊某人放在“第一”的位置。“沙沙过来，给！”丁站长筷子上夹着一块肉，手伸得长长的，飞飞傻不棱登、颠儿颠儿地跑过去了，可沙沙的黑眼睛一往情深地只看着我，根本不理睬丁站长的诱惑，气得丁站长声言要去“跳海”。哈哈！这是我最开心的时候！当然，沙沙会因此得到丰厚的回报：一个拥抱，外加一根火腿肠。

除了性格上的差别，母子俩的爱好也大相径庭。飞飞“轻功”了得，一有机会就施展特长，跳到我膝盖上来“玩玩”电脑，而沙沙则相反，电脑对她毫无吸引力，她只对邻居家的小公狗“巧克力”情有独钟，一见我去开门，立马蹿到门口，占据有利地形，以便一有机会就溜出去与情人幽会。

沙沙不仅善于“讨好”主人，有客人上门，她也会亲热地上去摇尾巴，黑眼睛闪闪发光。因此，沙沙几乎人见人爱，朋友们打电话、发邮件来，时不时会“问候”沙沙，好像她是我们家的什么重要“人物”。而飞飞得到的宠爱就少多了。包括家里的保姆，有意无意会往沙沙的碗里多放几块肉；包括家里来了小朋友，会争先恐后去逗沙沙玩，飞飞则被冷落一旁——别以为飞飞傻里傻气什么都不懂，它是很气愤的，有一次，它居然当着一群小客人的面，前所未有地冲上去咬它妈妈的尾巴，以至于老丁在一旁笑出声来：“看到了吧？性格决定命运。要想改变命运，除非改变性格。人如此，狗亦如此！”

“精辟！”我在一旁击掌应和，来了个夫唱妇随。

我经常怀疑：狗是有第六感觉的。譬如，当我坐在电脑跟前时，沙沙、飞飞多半是安安静静地躺在我的电脑桌下，而且“呼噜……呼噜”打鼾连天。

但一旦我伸伸懒腰或有要站起来的动作，这两条正在“打呼噜”的小狗，就会极其敏捷地一跃而起，倒好像它们分分秒秒都在窥测我的动向。

还有，当我们的儿媳妇生了一个可爱的小毛毛，全家人都围着那小东西转的几天里，沙沙、飞飞被忽略了，后来我发现：它们很不安，食欲不振，有时呆呆地看着忙忙碌碌的主人们做沉思状——天哪，难道它们是在担心小毛毛会夺走主人对它们的宠爱？多么聪明的小东西啊！

老丁常发出这样的感慨："你们俩啊，除了不会讲话，什么都明白！"

想想，家里有了这样两条小狗，日常生活平添了多少乐趣与欢笑呀！它们俩，名副其实地成了我们的家庭成员。

"厄运"一步步
降临到沙沙身上

2007 年 6 月底，我和老丁自驾小车，载着沙沙和飞飞，辞别骄阳如火的海口，一路沿着同三线高速公路，跨越四个省，回到了上海浦东郊区，回到了爸妈留下的那个农村小楼。

这里是我们新的家，也是我们俩在外奔波近半个世纪后叶落归根的"故居"。与我们日夜相伴的，还是这两条小狗。其时，沙沙 11 岁半，飞飞 8 岁。若按狗活 7 年等于人活 1 年折算，它俩已分别是人类的 80 岁与 56 岁了。也就是说，我们四个"老者"将在相依为命中度过"晚年"。

万万没有想到的是，"厄运"正在降临到沙沙身上。

入冬后，沙沙有一天突然从楼梯上滚落下去，幸好没有摔伤。我抱起她，仔细检查，意外地发现：她的右眼似乎已完全失明了，左眼也蒙上了一层薄薄的白雾。我打电话给海口一个我们熟悉的宠物医生，他说：白内障呗，狗年纪老了都会这样。

怎么办？带她去做白内障切除手术？我绝望地望着窗外：凌厉的西北风裹挟着鹅毛大雪，已经持续飘落了近 20 天，尚无停止的迹象。田野里，道路上，最深积雪达 10 厘米，连上镇买菜都出不去，更何谈带一条瞎眼小狗到几十里外的市区？

但不给这小东西治疗，过段时间，另一只眼睛也会瞎，届时，可怜的沙沙将如何生活下去?

当晚，我把沙沙抱在膝盖上，用蘸了水的毛巾仔细擦她瞎眼上的眼屎。

眼屎已经干结，擦起来有点儿生拉硬扯的，疼得沙沙叫唤，飞飞紧张极了,时而站立起来舔它妈妈的脸,时而冲我“呼噜呼噜”表示不满。

第二天早晨，奇迹出现了：沙沙仰躺着，由飞飞帮她舔眼屎！飞飞舔得如此专心，如此卖力，如此到位，以致沙沙舒服得闭着双眼，轻摇着尾巴。这一幕直把我和老丁看呆了。

“天哪，现在天底下有多少只知道‘啃老’的不孝儿女，他们还不如我们的飞飞呢！”我惊叹！

更始料未及的是，从此，飞飞每天都给它妈妈舔眼屎，而且早、晚各一次,雷打不动;而且,每次都舔得如此专心,如此到位,毫不懈怠!

我们这样叙说，亲友们都以为两个记者在“编新闻”，但当他们亲眼看到后，均啧啧称奇，有人甚至唏嘘不已。

后来，沙沙两只眼睛全瞎了。那对曾像黑水晶一般让我无法拒绝的黑眼睛，永远地失去了光泽。

进入了黑暗世界的沙沙，连着三天躲在墙角，一动不动，悄无声息。

饭，端到她跟前，她不碰，飞飞给她舔眼屎，她没反应。

“沙沙是不是快死了？”我担心不已。

“是呀，再这么下去，我看危险了。”老丁长吁短叹。

但奇迹又一次出现。第四天，沙沙不仅吃完了给她的饭，还开始摸索着在屋子里转圈，从我们的卧室转到洗手间，又转到书房……虽然不断地撞到墙上、家具上，甚至踩翻了水盆，但她就是不停地走，不停地走，走了一圈又一圈……

“沙沙，看来你是舍不得离开飞飞，也舍不得离开我们呀！”老丁蹲到她面前，深情地抚摸着她，“你放心，沙沙，既然你选择了坚强地活下去，我们会尽力照顾好你，一定！”

然而祸不单行，我们发现，她的听力也在日渐衰减，一年后完全失聪了。现在，我们的沙沙既生活在无边的黑暗中，又生活在无声世界里。

她是多么孤独啊！

沙沙用“淡定”来
接受接踵而至的灾难

但沙沙却用“淡定”来接受这一个又一个接踵而至的灾难。她随遇而安的适应能力令我和老丁惊异不已：

她该吃就吃，该睡就睡，剩下的时间，依然不停地在屋子里转圈，虽然行动更加艰难、撞壁的次数更加频繁。

在无数次的“探索”中，她总会找到她的“目的地”：饿了时，她会蹲坐在楼梯口，默默地等待给她拿饭来；渴了时，她会找到那个墙角，那里有盛了水的碗；需要“方便”时，她一定会摸索到洗手间去，而不会拉在我们的卧室。

我和老丁常静静地观察着她：看，为了找到那个水碗，她已经在那个墙角旁来回转了十多圈，好，现在她的嘴马上要接触到碗边了……可惜呀，又一次失之交臂！我忍不住要走上前去帮助她，但老丁轻轻拉住我的手臂：“还是让她自己来吧。”于是，在又转了七八圈后，她终于喝到了水——但是在碰翻了水碗之后——她欣喜地舔着流在地上的水，与碗里还剩余的一点儿水……

眼泪，含在我的眼眶里。

“老丁，你难道不觉得：沙沙好像在‘预演’我们的‘未来’？”我问。

“是呀。”老丁沉思着回答，“我们也会一天天更加变老。沙沙的今天，应该就是我们的明天——这是一个无法回避的自然规律。”

“因此，我们更要百倍地珍惜当前的每一天。”

“特别是，更要百倍地珍惜自己的健康！”

“OK！”我们击掌誓盟，绽出会心的笑容。

调整后的作息表上，每天散步的时间，从原来的一小时，延长到了一个半小时。老丁打太极拳更加起劲，而我，亦更为卖力地侍候庭院的花草。

自从沙沙变得又聋又瞎，飞飞也很孤独。它无奈地、惊恐地注视着妈妈的变化。也许是心情郁闷，它开始独个儿溜出去游逛，一次，被邻居家的大狼狗灰灰追咬得满身是血，幸好被老丁看到，拿根木棍赶走了灰灰，抱回了飞飞。

老丁把云南白药倒在飞飞的伤口上，飞飞疼得全身发抖，不住地哀嚎。

我们正束手无策，“救星”来了，这就是沙沙。

我和老丁至今没搞明白，既聋又瞎的沙沙是如何得知她的儿子飞飞遇到了灾难？又如何从二楼一步一步摸下 20 级台阶——可以想象这是何等艰巨的行程——来到儿子的身边？难道真有第六感觉？抑或真有母子间的心灵感应？

沙沙温柔地、耐心地、一遍又一遍地舔着飞飞的身体——包括伤口，包括身上的血迹。在妈妈的爱抚中，飞飞终于安静下来，渐渐停止了哀嚎。

这一夜，我特意准备了一块干净的大棉毯，让母子俩相依在一起。夜里，我数次起床，蹑手蹑脚来到它们跟前，每次，沙沙都在舔飞飞。我把水碗端到她的嘴边，她一边贪婪地喝着，一边竟然还轻轻摇晃尾巴，向主人表示感谢！

如果有来世，沙沙，
我们还在一起，好吗？

2010年9月10日，对我和老丁，还有飞飞，都是个“黑色星期五”。

沙沙走了。她最后死于肺气肿，跟我的爷爷一样。

我们把她埋在了庭院里的一棵梨树下。这样，站在阳台上，我们每天可以看到她，我们不会寂寞，她也不会寂寞！

沙沙，你是一条小狗，你在我和老丁最寂寞的时刻走进了我们的生活——那时刚穿越了“死亡线”到海口，我和老丁身体欠佳、缺少朋友、生活与工作压力很大——你的到来，给我们带来了太多的轻松与欢笑！

在你生命的最后几年，你又给我们留下了那么多的“人生”启示！谢谢你，沙沙，谢谢！

今天，已经是2011年6月29日。在飞飞失去了你之后，我和老丁以无限的爱，帮助它度过了最孤独、最悲苦的时期。现在你的儿子健康、安详、很乖、很懂事。也许它终于开始表达你遗传的基因？

如果有来世，沙沙，我们还在一起，好吗？

第二卷

雁门关外的岁月

引　言

1970 年元月，距离春节还有一个星期，我和丁炳昌被发配到雁门关外的小山城浑源。

深夜十一点时，从太原出发的火车终于到达了终点站大同市，我俩吃力地合搬着一口旧木箱、一个大包裹，一步一挪地走出了车站，车站外是无边的漆黑与荒凉，刀尖似的寒风中还裹挟着雪花。

一个车站工作人员看我俩怪可怜，就叫来一挂马车，对车主说：把这两个外地学生娃捎带到汽车站旁边的车马大店吧，明儿，他们要上浑源。

就这样，在黑咕隆咚中，在异乡的荒郊野地里，马车拉着我们两个“臭老九”及两件赖以活命的行李，在风雪中颠簸前行。彼时，上海的家和亲人，就像在另外一个星球一样遥远。

我们的人生旅途，就这样正式拉开了“序幕”。是的，它开始于雁门关外无边黑夜中的一辆风雪马车——

雁门关外的绮丽风景

现在，家，就像另外一个星球一样遥远。车窗外那种近乎原始的荒蛮，刺痛着我的眼球，更刺痛我的心灵——我心如明镜：此去浑源，是进一步接受“改造”，无异于终身流放，就像当年的林冲被发配到沧州，去有日，归无期，凶多吉少，前途茫茫。不可知的命运，已经在前方隐隐绽露出狰狞面目。

火车上的两个同类

列车奔驰在太原—大同的路上，看窗外，开始还有星星点点绿色，渐次，绿色彻底消失，取而代之的，是望不到头的茫茫黄土地，在呼啸的寒风中俯首战栗。偶尔，远处掠过几间低矮的土坯房，像趴在地上的土鳖，偶尔，也掠过一两株树，但似已干枯发黑，那在寒风中摇曳颤动的枯枝，恰似招魂幡。视野中一片死寂，几乎看不到生命的迹象。那种荒凉凄绝的景象，令我们心里不由得发毛。

那是1970年元月，距离春节，还有一个星期。

按人之常情，我原以为部队农场的“教育者”在遣散我们之前，会以慈悲为怀，恩赐一个探亲假：先让我们回家过个春节，看望已离别两年的亲人，再来山西报到。但此刻我深有所“悟”：一旦放这伙“臭老九”回家，谁又能保证他们回了大上海或北京后，不另起“异心”呢？难怪“教育者”们要费心为每个人买上火车票，并直接把我们从农场“护送”到车站内，眼看着火车开动，才笑眯眯挥手离去——唉，别看在农场“奖赏”了我们一顶“五好战士”的“红帽子”，但在这些“教育者”眼里，我们永远是“红皮白心”的萝卜——资产阶级本性难改呀！

脑海里晃动着双亲苍老与充满期待的面孔，我心如针扎。但现在，家，就像另外一个星球一样遥远。车窗外那种近乎原始的荒蛮，刺痛着我的眼球，更刺痛我的心灵——我心如明镜：此去浑源，是进一步接受“改造”，无异于终身流放，就像当年的林冲被发配到沧州，去有日，归无期，凶多吉少，前途茫茫。不可知的命运，已经在前方隐隐绽露出狰狞面目。

偏偏坐在我们对面座位上的，也是一对大学生情侣。但人家的命运就不一样了！从他们的谈话中听出来，男方的父母都身居高位，早已把他们俩安排到某个部机关，甚至连房子都准备好了——一套两居室！这次他们来大同，是专程看望爷爷奶奶、承欢膝下的。自火车开动至今，两人兴致勃勃、卿卿我我地谈个没完，谈得最多的是回北京后如何装扮那套住房，包括未来的“婴儿室”！男的呵呵呵地乐，女的咯咯咯地笑，一会儿男的打开一个水果罐头，两人你一口、我一勺地不住往对方嘴里送，嘴里是甜蜜蜜的，脸上是甜蜜蜜的，相对而视的目光中蜜度更稠。对于面对面近在咫尺的两个同类，他们视而不见，对车窗外的荒凉景色与车厢内的嘈杂混乱，更表现出一种超脱——因为他们生活在另一个世界！

“呵呵呵、咯咯咯”了一上午，两人也累了。午后，相互合盖着一件大衣，在车厢有节奏的晃动中，在车轮轰鸣、人声嘈杂的交响乐中，他们打起了瞌睡。也许梦境里也是一片玫瑰色，因此，睡梦中的脸上也堆着笑意。

整个上午，与“呵呵呵、咯咯咯”相对应的，是我们这一边的沉默寡言、声息全无。我俩似乎是一对哑巴，表面上在“全神贯注”地眺望窗外，对对面的动向视而不见、听而不闻——其实，我那不听话的目光，时不时在“窥视”他们的“隐私”，我那不听话的耳朵，也不经意地捕捉着对面的谈话。心里就像打翻了五味瓶，百感交集。

对于眼前两个同类，我最初的反应是迷惑和惊讶。因为这两年被密封在一个“革命大熔炉”里——滹沱河畔一个解放军农场，周围都是跟我们一样被改造的“臭老九”，我们整天像机械人一样地干活，用汗水洗心革脑，我们的耳朵里充塞了“教育者们”的灌输，渐渐地，头脑里除了接受“改造”，已不敢再有其他杂念，除了“红彤彤”的《毛主席语录》，已没有了其他思维方式和表达方式。推而论之，我天真地以为，经过“金猴奋起千钧棒，玉宇澄清万里埃”，整个中国已是一块“净土”！

但此刻，我突然发现，“净土”不“净”！不是吗？在自己身边，竟还有这样的人：“文革”并没有冲击到他们，他们的语言和生活，竟然远离“毛主席语录”。天哪，在被暴风骤雨横扫了六七年的中国，竟然还能漏网了这样一群人，漏网了这样一个角落，真是不可思议！

细听他们对未来生活的设计，眼瞅他们甜蜜蜜的爱情与喜悦，我的内心，竟不由自主地生出一丝羡慕。而细品这丝“羡慕”，不由得我更加大吃一惊：本以为经历了这些年的“改造”，“资产阶级思想”已从自己脑袋里一扫而空，不料它们仍潜伏在某个阴暗的角落里，稍经“诱惑”便“沉渣泛起”！这件事要叫农场里的“教育者们”知道了，不气死过去才怪，因为他们的煞费苦心竟然是如此不堪一击！

那么，到底是他们“另类”，还是绝大多数人的生活——包括我们的生活——出了毛病？如果不发生“文革”，会不会有大批大批的知识分子进农场“改造”，进而被“充军”到“西伯利亚”？……

是的，我不敢再想下去了，我的思维已滑进了极其危险的轨道，再滑下去，等待我的只能是万劫不复的深渊。我最好还是不要去看眼前这两个幸运儿睡意沉沉、好梦连连的面孔，还是忘掉他们的诱人设计与“婴儿室”吧，回到现实中，回到“毛主席语录”的世界，认真看一看摆在自己面前的那条路，好好想清楚该怎么走。

很明显，前景不容乐观。我们已出了雁门关，正一步步告别文明，走向荒蛮。在我俩面前，没有一丝玫瑰色，没有看得见的道路和目标，无亲无友、无依无靠，只有满目黄土与茫茫不可知的命运。

我们也有自己的悄悄话

趁着对面两位消停了，该轮到我们“出场”了。我掉过头注视靠窗的丁炳昌：着一件灰不溜秋旧中式棉袄的他，单薄的肩膀上，细脖子撑着颧骨高耸的脸庞，脸色苍白，嘴唇毫无血色，只有一对黑白分明的丹凤眼里，还闪烁着他惯有的宁静气质。好像心有灵犀，他也正朝我转过头来，视线相碰，我从他的眼神里看到他正在思考同样的问题：怎么办？

到了这种地方，我们怎么办？看看人家，我们怎么办？

心灵的相通如同一股暖流给了我莫大的慰藉：即便已失去一切，至少我们还彼此拥有对方，可以相濡以沫。而很多很多人，譬如丁炳昌连队的战友、复旦新闻系的小宋，更惨，一个人被充军到晋西北的岢岚——据说，那儿比浑源更荒蛮。

“看到了吧？这一路上真是景色如画，美不胜收呀！”半晌，从丁炳昌嘴里，竟然不紧不慢吐出这么一句话来。

“哼，什么鬼地方，不毛之地！”我几乎要叫起来。

“嘘——”丁炳昌及时制止了我不理性的发泄，并警惕地抬眼观察对面两个同类，看有没有惊动到他们，我也跟着眼睛滴溜溜转，把前后左右“火力侦察”了一番。还好，旅客们横的竖的，多数在打瞌睡，车轮的隆隆声是如此震耳欲聋，淹没了一切。于是，谈话悄悄地展开了。

“以前我只知道‘祖国处处是花园，祖国处处是春天’，嘿，今天我可见识了雁门关外是个什么样的‘花园’了。怎么样？对这个‘花园’，你有什么高见？”丁炳昌问我。

要在平时，对丁炳昌的揶揄，我会“咯咯咯”地笑个不停，但此刻，实在没有这种心情。我只有一个想法，就是尽快“逃离”这个“不毛之地”，这里，根本就不适合人类居住嘛！当然，“逃离”的意思是指“调动”，哪怕调回上海当个小学教师，不，哪怕……

丁炳昌截住了我的话，伸过脑袋满脸惊讶：“你有个舅舅是上海市革委会主任？你怎么不早说？”

“什么舅舅，我哪有说这话？”

“那就对，你我不是对面两位，所以——请放弃这样的想法。”

我像被噎住一样，满嘴的话一下子被哽在了嗓子眼里。但要我放弃“逃离”的想法不可能，我很快就组织起反驳：

“我不是说立马就能调走，这当然不现实。但我们可以等待机会呀，‘文化大革命’总不会永远搞下去，也许过几年‘红太阳’（我和丁炳昌对毛主席他老人家的尊称）又想起用知识分子，会召一批臭老九回城，只要我们好好干，就可能得到‘特赦令’。”

“难哪！”丁炳昌一声叹息。沉思和忧郁使他的眸子显得更黑，脸色更苍白。就他的分析，认为就眼下的形势看，阶级斗争只能越来越惨烈，“臭老九”的地位也只会每况愈下，因此，调回上海的可能性几乎为零。他说，总想着“逃离”，又没有任何指望，这日子就真成了苦刑，没法过了。

还不如干脆绝了这个念头，横下一条心来，我就做浑源人了，这辈子就在这个“花园”里不走了，兴许日子还能过得轻松些。

说得不无道理。可目光一接触到车窗外那荒无人烟的土黄色，那发黑的招魂幡似的干树，心就像沉到了黑咕隆咚的深井里，不寒而栗。

但我们是学哲学的，知道凡事可以“一分为二”。那就反过来想吧：听说我们要去的浑源，过了雁门关再往北，不算远。雁门关，那是杨家将打仗的古战场啊。我念小学时，就在街对面的小书摊上看过《杨继业传》，知道杨家将满门忠烈，曾在那一带抗御外敌，建功立业，流芳百世。那么，与其像杨四郎那样退出“红尘”、以终残生，不如像杨老令公那样“以身殉国”、马革裹尸！兴许运气好，还真能轰轰烈烈干出点儿名堂，届时，我们就能从雁门关外堂堂正正杀进关内，就能……

“对，对，兴许人们还会为我们铺上红地毯，建个凯旋门呢！”丁炳昌笑眯眯地应和。

“这么说，你赞成？英雄所见略同也！”我颇有几分得意。

“哼，只能说，我很欣赏你的想象力，略同，岂敢。”

我的话，又一次被哽在了嗓子眼里。

“你想想，这谈何容易！”丁炳昌一五一十，摆他的理由，“杨家将那年代，敌是敌，我是我，阵线明确，是英雄、是叛徒像明镜一般，可现在夺权、造反，把一切都搞乱了。因此，荒芜、贫困、艰苦，也许还不是最可怕的，眼下混沌迷乱的时局才是‘沼泽地’。在大上海，在复旦哲学系，不就因为‘紧跟了资产阶级反动路线’，我俩才被发配到雁门关外？那么，在雁门关外那个偏僻而贫困的小县，执行政策的水平，就更可想而知了！我们两个阅历不深的外地学生，一脚踩进去，会不会被呛死、被淹没呢？”

没错。经历过“文革”的洗礼，我深知丁炳昌的那番分析绝非危言耸听。

大学里的教训够刻骨铭心了，岂能重蹈覆辙？于是，刚才那股豪迈顿显底气不足，飘飘忽忽变成了一根游丝。

“别怕。”丁炳昌把我冰冷的手，捂进他暖烘烘的棉袄袖里，清澈的目光中柔情无限，温和的声音里流淌着一如既往的宁静，“事到如今，怕也没用了。是泥潭，是刀山，也只有往前走了，走一步是一步吧。好在，我们可以相依为命。”

暖流，又一次流过我的胸膛，我趁势依偎过去，靠在了他的身上。

对这个长我 4 岁的男人，我有无限的信任和依赖，他是我的爱人，我的兄长，我的天，我的一切！

“别的不怕，就我这身体，好像一年不如一年，弄不好，怕是撑不住，到那时，你怎么办？”丁炳昌的声音里，很有几分伤感。

我直起身子捂住他的嘴：“不许说！不许说这种不吉利的话！不会的，绝不可能！”

接下去，我急切而热烈地说了一番话，大意是：放心吧，有我呢！我会照顾好你，我会学做饭，即便是野菜粗粮，也让你吃得可口；我会学打毛衣、缝棉袄，让你穿得暖暖和和，−40℃也冻不着；早晨，我会把洗脸水端到你床边，晚上，你累了，先躺着去，我来收拾家，洗衣服。总之，总之……

丁炳昌笑眯眯地听我讲，那神情就像在倾听一个美丽的童话。等我讲完，他突然盯住我的脸反复端详，左看右看，一脸认真。

“看什么？”我莫名其妙。

“哟，我还不知道旁边竟坐着一个‘樊桂英’，一个救世主哎！惭愧呀，丁某真是有眼不识泰山！”

“你！”我哭笑不得。

“到时候你成了‘樊桂英’衣锦还乡，千万别忘了把我也打进包裹里带回老家哟！”

“这种时候，你竟然还有心思开玩笑！”我气得使劲捶他。

就这样，在那个告别中原走向关外、告别文明走向荒蛮的车厢里，我俩悄悄地猜测着、讨论着、描画着“将来”。我们不知道今天的“金沙滩”会以怎样的面貌迎接我们？不知道在“金沙滩”上还会上演什么样的惊天鏖战？不知道自己今后的命运会如何？是像杨老令公那样建功立业，还是像杨七郎那样被潘仁美射死？还是……

但在所有的不确定之中，有两点是特别明确的：第一，我们绝不能分开，不管天塌地陷，死活要厮守在一起；第二，环境恶劣，更要学会保存自己，只有活下来，才有走出去的一天。

沉沉的夜幕落下来了，车厢外变得一片漆黑，昏黄的灯光像是老巫婆下的催眠药，使人昏昏欲睡。丁炳昌打着哈欠说：

“好了，好了，我也困了，不说了，眯个觉吧。你看对面两位，睡得多美！不想睡？怎么，想当‘樊桂英’就连觉也不睡了？”

我气得又捶他。但心里好像松快多了。

夜沉沉，昏暗的车厢有节奏地摇晃，我正迷迷糊糊打着瞌睡，丁炳昌的耳语又如炸雷把我惊醒：“有句话，我还是想说在前头：到了这种不毛之地，我的身体不知能坚持几年？要是我不在了，你呀，一定要改改你的任性……”我万没想到丁炳昌这样坚强的男人会说出如此伤感的话，望着他瘦骨嶙峋的侧影，我泪流满面，心痛到说不出一个字来。

“我觉得你呀，心志太高，不甘于平凡。我喜欢你的是这一点，害怕的也是这一点。”丁炳昌平静的声音继续在我耳边流淌，声音里蕴含着无限温柔、无限深情，“假如碰到好人和机遇，我相信你会做出一番事业，反过来，依你的驴脾气，会被打入十八层地狱。万一我不能陪伴你了，你呀你，一定要好自为之。”他伸出胳膊紧紧搂住了我，用他温暖的手掌抹去我的眼泪，把我的脑袋靠在他的肩膀上。我们就这样相拥着，默默无言地一直坐到大同。

初见浑源城

深夜十一点时，火车终于到达了终点站大同市，那也是雁北地委的所在地。

吃力地合搬着一口旧木箱、一个大包裹，我们俩一步一挪地走出了车站，但车站外无边的漆黑与荒凉，还有那裹挟着雪花的刀尖似的寒风，立刻又把我们逼回站内。我们想，要不就在候车室凑合一夜，候车室里有大火炉，暖和，等天亮了再说吧。

一撩开候车室的破门帘，一股浓烈的骚腥与恶臭差点儿把我们熏倒。再定睛一看，更是魂飞魄散：里面就跟火车里一样拥挤，不过全都横七竖八地倒在地下，你压着我的腿，我枕着你的腰，已插不进半只脚去；更有几个赤身裸体、一丝不挂的乞丐，满脸墨黑、头发披散，在昏暗的灯光下与鬼魅无异，远远看到我们便仰起身来，眼睛像鬼火似的一闪一闪；另有两三个破衣烂衫的人慢慢站起身来，似有向我们合围之势。顿时吓得我们心跳加快，逃也似的拼命撤退，心中还残留的那丝豪迈，早已丢到爪哇国去了。

又来到车站外，门可罗雀。有一片灯光，但在远远的天边。

一个车站工作人员看我俩怪可怜，就叫来一挂马车，对车主说：把这两个外地学生娃捎带到汽车站旁边的车马大店吧，明儿，他们要上浑源。

就这样，在黑咕隆咚中，在异乡的荒郊野地里，马车拉着我们及两件赖以活命的行李，又颠簸了一个来小时，来到了汽车站。此时，已是凌晨两点多了。

车马大店，顾名思义是专门接待马车主及骡马的。骡马们全都圈在大院里，马车主们当然清一色是大男人，十多个人挤一条炕，而且按当地习俗，全都脱得一丝不挂睡觉。丁炳昌推开门脸都吓白了。

解释半天，哀求半天，哈欠连天的店伙计满不情愿地给我们开了一个“单间”，还嘀嘀咕咕着要收我们加倍的房费。

当夜，我俩和衣坐在炕上，紧紧相拥着，四道警惕的目光像探照灯般锁定房门：虽然那里有我们的木箱死死顶住、代替“铁将军”把门，但此时此刻，阶级斗争的弦，哪里敢有一丝一毫的放松？

天蒙蒙亮，我俩就把大木箱吭哧吭哧搬到了汽车站，但一直等到十点多，才好不容易挤上了大同到浑源的班车。那年代这里的草民尚不知“大轿车”为何物，所谓班车只有大卡车，一天一班。

一个车斗里塞得几乎要爆炸，不是“沙丁鱼”的概念，而是“压缩饼干”的概念，我当下就被压缩得几乎喘不出气来。丁炳昌个儿高，脑袋尚能“浮”在人体的“厚墙”之上，我个儿一米六，只有拼命仰着脸才能吸气。但总算搭上了班车，阿弥陀佛！

卡车起动了，向着东南方向，沿着险峻的盘山路。一边是悬崖峭壁，一座座险恶的危岩迎面扑来；一边是万丈深渊，仰面张开了黑森森的血盆大口；头顶上是呼啸盘旋的尖刀般的寒风，车轮底下是高低不平的石头路。车刚开出几分钟，我包着厚围巾的脑袋就几乎冻成了木头。看来，个头较矮也不无好处，至少能缩在“人墙”里少挨点儿“刀”——我暗自庆幸。

车颠簸得像要散架，不久，就开始有人呕吐，但当然不可能有“卫生袋”提供给你，就是有，你被紧紧压缩的手臂也伸展不出来。于是，旁边几位乘客的头脸、颈脖、脊背，无不成了呕吐者的“卫生袋”。又由于气温在 -20℃左右，加上车速、风速，呕吐物几乎顷刻间冻成坚冰，于是，很多人又被“佩戴”了“冰甲”，真乃难得一见的奇景。

后来，呕吐者越来越多，丁炳昌教了我一招：“干脆闭上眼睛，眼不见为净。”我乖乖“遵命”，只把耳边的风声、呕吐声、汽车轰鸣声、叫骂声，当作贝多芬的交响乐来欣赏。哈，丁炳昌就是比我聪明，我不佩服也得佩服。

车开出一个多小时后，终于有第一个人晕倒休克——我判断这是正常现象。在这种情况下，如没人晕倒休克反倒怪异。司机还是很人道的，把车停下。所幸晕倒者被抬下车呼吸到新鲜空气后很快苏醒，想“方便”者，也各自就地“方便”。于是，继续前进。

就这样开开停停，停停开开，直到日落西山。只感觉道路的急拐少了，脚下的颠簸小了，大卡车正在驶进一个群山环绕中的小平原，有人说：“快了！快了！”——原来，已有千年历史的浑源县城正是建立在这片小平原上。天快黑时，在前方的地平线上，终于出现了一片黑压压的低矮的土房，衬托着巍巍群山与苍茫的夜色，这座年代久远的古城更显几分悲壮与苍凉。这，就是浑源县城了，就是我们将要终身流放之地。我脑际顿浮起了“一片孤城万仞山”“胡天八月即飞雪”的边塞诗句。

小县城求职记

在邻县，北京大学生物系的一对高才生，被分配到了大饼摊做大饼，北京航空学院导航系的一名学生，被发配到高山上放羊……绝望、消沉的情绪在蔓延。丁炳昌说：你们这些人啊，那叫“对口分配”，不懂了吧？做大饼，这不就是生物发酵吗？到山顶上放羊，距离蓝天近了呗！大家哄堂大笑，笑声过去，留下的是苦涩无穷的回味。

“郭司令”手握“生杀大权”

第二天上午，等我俩来到县委门口时，这里已聚集起一大群等候分配的大学生，一问，都是从外地来的，有北京大学的、北京政法学院的、北京化工学院的、河北农业大学的、山西党校的……一共50多位。都是同样经历的难兄难弟，见了面自然是一番亲热、一番感慨。

后来才知道，这个偏僻的山区小县，有史以来没“捞”到过名牌大学的学生，就连本省的大学生也极少光顾，这次竟一下子分来了50多名，在县委门口唰地排起了一大溜，真可谓空前绝后、风光无限，引来许多老百姓围观，就像我们今天看大熊猫一般。

负责分配我们工作的，听说是浑源师范学校的一个红卫兵“司令”，姓郭。这个不满20岁的中专生，竟然对我们这一大群名牌高校的大学生，手握“生杀大权”。我们苦等3天，始终无缘见到“郭司令”，而他则大笔一挥，在这群“臭老九”的名单上恣意勾画一番后，我和丁炳昌的名字落到了吴城公社吴城小学的名下。

打听到这个“内部”消息，我俩急于“实地考察”。经当地百姓指点，我俩从县城出发，一路翻山越岭，进入了一片光秃秃的干石山区，终于在其中一座山的半山腰，找到了深藏其中的吴城小学。一看之下，从头顶直凉到脚底。所谓小学，就是两间破破烂烂、歪歪倒倒的土坯房，一至五年级的“教学”活动，全在这两间“危房”里进行，“教员”也就我们两个（原来有个教员调到邻村了）。点的还是煤油灯。问何时能通电，当地人一脸茫然。喝水？喏，下到三里外的山沟里自个儿去挑！我的妈耶，这么陡峭的山路，我俩空身攀越都必须手脚并用，何谈担水？

难道这就是我们的宿命？就在这么个人迹罕至、与世隔绝的干石山沟里度过一生？一辈子就教一群小毛孩子“1+1=2”？老天啊，我们是接受过高等教育的人啊，我们是复旦大学哲学系的高才生啊！要我们接受这样的命运是不是太残酷了？也太可笑了？

在火车上，我们设想过金戈铁马，甚至“以身殉国”，也设想过收敛锋芒、韬光养晦。但韬光养晦的目的是保存自己，以图将来，并非是终生“活埋”！想想，只要一踏进这片干石山区，再要走出去就难于登天了，我们一辈子的命运也就“派司”了。不，对不起，“郭司令”，我们不能俯首帖耳听命于您的“乱点鸳鸯谱”，我们更不想接受终生“活埋”的命运。当然，也不能硬抗，我们要想办法。

我们的“母语”听得“郭司令”云山雾罩

终于，“郭司令”召见我们俩了。在他的办公室里，我们第一次近距离目睹他的风采：眉清目秀，身材挺拔，一身那年月最时髦的绿军装，为他平添了几分“司令”的威严。但不知为什么，他扫视我们的目光让我浑身不舒服，那是一种眼帘低垂、故意压低了的目光，紧蹙的眉头，厌烦的神态，就像在审视两只给他平添了许多麻烦的猴子。

但他这种居高临下的高傲未能维持多久，因为我俩叽里哇啦的上海话很快听得他云山雾罩，不知所措。他摘下帽子，挠了挠头，以怀疑的目光望着我们，一口浑源“普通话”：“堂堂的复旦大学，难道不讲普通话？”

丁炳昌掏出钢笔在纸上作答：“我们班上绝大多数是上海学生，所以一直就讲上海话。今后要加强学习，争取在三到五年内学会浑源话。”

丁炳昌龙飞凤舞的一笔好字竟然还吸引他看了一会儿。

“这么说，吴城小学——”他狐疑地瞪着我们，而我们则以沉默作答，一脸无可奈何的模样。

终于，他不耐烦了，悻悻地挥了一下手：“你们先回去吧。”

其实，我们下的是一着险棋。因为只要到其他大学生那里认真一问，我们的“小把戏”即刻就会被揭穿。但我们赌的，就是“郭司令”不会去调查。“郭司令”身居要职，肯定忙于官场内的“阶级斗争”，我们这两个“流放草民”的芝麻小事，何足挂齿？而且在他心目中，其他“臭老九”难道就不会是我俩的“同党”吗？

一走出县委大院，我再也憋不住，“咯咯咯咯”笑得像只生蛋的母鸡，丁炳昌却一脸平静，悠然自得地踱着他的方步。但后来，他也微笑了，不无得意地抛出一句：“哼，姜还是老的辣嘛。”

失败的“媒婆”

暂时应付了“郭司令”，争取到了一个“缓刑”，但我们要的是“改判”，不能坐等天上掉下个“馅儿饼”来。

一连三天，我俩挨着个儿，把浑源城那条唯一的土街上大小“单位”均造访了一遍，什么邮局、信用社、供销社、酒厂、鞋厂、小饭馆、大饼铺……反正见庙就进，见佛就拜，满嘴抹油像个拙劣的媒婆，厚着脸皮欲把自己“嫁”出去。

那会儿整个私营企业已经从中国大地上灭绝，浑源街上的任何一个“单位”——哪怕是一间三平方米大的“大饼铺”，自然也是姓“公”的，只要能“钻”进去，就保住了“铁饭碗”——那是读了五年大学才捧上的。那年头，“铁饭碗”是安身立命之根本，是一种身份的象征。

记得有一家小作坊，名字挺好听的，叫“浑源县线材厂”，一脚踏进去，就像踏进了一个密闭的地下室，眼球好不容易才适应了灯泡幽暗的红光，只见泥地上乱七八糟堆满细铁丝，其间还立着两台简陋不堪的土造设备。

厂长武荣——一个身材瘦削、眼球通红的中年男子，边蹲在地上摆弄机器、边听我们推销自己，直听到我们没词了、尴尬地站在那里，才慢悠悠站起来，问：

“会写个报告？”

“会！会！”

“会记账？”

“会！会！”

“到工厂实习过？”

“江南造船厂，钳工，实习了半年呢！”

“复旦大学？”

“是，是，哲学系。”

“啧！啧！名牌大学呀！”他注目凝视了我们片刻，叹息道，“屈才了，屈才了！”

“不屈才，不屈才，接受工农兵再教育，才能成才，嘻嘻！”

“我呀，还真想用你们——”他把“们”字拖得长长的，我的心一阵狂跳，连呼吸都屏住了。

他慢腾腾地点了一支烟，吸了一口，吐出一个个烟圈，才又开启金口：“只可惜，我用不起呀。”

我的心从狂跳，又几乎变成了停跳。

但对方不像是在耍弄我们，言辞恳切而实在：“你们也看到了，这两台拔丝机都是土打土造的，拔出的铁丝比不上大厂，效益不好，养不活几个人……我打心眼里喜欢读书人，但我这癞蛤蟆，哪敢吃天鹅肉？”

他把我们送到门口，还好心指点：“那边是信用社，你们去试试。”

虽然“求婚”未成，但我心头却有几分发热，听听：“我打心眼里喜欢读书人！”看来“臭老九”臭是臭，但就像“臭豆腐”，闻着“臭”，吃着却是“香”的。

然而信用社主任却连正眼都懒得瞧我们一眼，在整个谈话过程中，眼皮都耷拉着。

“有介绍信吗？”他生硬地截断了我的自我介绍，粗胖的手指头，拨拉着算盘珠。

“没……没有。”

“没有？那你们来干什么？”

“看看这里需不需要人，我们……”

“你们把这里当什么了？菜市场？杂货店？”主任的声音既惊讶又严厉，屋里的人都抬起头朝这边张望，好像我们是两个耍杂耍的小丑。

“我们是来毛遂自荐的。”我鼓起勇气，“也许您这里需要……”

又一次被打断：“需要也要不到你们头上！”威严的声音又一次高八度，伴随着哗啦啦的算盘珠声音，而周围的眼光也越发不友善。

“那好，我们告辞了。”我还想说什么，丁炳昌用手势制止了我，拉着我就往外走，“欢送”我们的是满屋子的窃窃私语。我们连头也不回，一口气走了出去。

“真是落架的凤凰不如鸡！”我气呼呼地说。

“那你想怎么样？指望人家毕恭毕敬？还是想让那条‘胖冬瓜’立马把主任位让给你？”丁炳昌“扑哧”一笑。

我想了一想，也笑起来了。

忙里偷闲——探亲

跑了三天，一无所获。

第四天早晨，我赖在招待所炕上不肯起床，说：“今天你一个人去跑吧！”

丁炳昌慢悠悠地：“我倒是还想跑，也得有地儿呀！”

可不是，凡开着门的“单位”都进去“朝拜”过了，浑源县城就巴掌那么点儿大，还能往哪儿去？

“看来只有认命了。要不，先去吴城小学报了到再说？”丁炳昌苦笑着征求我的意见。

我烦恼地用被子蒙住了头。突然，又一个鲤鱼打挺坐直身子：“喂，那天郭司令咋说来了？‘你们先走吧’，是吧？”

“好像是——‘你们先回去吧’，那又咋了？”

“‘先回去吧’？太妙了！可以有两种理解：一种是先回招待所吧，另一种是，先回老家去等着吧。我们何不‘忙’里偷个‘闲’，先回上海探一趟亲？”

“这……”丁炳昌有点儿犹豫不决。

“这什么这！既然郭司令‘下旨’让‘先回去吧’，我们敢不执行？执行了有什么错？”

丁炳昌眼珠子一转，笑眯眯地说：“是呀，执不执行是立场问题，执行得错与对是水平问题。”

我腾地从炕上跳下地，灵活得就像只金丝猴：“那还等什么？快！买票去！”

两天后，我们已经回到上海，陪着父母亲住了一个星期，又双双回到苏北启东县一个贫穷的村子里。当丁炳昌远远看到坐在屋檐下、眼睛已经半瞎、满头雪白的老母时，脸色变了，步子越迈越快，随着一声颤抖的“姆妈——”，双膝落了地，仰起的脸颊上，滚落着两行清泪——这一瞬间，我的心被震撼了。相恋四年多，我第一次见到丁炳昌如此“失态”！从这一“失态”里，迸发出了这个喜怒不形于色的男人对老母亲何等强烈的思念与爱！

从启东回到上海，我俩去领了结婚证书。吻着那两张印刷得极普通的纸，丁炳昌叹息：“惨啊，从今往后，我再也摆脱不了旁边那个家伙了！”

“你说什么？”我扬起了巴掌。

“我是说，旁边那个家伙再也别想摆脱我了。”丁炳昌嬉皮笑脸地，朝我做着鬼脸。

走了“郭司令”，来了“阎老锡”

打了半个月的“时间差”，我俩又闪电般返回了浑源，发现情势已经大变：招待所里的难兄难弟已所剩无几，据说其中绝大多数已被分到了基层，而我们俩，则像被遗忘了。

这意味着什么？是祸？是福？我们开始忐忑不安。又听说，那个红卫兵头头两天前已拍拍屁股走人——参军了，剩下的“臭老九”，由刚恢复工作的老“走资派”——原来的县委组织部闫美伦副部长接着分配。那个闫美伦，也不知为什么，竟然有个尽人皆知的外号：“阎老锡”。

这又不知是凶是吉。剩下的几个“臭老九”聚在一起，就交换信息：在邻县，北大生物系的一对高才生，被分配到了大饼摊做大饼，北航导航系的一名学生，被发配到高山上放羊……

绝望、消沉的情绪在蔓延。丁炳昌说：你们这些人啊，那叫“对口分配”，不懂了吧？做大饼，这不就是生物发酵吗？到山顶上放羊，距离蓝天近了呗！大家哄堂大笑，笑声过去，留下的是苦涩无穷的回味。

这一天，接到通知：“阎老锡”要一一找我们几个“遗留问题”去谈话。显然，最后的“判决”要下达了。丁炳昌给我打“预防针”：“‘樊桂英’啊，八成还是要上那个吴城。吴城就吴城吧，还算讲点儿人道，没把我们硬拆开，对吧？”

这个年过半百的老“走资派”，一听口音就是外地人。他半闭着眼睛听我俩故技重演，一会儿就不耐烦了：

“行了，装得还挺像的，是骗三岁小孩呢？”

糟糕，此人非彼人也！这下可把我俩吓坏了，大眼瞪小眼，顿觉大祸就要临头。我灵机一动，赶紧“斗私批修”，从灵魂深处爆发革命把自己臭骂了一通，但结论是：“就我们这肮脏思想，当‘灵魂工程师’，必然误人子弟，还是……”

“阎老锡”又半闭着眼睛，一言不发，等我的“结论”一出笼，眯缝的眼睛突然睁开，狡黠的目光如一束探光穿透我的心灵，同时，严肃的脸上也绽开了一丝令人捉摸不透的笑容。

“好了，我没工夫听你们两个毛孩子胡扯了。明天，小丁到县委通讯组上班，小樊去文化馆。”

见我俩傻愣愣站在那里没有反应，老家伙板起脸来：“怎么？听不懂？还是不想去？”

我俩腾云驾雾地离开了办公室，在跨出房门的那一刻，我禁不住回头一望：“阎老锡”正摇晃着二郎腿目送我俩离去，细眯的眼睛有点儿暗淡，目光里闪烁着几缕感慨、几缕忧郁、几缕慈爱，令我怦然心动、永生难忘。

走出门后，我斜睥着姓丁的，说：“哼，这下你可知道什么叫‘姜还是老的辣’了吧？”姓丁的心悦诚服。

回到招待所，发现遗留的几个“臭老九”个个兴高采烈、容光焕发：有分配到县法院的，有分配到宣传部、广播站、文化馆、档案馆的——几个名牌大学的学生，大都留下了。

真是太庆幸了！大家庆幸分到了浑源县，庆幸遇到了“阎老锡”——虽然他狡猾得像只狐狸！——这是“臭老九”们的共同感觉。但显然，他是有意识地留下了这几名名牌大学的学生！而这一招，从某种意义上影响到了浑源县的发展，更改变了我们一生的命运。从这几个大学生中，日后走出了山西省委常委、组织部部长，走出了地委书记、县委书记，走出了西安市中级法院院长，走出了《光明日报》名记者……但对这一点——有意安排我们留下——“阎老锡”自己绝口否认。

一年多后，我们住在了县委同一排“宿舍”，一来二往就熟了，有次我向他刺探“内幕”，他半开玩笑地说：“‘文革’前一年曾分来一个上海女大学生，下车一看情况就开始哇哇大哭，直哭得山摇地动，还绝食，绝食三天。县委说，这样下去要出人命呀，派车送她去了大同，从大同她回了上海。从此，一听‘上海学生’四个字头就发涨，求上面说：‘饶了我吧，我们穷山沟伺候不了！’这次一接手，他娘的，听说又来了两个上海学生，还有个女的，我第一句话就问：‘哭了吗？’‘没哭，还嘻嘻哈哈的。’哟，奇了，再一了解，笔头也行，县里正好缺材料员，就留下了。

“算你走运，当初要是你滴了‘猫尿’，我非把你打入‘十八层地狱’不可！”

听着“阎老锡”活灵活现地揭示“内幕”，看到他狡黠地眨巴着眼睛，嘴角浮现出嘲讽的、揶揄的微笑，我实在闹不清他说的是真话，还是在瞎编。

在小县城结交的“人物谱”

我感觉，在这块荒漠、贫穷和严寒的土地上，并不缺乏拥有理想和信念的人，也并不缺少富有激情的生活、奋斗与友情。这里的人虽然生活艰难，外表粗犷，但似乎也像大都市的人一样，有着丰富的内心、真挚的感情……

结识麻大安

在县里当材料员，第一“要诀”就是下乡，要去体验生活，还要到现场收集第一手资料。丁炳昌第一次下乡，去了个把星期，回家踏进门，第一件事就是忙不迭地烧水洗澡，并把脱下的衣服放在盆里煮。他的下乡“观感”令我喷饭，说是为了躲避虱子，睡觉前先用报纸铺满全身，再盖上大队部的“油”被子，而结果，虱子带回家成千上百！

现在该我下乡了，丁炳昌劝导我自带一床被褥，被我断然拒绝：这影响多不好哇，我是那种娇滴滴的资产阶级小姐吗？

我雄赳赳地骑着自行车，顶着尖刀般的寒风与铺天盖地的沙尘，在高低不平的土路上独个儿挺进了20多里地，很有些“风萧萧兮易水寒，壮士一去兮不复返”的英雄气概。3个多小时后，路边几排低矮的土坯房依稀可见，这就是我要去的目的地——水磨疃大队。这个大队有 1000 多号人，是全县农业学大寨的典型。

天色已晚，我被领到一户村民家里吃派饭。不足一平方米的小炕桌摆在土炕上，一家七八口人，穿着脏鞋就踏上炕席，围着炕桌、盘着腿坐成一圈，我不会盘腿，就坐在炕沿。

端上来的是一大铁锅热气腾腾的水煮土豆，老老小小都伸手抓，有人连皮都不剥，就大口大口吃起来，这时，我才知道这是道“主食”。

主妇随即又端上了“副食”：一大碗盐渍圆白菜，我眼瞅着她刚从墙边的大水缸里捞出来，切了切放到了碗里。

“怎么不吃？”主妇抓了一个大土豆放到我手里，好家伙，有两个拳头大，估摸着有一斤重，我也学着主人的样就着盐菜丝吃起来。遗憾的是，无论我怎么努力，还剩下小半拉实在撑不下去了，一小口一小口勉强塞进嘴里，环视左右，目瞪口呆：20 分钟不到，炕桌上的所有食品已被一扫而光，一个男孩还拿了盐菜碗在舔。

下炕告别了主人，我无意间往大水缸里张望了一下，不看不打紧，一看吓一跳：只见缸里的盐水上长着一层绿毛，还蠕动着许多白色的蛆，顿时，恶心得直反胃，我捂住嘴快步跑出门，蹲在路边就开始呕吐。

摸黑回到大队部，更始料未及的事还在后头。上炕打开被褥，发现被褥黑不溜秋，不仅已脏得看不出本色，而且摸上去硬得像铁皮，油腻腻的，再仔细看看，头皮一阵阵发麻——被褥上活跃着数不清的跳蚤、虱子。这种被褥也能盖？哎呀呀，我后悔死了，为什么要逞强，不肯听取丁某人的劝导？

我的大脑飞速转动，哈，有了，办法总比困难多！我小心翼翼地把这套足能刮出半斤油来的公用被褥，推到了土炕的一个角落里，自己则躲到另一个角落里和衣而睡。但土炕烧得发烫——估摸炕席的温度不低于 50℃！又不是烤鱼干，谁这么瞎起劲啊？一整夜，我翻来覆去地，骂骂咧咧地，一直折腾到天亮。

第二天，被领到另一家吃派饭，但“食谱”并无二致。第三天更甚：我眼瞅着主人拿一块破布擦了炕席上的脏泥，擦了小孩的鼻涕，又去擦碗，这碗，又盛了玉米糊糊端到我面前……

这样过了三天，仅仅三天啊，我就饥困交迫，眼窝抠陷。第四天，天又黑了，我把大队部里所有的报纸收集起来，在土炕的一角铺了厚厚一层——这是我为自己准备的“床”。我的心情就如外面阴黑的天，真不知道如何才能度过又一个漫漫长夜。

这时，来了大队党支部书记麻大安，一个40多岁的复转军人。进屋后，他锐利地一瞥，屋里的一切都未逃过他的视线。

脱掉不挂布面子的光板老羊皮袄，摘下肥大的皮帽，他盘起长腿坐到了炕上，朝我咧开嘴笑了：“怎么样？想家了吧？”我低着头不言语。

“告诉你一个秘密！”他故意压低声音，笑呵呵地说，“我刚当兵那会儿也想过家，想我娘。晚上，我把娘给我缝的那件小布衫枕在头下，闻到那味儿，就像见到了我娘。”

我还是不言语。不提到家，我还硬撑着，说到家，尤其说到娘，我真还有点儿撑不住，不听话的“猫尿”渐渐涌上眼眶。

麻大安见状沉默片刻，轻轻叹了口气：“说实在的，想家也在理。我们这个地方，就是不如你们江南好呗，来这里，真是憋屈你们了。”诚恳和理解，渐渐解除了我的“装备”，“猫尿”，先是一滴、两滴，而后，“吧嗒吧嗒”流成了串。

麻大安从身上掏出一个布包，放到我面前，那口气就像哄一个小妹妹：“别哭，别哭，你瞅瞅，我给你带好吃的来了，吃饱了不想家——这是我老班长说的。”

布包里有什么呢？一个煮鸡蛋，几十片烤得两面焦黄的土豆片——

麻大安解释说，这是把生土豆切成片，直接放到火炉的铁板上烤的。哇，还带着热气，一咬，又香又脆，那个好吃啊，赛过巧克力饼干了！

笑眯眯地看我把一包食品一扫而光，麻大安就起身要走了。他说："你早点儿休息吧，我呢，还要到五保户家里转转，天太冷了，怕有的老人会扛不住哩。"

走到门口，他又回过头来，征求我的意见："对了，明天，我要带领村民去修大坝，你有没有兴趣呀？有？那我派人来领你去，好不？"

麻大安的身影渐渐消失在月色惨淡、寒风呼啸的旷野中。臃肿的老羊皮袄遮不住他身材的修长、挺拔和矫健，我能想象这个骑兵班长当年的飒爽英姿。

麻大安的到来，改变了我的心情。虽然我们之间只是萍水相逢，但我感觉，他，就像是我的一位兄长和亲人。

自走出校门，从大上海来到滹陀河畔，从解放军农场来到流放地浑源，步步走"低"，命运多舛，我已习惯于被别人叫"臭老九"，习惯于接受"思想改造"。今天，在水磨疃这个偏远陌生的村庄里，突然有人给予我已久违的同情、关心、理解、人道与尊重——这些当今世道里最稀缺的元素，使结在我心灵深处的那块冰开始融化。

第二天，我跟着村民到了大坝工地。展现在眼前的是这样一幅画面：几百号男男女女，顶着刺骨寒风，肩担车拉，就像蚂蚁搬食一样，把用铁锹、镐头掘出的泥土，一点一点"搬"到一条河床边，在那里筑起一条土坝。

说实话，像这样的画面，我从电影上、小说里已经"熟读"了，令我不胜惊讶的，是河床之宽阔、气势之雄伟；而更惊讶的，是里面竟然没有一滴水！在没有水的河床上修大坝，这是为何？

麻大安告诉我：这条河叫浑河，是浑源县的两大河流之一，浑源，也就因为是浑河的发源地而得名。浑源是个干旱的地方，每年降雨量仅 400 多毫米，基本集中在夏季，浑河一年之中倒有大半年是干涸的。但雨季一到，水就来了，浑河两岸的百姓就赶在雨季前种庄稼，世世代代，就靠着这条河过日子。

我的想象力来了，兴致勃勃地说："是不是就像那首歌里唱的：'一条大河波浪宽，风吹稻花香两岸……'"

麻大安愣了一下，而后简直就笑弯了腰："呵呵，跟你想象的完全不一样，不一样！雨季一到，总要暴发山洪，那山洪就像千万匹奔腾的野马！你现在看着河床宽，是吧？到那时可管不住一泻千里的洪水。那些'野马'左奔右突，冲出河道，冲到庄稼地里，往往把老百姓的心血，把老百姓一年的希望，冲得无影无踪。"

我听得目瞪口呆。

"所以，就修坝？"

"对。"

但我心里有个疑问，不由自主就说了出来："可照你说的，修土坝恐怕也挡不住洪水吧？"

"说得是。"麻大安很坦率，"年年修，年年被冲垮。去年我跳下去堵缺口，被洪水冲走，差点儿丢了命哩。"

我惊讶地注视着他。而他以加倍的坦诚回答我："你知道吗？我恨自己，恨自己没本事。那年我复员回乡，公社想留我，我没干，我那会儿才 20 多岁呀，雄心万丈，一心想带领乡亲改变水磨疃的面貌。我家穷得叮当响，但我把复员金一分没留，全拿出来投到了水利工程上。"

他就地盘着长腿坐了下来，垂着脑袋，久久没有言语。而后，像自言自语似的，缓缓的声音里沉淀着浓重的忧郁与自责："可十多年过去了，水磨疃面貌依旧，乡亲们的日子，反倒像越过越穷了……"

半晌，他仰起脸来，直视着我：“你是有文化的人，又从大地方来，见识得多，你说说，我到底错在哪里了？我该怎么办？”

我的心被震撼了。在他那张棱角分明、虽然粗糙但仍不失英俊的脸上，竟已刻上了深深的皱纹，从每条皱纹里流淌出来的，都是苦涩与困惑；那双本来炯炯有神的眼睛，现在也被厚厚的阴霾遮盖着；而那微微发颤的声音，则仿佛是直接从胸腔里发出来的，把心底的彷徨、痛苦和挣扎，赤裸裸地摆在了我面前。

水磨疃，可是浑源县响当当的学大寨典型啊！而水磨疃的书记、县委干部一提起就跷大拇指的麻大安，心底里竟然藏着这么多的矛盾与痛苦，是我实在没想到的。更想不到的是，他竟然信任我这个陌生人，因为我“有文化”，又是“从大地方来的”。

可我，又拿得出什么来帮助他？我到底有什么本事？

这天夜里，我通宵失眠了，不是因为炕热，不是因为跳蚤，而是因为麻大安的面容不停地在眼前晃动，我的耳畔，惊心动魄地回响着他的声音：“我到底错在哪里了？我该怎么办？”

我承认，要找到合理的答案难度太大了，我还没有这个能力。但我却很兴奋，因为我感觉，在这块荒漠、贫穷和严寒的土地上，并不缺乏拥有理想和信念的人，也并不缺少富有激情的生活、奋斗与友情。这里的人虽然生活艰难，外表粗犷，但似乎也像大都市的人一样，有着丰富的内心、真挚的感情——就譬如这个麻大安。

突然间，我产生了一种浓厚的兴趣，想要去了解他们。我也产生了一种强烈的冲动，想用自己的笔，去刻画和表现他们。

我自己也没有想到，竟一口气在水磨疃大队住了20多天，处女作《大坝风云》也就在这里产生。稿子写了15000多字（当然今天回想起来内容非常幼稚），发在当地的小报《雁北报》上只剩下了300字——

一块小“豆腐干”！

丁炳昌把它带回家，在我眼前晃着逗引我，我转了三圈才抢到手，连读十来遍，还舍不得放下。

“好了，这不是世界名著！”丁炳昌讥讽着，又变戏法似的拿出了一张《山西日报》，“还是好好读这个吧，这才叫水平！”

我接过来一看，上面登着他写的通讯：《铁丝是怎样拔出来的》。

有一大块，我不佩服也得佩服。再细看，原来写的是浑源线材厂厂长武荣！

“你什么时候跟武荣打上交道了？”我吃惊地问。

“哼，我倒要想问问，你什么时候交上了麻大安这个朋友，连家也忘了？”

“嘻嘻，你吃醋了？”这下轮到我逗引他了。

现在，水磨疃成了我第二个“家”，麻大安成了我的“亲人”。春节了，麻大安还惦记着给我留了10斤滴溜滚圆的葵花籽儿——那是水磨疃的“土特产”。

一次我去，遇到大队部又住进来一个解放军军人，叫傅招华。一问，是从这里出去的插队知青，他竟然把部队三年一次的探亲假分了一半来探望麻大安！

“你知道吗？麻大安就像是我的长兄、我的父亲！”

他给我叙述了他参军走的那天，麻大安冒着大雪步行20多里地、赶到县城送他的情景：

“那天，别人都有亲人送，就我没有，我就托人给麻大安捎了口信。鹅毛大雪呀，我站在武装部门口眼巴巴地等着。有人说，傻小子，别等了，这大雪能来吗？天渐渐黑了，眼前的景物都看不清了，我的心像在被一点一点掏空……

“但突然，一只‘大狗熊’出现在我眼前：麻大安！只见他全身被毛茸茸的雪片裹住了，眉毛上挂着‘冰川’，鼻子冻成了‘胡萝卜’，却还一个劲儿地咧着嘴笑……

“不怕你笑话，我当下就哭了，眼泪噼里啪啦掉下来……

“我走了后，总惦记着麻大安，惦记着水磨疃。我在这里时，恨死这地方了，最大的愿望是逃离，但离开后，又对它魂牵梦萦，你说人有多么怪？”

与曹副政委大吵一场

县里开一年一度的学大寨经验交流会，水磨疃的总结材料引起了会上笔杆子们的关注。“内容很充实呀！”“文字也好生动哇！”……大家你一句、我一句地评论。

有人问：“这是谁去写的呀？”

丁炳昌慢悠悠地说：“是我那一位。”

“你那一位是谁呀？”有人问。

坐在一边跷着二郎腿、眯缝着眼似睡非睡的“阎老锡”突然“惊醒”：“小樊呗！就是整天背个黄挎包、在文化馆进进出出的那个！小丁，我咋听说你媳妇比你还能写哩？不可能吧？”

几句话激起了满堂嬉笑。坐在“阎老锡”旁边、主持审定材料的县政工组组长曹其福闻言，附在“阎老锡”耳旁嘀咕了两句。

下了会，“阎老锡”叫住丁炳昌，摇头晃脑地说：“老丁啊，从明天起，让小樊到县妇联去上班吧，曹副政委发话了！”

曹其福，是浑源县武装部副政委兼县政工组组长。那年月的政工组总管一个县的政工，包括党务、政务、组织、宣传等，是真正的实权派，而县委书记呢，就由县武装部的政委罗忠勇兼职。说穿了，是县武装部“夺”了县委的权，是两个军人把握了全县30万人的命运——这是“文革”初期和中期特有的政治“生态”，全国皆如此。比起这个县政工组组长，那一大溜副书记、副县长，某种意义上只是徒有虚名而已，这些“老走资派”不久前刚从“牛棚”里被释放出来，凡事还要看看这两个军人的脸色。

到了县妇联，跟曹其福的接触多了一些。在我印象中，他是一个矮胖小老头，永远着一身绷得紧紧的旧军装，脚穿部队的绿跑鞋（不像罗政委身穿绿军装，脚登油亮的黑皮鞋）。他的面色特别黝黑，就像个印度人，表情有点儿木讷，偶尔笑一笑，也就是两片厚嘴唇稍稍咧开，露出一丝里面的白牙。眼睛倒很大，但鼓鼓的，像是甲亢病人。话语极少，至少跟我在一起的时候，无论是听我汇报，还是发指示，都只有“嗯”“行”“不行”这几个字，而且像是口里含着水，发音含含糊糊的。说实话，如介绍他是个事务长，外人会更相信一些，就从他的这副“尊容”看，绝不像是一个手握炙热权势、说话一言九鼎的人。

平心而论，曹其福这个上司不难伺候，多半年了，没见过他发火骂人，我送上去的材料也从未打过“回票”。但有一次，我跟他突然起了冲突……

浑源县有个什仪号大队，是全省学大寨的先进典型，什仪号大队的妇女工作，自然也成了各级妇联会的典型。这年，雁北开先进妇女大会，指名要什仪号做大会发言，发言稿嘛，当然得提前送去审定。

于是，我为之整整忙了20来天。雁北地区妇联会主任吴玉英本人从材料员出身，对材料的挑剔是有名的，偏偏我的顶头上司、县妇联主任老任前些时候去地区时，又在吴玉英跟前夸了我几句，回来后郑重其事地传话说：吴主任就等着看你的水平呢，你可别给我丢脸啊！

材料出来了，11000多字，我反复修改两遍后，又请丁炳昌把关过了一遍。然后是县妇联正副主任审定，然后就送到了曹其福那里。这期间，地区妇联曾两次打来电话嘱咐，说这是个重点发言稿，吴主任要亲自过目，务必提前送去。

两天过去了，曹其福那里无回音，一打问，下乡了。又过了两天，去打问，说，正安排人事呢，没空。而这头，吴玉英不高兴了，那天一上班，老任就接到地区妇联的电话，对方口气不阴不阳的，说："本来嘛，什仪号是全省的典型，我们地区庙小，请不动。吴主任说了，要明天再不送来，这个发言就取消了。"完了，再加一句，"什么了不起的，不就是一个大学生吗？大学生就一定写得比别人好？哼，别摆那个臭架子了！"后面这句"附言"，明显是"奉送"给我的。

老任的脸吓白了，我的脸气黄了。老任对着我跳脚："你快给我去找曹政委，今天要不到材料不结！"我一声不吭，闷着头就往县委大院跑。

曹其福正在参加县委常委会。我当然不敢"冲击"这个浑源县级别最高也最神圣的会议，就站在门口等。我抱定了主意：今天非拿到批件不可。

常委会一直开到中午十二点半。那扇神圣的门终于开启，十几个常委陆陆续续走了出来。我一步跨到曹其福面前，说了稿子的事。

"没看！"他看也不看我，闷声闷气地从嘴里吐出这两个字，继续走他的路。

我紧追不舍："地区催得紧，今天务必……"

"没空！"还是两个字，还是埋着头往前走。

我急了，提高了声调："再不送去，地区要取消发言，谁负责？"

这高八度的声音吸引了前前后后的常委们，纷纷掉头朝我们这边张望。

曹其福的脸更黑了，依然没有停下步子。

被绝望心理攫住的我失去了理智，几句很伤人的话突然冲出嘴唇："你不负责任！你官僚主义！你，少摆架子……"

曹其福停住脚步，慢慢转过身来，"青蛙眼"死死盯住我，这次，从厚嘴唇里蹦出的两个字是："走开！"

情势的急剧发展令周围的人瞠目。我依稀看见，罗政委站在常委会门口冷眼看着这一幕，脸色极其阴沉，而他身边那个做会议记录的材料员都变了脸色。

佟副书记——我曾跟着他下过两回乡——紧赶几步走到我跟前，拍着我的肩膀："走吧，小樊，走吧，有事以后再说，以后再说。"胖胖的段副书记也上来解围，劝慰曹其福说："老曹，她年轻，说话没个轻重，别跟她计较，走吧。"

人都走了，场地上只留下了我孑然一人。站在远处目睹了全过程的一个县委干部走上前来，把木呆呆的我送回了家。

听那位同事叙述了经过，丁炳昌气得脸色发青。同事一走，他即刻冲我大发雷霆："人家用你，你就不知道自己几斤几两了？听了两句表扬尾巴翘到天上了？了不起了？又来我行我素那一套了？真是江山易改，本性难移！得了，我也不指望你这辈子能改了！"

我本以为丁炳昌会同情我、安慰我，甚至替我出头去找曹其福论个理，没想到劈头盖脸挨了他一顿骂。从相恋到结婚，六七年了，丁炳昌对我从来只有呵护，只有疼爱，没有抱怨，没有责备，像今天这样的"待遇"还是第一回！心里更觉委屈，我拔起腿就往外跑。

丁炳昌一把攥住我，气得全身发抖："怎么了？还有理了！看样子你是不想在县城里待了，想到那所吴城小学去了！告诉你，这次要去你自己去，我不再奉陪！”

丁炳昌的话让我浑身一激灵，脑子顿时清醒了许多。是啊，我这次可闯下大祸了，竟当着十几个常委的面怒斥那个权贵，让他完全下不来台，确实是做得太过分了，曹其福能轻易放过我？而只要他动一动小指头，不，只要他一个眼色、一个暗示，我立马就只有滚到吴城小学了，并永世不得翻身！

我呆如木鸡，浑身冷汗。预料到事情的后果，心情顿时从激愤转为沮丧，不，是沮丧至极。是啊，为图一时之快，口无遮拦，却不想想那几句话足以毁灭自己两年的努力、两年的奋斗。但说出去的话就如泼出去的水，是收不回来的，事已至此，恐怕已没有什么挽回的余地了。

“想清楚了，赶紧找曹副政委去认个错，道个歉吧，兴许……”半晌，丁炳昌悠悠地说。

“我不去！”我的倔脾气也上来了，反正已覆水难收，又何必跪地求饶，我脖子一挺，说，“反正就是去吴城小学呗！去就去！”

“好好好！煮烂的鸭子就嘴硬，你就硬到底，我服了你！你就准备好滚到吴城小学去吧！进了那个山沟沟你就老实了！你就知道什么是‘官僚主义’，什么叫‘摆架子’了！”

当天晚上，我真的就开始收拾行李，把自己的衣服单独拿出来打成了一个包。一直在旁边埋头不吭声的丁炳昌冷笑道：“怎么了？准备跟我分家呀？”

“一人做事一人当，我不连累你！”

丁炳昌扳过我的脸，凝视着我的眼睛——那里面已经有了太多的水分。

渐渐地，丁炳昌眸子里的冰块消融了，他吻了吻我的额头，长长地叹了一口气：

“真后悔领了那张结婚证书，我这一辈子可叫你害苦了。”

“现在离婚还来得及。”

“来不及了，除非把我的心剖成两半，能剖吗？”

“猫尿”，一下子夺眶而出。丁炳昌温柔地搂住我，抚摸着我的头发：

“好了好了，吴城小学就吴城小学吧，兴许将来，别的捞不着，却能捞个‘桃李满天下’呢！”

第二天一清早，就有人来敲门，还挺急。我想：这报复也来得太快了点儿吧！何必如此急不可待！打开门，是县委一个材料员，送来了批件：“曹政委说材料写得不错，今天赶紧往地区送吧，有什么话回来再说。”

是了，对上面他是得罪不起的，所以材料必须送，“有什么话回来再说”，那就是“秋后算账”了。

从地区回来，先赶着开全县的公社妇联主任会，我是随时等候被“处理”的人了，有自知之明，坐到了边角上。老任的开场白之后是曹其福讲话，曹其福站起来，先抬眼满场巡视了一遍，而后目光停到了我身上：

“小樊，你坐过来，靠前坐。”

靠前坐就靠前坐！你能把我吃了？——这么想着，我就坐到了第一排。

“今天，我先要说一说小樊的事。那天，为了审稿，我们争论起来了，是我态度不好，我要向她道歉！”

我一下愣住了，怀疑是自己的耳朵出了毛病。但当时会场里安静得针落有声，曹其福的每一个字都说得很清楚：“小樊，很有责任心，又很勤奋，大家都要向她学习呀。”

这个时刻，是我一生中永远难忘的一个时刻。包围着我的满天阴霾一下子被驱散了，明丽、温暖的阳光，直照进了我心灵的深处。

当夜，丁炳昌和我来到“阎老锡”的单身宿舍里，跟他商量如何去向曹其福认错道歉。

“阎老锡”眯缝着眼睛讽刺我：“啧啧，你还道歉？人家都向你道歉了呀！你能，你对，你谁都看不上，你心里那点儿‘小九九’，我还不知道？你不就小瞧人家曹副政委文化低？他领导你，委屈了你了，是不是？”

我想分辩，话到嘴边又咽了下去，因为我无法否认这种念头确实隐藏在我的心底：要不是“文化大革命”，他曹其福，凭什么能坐在现在这个位子上？我，又怎么会来到这座小县城，接受他的领导？

“阎老锡”背着手，在屋里走来走去，气得颤颤巍巍的，突然，他停在我跟前，用充满遗憾的目光凝视着我：“你呀，还是太年轻了，别看你上了大学，你屁都不懂！”

“你知道你怎么留下来的吗？”“阎老锡”的唾沫星子直溅到我脸上，“就是他！他文化是不高，又不哼不哈的，但心里明白着呢！正派、厚道，还特喜欢读书人，他跟我说，挑好的留在县里，国家总还是要用人才的吗！不用怕，有啥事我担着——这我才敢留！你懂吗？你呀你！你知道县委班子里有多复杂吗？这两年要不是有他顶着，这人事上……算了，我不跟你说了，你们走吧，走吧！”

“阎老锡”一屁股坐在炕沿上，气恼地朝我们挥挥手。而后，垂下脑袋，一动不动，像是要睡着了。

我目瞪口呆，又感到无地自容。回家的一路上，只有丁炳昌闷闷地说了一句话：“看来，倒是我们以小人之心，度人家君子之腹了。”

从这一刻起，我明白了一个道理：人，是天底下最深奥、最复杂、最难读懂的一本无字天书；一个人的价值与水平，绝不是单纯用“文化程度”所能衡量的。

刘杰让我想起《简·爱》中的圣·约翰

当时几个县领导各有不同：罗政委，开口闭口“狠揭阶级斗争盖子”，揭得人心惊肉跳；副书记刘杰，开口闭口“今年一定要找到水”——浑源缺水，他做梦都想着要找到水；段副书记是个“笑弥陀”，他有本事三言两语把手下的人调动起来，转得像个“陀螺”；张副书记最擅长做报告，在“一、二、三、四、五、六、七”之后，还有“五个重点”“三条心得”“八点提示”，那懒婆娘的裹脚，不把会场上的人全熏晕过去，绝不罢休……

在这些县领导里，相比之下，我跟刘杰下乡次数较多，而每次下乡，都有意料不到的“收获”。

那次到荞麦川，一路上刘杰直愣愣望着车窗外，阴沉着脸一声不吭，我们两个“随从”自然更大气都不敢出。听“内部消息”说，在前几天的常委会上，罗政委又在“炮轰”刘杰的“唯生产力论”了，炮火还猛烈非凡。刘杰像以往一样“洗耳恭听”，未做一个字的反驳，也不做一个字的迎合。今天我是在大院门口偶尔遇上他的，他从车窗里伸出脑袋：“小樊，今天忙什么？不忙？走，跟我下乡去。”我就稀里糊涂被带上了车。

到了荞麦川，下了车，阴霾与不快从这个干瘪的小老头脸上一扫而光，他又变得精神焕发。

听说在东山沟找到了新的水源，他一挥手：“走，看看去！”

沟沿上有一段陡坡，有人折了一根树棍递给他当拐杖，他嘿嘿笑了：“你看扁我了哩！”弯下腰背起手来，迈着八字步稳稳当当走了上去，长大衣的口袋鼓鼓囊囊，那里面装了一个他的“宝贝”——标有刻度的大玻璃瓶子，是用来测水源流量的。

最“风光无限”的是他那顶旧皮帽：帽檐拖着带子从两边耷拉下来，随着他的走动一摇一颤，恰似京戏里官老爷的两个“帽扇”。这副“尊容”招惹得身后的干部们掩嘴哧哧地笑，而他浑然不觉，一马当先好不得意扬扬。

第三天回城时顺便弯到了东辛庄，晚饭是在大队部吃的：玉米面窝窝、水煮土豆、炒圆白菜——他走到哪里都拒绝招待，也没有哪个不识相的敢招待他。放下饭碗，这个50多岁的干瘪小老头抹了抹嘴，搓了搓手，利索地跳下炕，竟然毫无倦意，又接着召开队干部会。

东辛庄是全县排第一号的大村大队。一间30来平方米的屋子里，挤了六七十个队干部，早来的人坐到了热乎乎的炕上，后到的人就只有自搬小板凳，挤坐在地上，老羊皮蹭着老羊皮，挤得飞不过一只苍蝇去。

偏偏这些大、小队的当家人，清一色都是汉子，每人竖起一根烟枪，吞云吐雾，于是，屋子里就像点燃了烟雾弹，呛得我这个不抽烟的人简直喘不出气来。从天花板上挂下来的那只灯泡本来就昏暗发黄，现在被浓烟包裹着，更是幽暗得像鬼火一般——而这个“环境”，恰恰为与会者打瞌睡提供了天然的保护。于是，尽管大队书记一再吆喝，不大一会儿，屋里仍有了呼噜声，约半小时后，此起彼落的“呼噜交响乐”几乎盖过了刘杰做报告的声音。

我是担任记录的，尽管上下眼皮已频频打架，也绝不敢仿效诸位大打“呼噜”，不得已，用大拇指和食指使劲撑住眼皮，并把目光锁定演讲者，以抵制瞌睡虫的进攻。但看着看着，上眼皮又耷拉下来了，我甚至分不清眼前的景象究竟是现实，还是梦境……

突然，屋子里爆发出一声巨响。与会者们从美梦中被惊醒，纷纷揉着眼睛探头探脑，看究竟发生了什么，但立即被扑面而来的浓厚灰尘呛得喘不过气来，好不容易尘埃落定，惊魂未定的人们又一次遭受了沉重打击：刘书记不见了！

好些人同时站起来，拔起嗓门号叫："刘书记！刘书记！……"我也跟着站起来，惊悚得心脏都收紧了。一片混乱中有人一声大吼："别号了，刘书记在这里！"

寂静中，人们的视线聚焦到了一点：炉灰坑。刘杰灰头灰脑的脑袋浮现在上面，要不是那顶"风光无限"的"官帽子"，一时还真认不出来。

这里得解释一下什么叫"炉灰坑"。

雁北的农村，每间屋子里都盘有一个大炕，在炕前大约半米处掘地三尺，挖一个圆柱形的炉膛，大块的煤就这么倒进去烧，上面盖一块厚铁板，炉膛内熊熊烈火裹卷着炙热的气体，直接通到盘成蜂窝状的土炕里面，炕面上的最高温度可达 60℃ ~ 70℃。

那炉灰咋办？再在炉膛旁边掘地四尺，挖一个一米见方的大炉灰坑，炉膛里的炉灰就"储存"在里面，盛满一坑再往屋子外面掏。坑口上安放几块木板，以防有人掉下去。

而适才，这一米见方的木头盖板，正是刘杰演讲的舞台，讲到高兴处，他还在这小小的舞台上走来走去。他万没想到的是，这几块木板已经"年事已高"，经不起他在上面折腾，终于"断裂"以示"抗议"，于是，就有了刚才的"爆炸"。

大伙儿七手八脚把刘杰拉抬出来，抹掉脸上的灰，嘿，他居然还龇着牙笑！站起来，活动活动手脚，他两手一摊："没事了，完好无损！"

这一刻，满屋子爆发出了发自内心的大笑，有人笑得蹲在地上，有人笑出了眼泪鼻涕……

笑声终于平息下来，大队书记问："今儿算了吧？散会？"

"啥？散会？我才讲一半哩！"

于是，大伙儿又重新坐下来开会。我注意到，打这开始，再没有呼噜声了，刘杰干脆站到了炕上，"风光无限"的"官帽子"也还是戴在头上，两个"帽扇"上下扑闪，似在为主人的演讲助兴。

不知为什么，我的脑海里突然浮现出《简·爱》中圣·约翰的形象。奇怪，他们俩，一个是共产党的县委书记，一个是虔诚的传教士，应该没有什么可比性呀！不，也许还是有的，我得认真想一想……

一年后，刘杰"官复原职"，调回省里重新当他的省体委主任去了，走时静悄悄的，没有任何告别活动。我心里不知咋的，有点儿空落落的。

但我知道，山西的体育肯定能上去，因为刘杰去了！刘杰到哪里都能干得很出色，我坚信不疑。

■ 1973年樊云芳在雁北浑源恒山上

灰色岁月里的几抹阳光

1970年至1975年间，在浑源县这座小县城里，与几个月见不到一片绿菜叶、见不到一两猪肉相比，同样令人难以忍受的，是精神文化生活的彻底“沙漠化”。于是，诞生了一个个“同学沙龙”“老乡沙龙”“克丁沙龙”……“沙龙”活动成了灰色岁月里的几抹阳光。

驴肉、饺子宴与年夜饭

在今天，很多人见了肉害怕，女士怕胖，男士怕高血脂。但在当年的浑源小县城里，老百姓一年才能吃一两回肉，我们刚去那一年，人生地疏，没有什么“储备”和“外援”，虽身为县委机关干部，也是经常几个月见不到肉的面，闻不到肉的味，馋死了。

当时一起留在县城的，还有一对北京大学的毕业生：老符与小张。

小张怀了孕，营养不良，脸色黄黄的，像涂了一层蜡。实在没什么好吃的，那次老符下乡回来，给她带了一小包青杏，她一个接着一个吃，我在旁边看着，牙齿都酸倒了，心里也酸酸的。

“从哪儿能弄到点儿肉就好了。”我思忖，“哪怕只有一两、半两，也能打个牙祭呀！”

这天中午我从外面回来，看到街对面的小铺跟前突然挤得人山人海，一打听，哇，原来有熟驴肉卖！这可是太阳打西头出来了！我顿时像一头豹子冲进人群，左冲右突，死往里拱，也不管周围骂声一片，有人愤怒地扯我的胳臂甚至揪我的头发——不，这都无关紧要，最重要的是一定要买到一块肉，一块肉！

冲到距离铺面还有四五米处时，就再也无法突进了——前面的人群已挤成了“铜墙铁壁”，不要说我这头“豹子”没有“豹牙”，此时此刻即便有鳄鱼的牙，恐怕也难以打开一条“血路”了。无可奈何，我只有乖乖地在那里“排队”，跟着“铜墙铁壁”一厘米、一厘米地往前挪。

这四五米的距离，竟然整整挪了四个来小时！好不容易看得见铺面上的肉了，无数双的手往前伸，我的手也往前伸，快，快，再有一步，不，再有半步就够着了！

偏偏就在这个时候，肉，卖完了。眼巴巴看着卖肉的师傅用刀刮下砧板上最后一点儿肉末，包成一小包递到一只幸运的手里，我顿时浑身骨头发软，像要瘫下来，那会儿的心情只能用四个字来形容：欲哭无泪。

四骂骂咧咧的人群渐渐散了，我还蹲在地上起不来。我贫血，四小时的“激战”已让我筋疲力尽，蹲着还好受些，一往起站就耳朵轰鸣，眼前冒金星。

“小樊，你怎么了？”有人呼唤，一睁眼，是丁炳昌的同事——宣传部的老冯，她手里拿着一个纸包，显然就是刚才买到的熟驴肉。

听我讲了情况，她深深地叹息，半晌，又跑到铺面跟前，要了两张纸，把她的那斤肉分成了两包，把其中的一包硬塞进了我背的小绿挎包里。

有了这包熟驴肉，贫血病好像被一阵风吹走了，我一跃而起，一溜小跑跑进了县法院大院，跑进了小张的家。

之后的事就不消说了，我和小张，你抓一块、我抓一块地飞速消灭着那包熟驴肉，当然，老符和丁炳昌还是沾了点儿光的，我们还不至于一点儿交情都不讲。

至于熟驴肉的滋味如何，我实在是一丁点儿也想不起来了，也许根本不怎么样（现在回忆起来加工得极其粗糙，还很不卫生），却是我生平记忆最深的一顿肉食。

后来，我也怀了孕。从县委食堂打回来的永远是傀儡、傀儡、傀儡——一种玉米面与土豆混合制成的食品！而更惨的，是浑源那个地方，一年之中有九个月以上见不到一片绿色的菜叶。食品的单调、粗糙、低劣，使我深度贫血，严重时走路都得扶着墙，还晕倒过几次，丁炳昌也好不到哪里，萎缩性胃炎日渐严重，瘦得皮包骨头。

那是一个星期天，老符和丁炳昌都下乡了，小张突然兴冲冲跑到我家，双手捧着一个大碗，掀开上面的盖布，里面竟然是一小团白面、几根青葱、一小块生猪肉。

“单位发的，快包饺子！”小张眼睛里放着光。

天哪，我这不是在做梦吧？

经过一阵忙碌，饺子终于下锅了。看着饺子在锅里滴溜溜转，我急不可待就要往碗里盛，小张狐疑地问：“这么快？还不熟吧？”“熟了，熟了！”我一口断定。等两人坐到炕桌边，喜滋滋地把饺子送进嘴里一咬，惨了，面是生的，肉更是生的。

怎么办？只有回炉！可这回又煮过头了，加上被我笨手笨脚一搅拌，很多饺子破了，好好的饺子变成了面疙瘩汤。

可惜啊，来浑源一年了，才第一回吃上白面猪肉饺子，竟吃成了这个窝囊样，真真浪费材料了！

两个人闷着头吃，谁也不说话。突然，小张“哧”地笑出声来，用筷子指着我说：“小樊啊小樊，我总算知道你是个什么样的急性子了！”“嘿嘿嘿……”我也跟着一个劲儿地傻笑。

要问我那“面疙瘩”的滋味如何，我现在是一丁点儿也想不起来了，但肯定极其鲜美，因为我们连汤都喝光了，一滴不剩！

不久，从省城太原又来了一批下放干部，其中有两对上海人。“老乡见老乡，两眼泪汪汪。”在那样一个地方，遇到可用“母语”交谈的老乡，别有一番亲热的滋味。

而谈话内容，首先就是“吃”的文化：一则回味在上海家乡吃过的美味，什么排骨炒年糕啦，什么冬笋火腿汤啦，什么红烧鲫鱼啦，虽然只是“画饼”，但回味一番，评议一番，就好似又品尝到了那天外美味，满嘴生津，满口生香，也算是多少解了点儿嘴馋吧；二则相互交流新近学到的或自个儿“发明创造”的新“厨艺”，譬如从麻大安那里学来的“生烤土豆片”，就算得上是一项“实用技术”，反正浑源什么都缺，唯独煤不缺，火炉子从早到晚烧得旺旺的，烤起来颇为方便。

“厨艺”的交流促使丁炳昌跃跃欲试，他自告奋勇“承包”了那一年的春节“晚宴”。

除夕那天，他这个“大厨”早早就起床了，煞有介事地腰系一条围裙，忙里忙外，还把我这个“下手”指挥得脚不沾地。目睹丁炳昌那胸有成竹的模样，我是佩服得五体投地，唯恐伺候得有所不周。

到傍晚时，年夜饭的四道大菜一项一项摆上炕桌：我嘴馋得直流口水，趁丁炳昌去上厕所，忙不迭偷吃几口。

第一道菜看是油炸蚕豆，大名叫“莲花豆”，我夹了一粒塞到嘴里，一嚼，我的妈呀，豆子毫发无损，我的大牙却差点儿被粉碎——这莲花豆竟硬如铁豆!

我大惊，又慌忙品尝第二道菜肴“炸咸鱼”，这咸鱼还是我妈千里迢迢从上海邮寄来的，珍藏了几个月也舍不得吃，但为什么看上去黑乎乎的，不像我妈炸的又黄又亮？不管它，先吃了再说，夹了一点儿用舌头一舔，又咸又苦，再一咬，就像咬了块木炭——整个儿炸焦了!

这时“大厨”得意扬扬回来了，“咋的？味道可以吧？”

“味道妙不可言！”我讥讽道。

“真的？”他喜滋滋地夹了一块“红烧肉”，嚼了一会儿，“不对呀，怎么像老牛筋，一点儿嚼不动？”

他疑惑不解地看着我，我却把头掉过去看窗外，心想：惨了，看来是全军覆没!

两对老乡先后到达，品尝了四道“大菜”后，均面面相觑，而后，笑得迸出了眼泪。原来，生蚕豆和干咸鱼事先都得浸泡几小时，但丁某省略了这道重要的工序，猪肺与猪肉应该分开处理，丁某却“合二为一”放在一起炖……中国的烹调是一门伟大而精细的艺术啊，每个细节都决定成败，更何况重要程序出错!

这顿“经典”的“年夜饭”，一度成了“老乡沙龙”常炒常新的“保留段子”，给“画饼充饥”的我们带来过许多的笑声和快乐。而且从此，丁炳昌真的就研究起厨艺来了，而最大的得益者，自然就是——我。

难忘“靡靡之音”

没有电影，没有小说，没有音乐，甚至，寻觅不到一副扑克牌；电视当时还没听说过，半导体收音机听说过但还没见到过，只有鼓噪“大批判”的高音喇叭，每天轰响在人们的头顶；新华书店里几乎清一色是《毛泽东选集》，报纸上则永远鼓吹“形势一片大好”与“越来越好”；当时八亿人民还有八个样板戏，而在我们这座偏僻的小县城里，就连样板戏也是“镜中花，水中月”……

在 1970 年至 1975 年间，在浑源县这座小县城里，与几个月见不到一片绿菜叶、见不到一两猪肉相比，同样令人难以忍受的，是精神文化生活的彻底“沙漠化”。

刚来时，我俩曾试着去看一场电影——在街上我们看到有一座电影院。但去了几次，都“铁将军”把门，问及原因，答：没片子。一天，丁炳昌喜滋滋拿回两张票，一连声催我：“快，快，随便弄口饭吃，今天有电影！”我一蹦老高：“什么电影？”“《白毛女》。”一听是这老掉牙的，不免有点儿失望，但有的看，就庆幸万分了，还敢挑剔？稀里哗啦喝了两碗玉米面糊糊，就穿戴整齐，兴冲冲地出了门。

浑源县城总共就一条街，从东头跑到西头，最多 3 里长。其中靠东头的 1/3，是集贸市场，即农民在白天自发摆的地摊，几颗圆白菜、一筐土豆什么的；其余 2/3 街，宽不过 4 米，两边，鳞次栉比排满了陈旧的小平房——当时全县尚无一座楼房。县城里唯一的电影院，就位于街的中段，尽管也古老得“皱纹”密布，但比起两边的民房，要高出不少，颇有鹤立鸡群之势。

那天，我们是提早了半个多小时出发的，距离电影院还有百米远时，就已经听到人声鼎沸，及至近前，才知道我们实在低估了革命群众观看革命电影的巨大热情：只见电影院门前人潮涌动，门口已被围得水泄不通，似铁桶一般。

“怎么办？”“冲！”丁炳昌抓紧我的手，一马当先，摆出一副足球中锋的架势，英雄气概毕现，令我好生感动。

毕竟是在部队大熔炉里淬过火的人，别看瘦骨伶仃，我们两个“臭老九”竟也左冲右突，推进到了“核心地段”。眼看距离进入“天堂”的门洞已近在咫尺，无奈我“淬火”淬得不够“炉火纯青”，此时已筋疲力尽，呼吸困难，只感觉快被挤压成面条、快被撕扯成碎片。“算了吧。”我说。

丁炳昌看我脸色不对，立马又掉头保护着我撤退。十多分钟后，我们终于脱离了火药筒般的“战场”，撤退到“安全地带”。

但此时，我们已“丢盔卸甲”：我被踩丢了一只鞋，丁炳昌的一只衣袖，被从肩膀处拉开半尺长的“大嘴”。相互观察着对方的狼狈相，我们都禁不住哑然失笑。

在回家的路上，我俩兴致勃勃地回忆着几分钟之前那场惊心动魄的“历险记”，一再遗憾：最后一刻怎么竟“功亏一篑”了呢？但从此，我这个“电影迷”算是断绝了进电影院看电影的奢望。

后来，老天爷给我们送来了几位上海老乡，“老乡沙龙”关起门来，除了研究“吃”的文化，还一起“鬼鬼祟祟”地回味曾经看过的戏文、电影、小说，特别是，诸君都喜好“资产阶级靡靡之音”——上海地方戏越剧。

于是，那些早已从舞台与银幕上被扫地出门的“封、资、修”垃圾，什么《梁山伯与祝英台》，什么《杨乃武与小白菜》，什么《追鱼》，都被我们捡了回来，虽然没有屏幕，没有音响，没有画面，没有色彩，但仅仅依靠美好的回忆，就使我们饥渴过度的心田得到了些许弥补。

记得有一次，我们一整夜就在回忆《梁山伯与祝英台》，甚至回忆到了每个细节、每句台词，老乡之一——50多岁的工程师老张，闭着眼睛，嘴里哼着“十八相送”的乐曲，手指在炕桌上打着拍子，脑袋一晃一悠，脸上写意着甜蜜、欢乐、幸福、陶醉……我们都被感染了，跟着他一起低声哼唱起来，似乎，眼前出现了江南的青山绿水，似乎，我们都回到了学生时代……

那是一个多么快乐、充实的夜晚，临别时，老张甚至抹着湿润的眼角，声音哽咽：“谢谢，小丁、小樊，我不会忘记这个晚上。”我的眼睛也不禁湿润了。

还有一次，我们回忆《杨乃武与小白菜》，从这个冤案，不知怎么联系到了发生在身边的许多冤案，我于是大发感慨：“杨乃武与小白菜最终翻了案，还总算有人写了戏，使这个历史名案得以留传后世，而今天的这么多冤案，又有谁来写？谁来翻？”

丁炳昌说：“那也保不准，说不定有人在悄悄地记录，有朝一日，突然公布于天下。”

老张悲哀地摇着头：“只怕我是看不到这一天了。”

一阵静默，屋里的气氛沉重起来。老乡小刘一拍手：“你们这是干吗？还是聊我们的戏，来来，我给你们唱一段评弹。”

小刘的评弹唱得不错，优美婉约，但那一夜，大家已被破坏的情绪再也没能调动起来。他们走后，丁炳昌冲我一阵埋怨：“你呀你！大家精神苦闷，才到这里来找乐子，可你！哼！”我自知“罪孽深重”，一句嘴也不敢回。

最自由奔放的一个夜晚

在县委后院有一排平房，里面住的都是县委机关的单身职工，既有外来的，如“阎老锡”，也有刚从下面调上来的土生土长的干部。丁炳昌和我已婚，本来没有资格入住，但远在上海、无限疼爱我们的父母，自愿提早退休领孙子，这使我们得以过“丁克”们自由自在的生活，在全身心投入工作方面，比单身汉还单身汉，硬是凭着这种“革命觉悟”和“革命行动”，取得了“入住权”，而且渐渐成为其中的活跃分子。

既然互为邻居，平日里生活上少不了你来我往，搞点儿“共产主义”，下了班聚在一起，也胡扯八扯，讲点儿逸闻趣事，最亲密的小圈子里，进一步“交头接耳”，搞点儿“情报交流”，甚至于大发牢骚，议论时政，“自由主义”横行。

这是在当时严酷的“生态环境”中相对宽松的一个小布尔乔亚的“沙龙”，而最难以忘怀的一次“沙龙”活动，发生在1972年年底——“林副统帅”被摔死在温都尔汗之后。

传达在大礼堂里进行。传达者——好像是一个县委副书记吧，一上来就开始念文件，没有一句“前言”，面无表情，声音、语调，也不带任何感情，就这样开始了。那年月，不管开啥会，人们都学会了打瞌睡，常常是台上报告不断，台下鼾声连片。那天也是一样，会还没开始，有人鼾声已经响起，特别是后排与边角落里。

但传达了不大会儿，会场上渐渐鸦雀无声，寂静得像空无一人，连空气都似乎凝固了，这是一种令人恐怖、令人心悸的死寂。屏声敛息的全体与会者，大气儿都不敢出，更不敢问什么——因为消息实在来得太突然、太可怕、太匪夷所思，太……总之，极有可能是自己耳朵出毛病了，要不就是神经出毛病了。千万别作声，千万别在脸上有所表现，以免被人揪住辫子，招来杀身大祸!

于是，这种恐怖的死寂一直延续到传达结束。听到“散会”两字，人们木然地站起来，木然地一个个走出礼堂，依然紧闭着嘴巴，甚至相互间都不看一眼，就好像都是不同星球的人一般。

等走回自己家里，关上门，我问丁炳昌：“林彪死了？”

“好像是死了，摔死了。”

“没听错？”

“我是这么听的，你——”

“这么说真死了！哇——！”我一蹦老高，放声欢呼起来。

可声未落地，就有人敲门，丁炳昌马上“嘘”我。

门开了，闪进来个邻居，是县委组织部的老许，他鬼鬼祟祟地关上门，回身后第一句话就是：“林彪死了，是吗？我没听错？”

一刻钟之后，小沙龙里的成员几乎都不约而同地到齐了，最后一个“报到”的，是县委宣传办主任李满田，他家住在城外，骑着自行车绕了一圈又偷偷转回来。满脸黑胡渣的脑袋一探进来，就笑得眼睛、鼻子挤在一起了：“嘿！我就知道，你们会聚在这里！”

问：“你来干吗？”

李满田扮着鬼脸：“今天我要不来，回家非憋死不可！”他在炕上翻了个跟斗，活像个猴子。

大家笑啊、叫啊、骂啊、敲碗啊、抛枕头啊，把屋顶都要掀开了。我站在一边，看着这幅一言难尽的画面，想到了《皇帝的新衣》，不禁感慨万分。

笑够了，骂够了，敲够了，抛够了，还觉得不过瘾，李满田讲开了“段子”：1966 年年底，浑源城里人人自危，一听到喇叭响，有人就吓疯了，自己戴顶高帽子，到街上自己喊：“我是反革命，罪该万死！打倒 ×××，再踏上一只脚！”还自己倒在地上，做被打倒状。我姨家那小子不小心撕破了一张报纸，背后有个毛主席像，当下就吓傻了，钻进茅厕里，三天不敢出来。还有个老汉，抱了个兔子到街上卖，顺口胡诌了句：“谁买我的兔子，身体健康，永远健康。”你猜咋的？当场被民兵抓了起来，关进大牢，被判了七年刑。

通讯组的高三娃子马上接上话茬儿：

那会儿啊，谁也不知道自己下一分钟会不会成为“反革命”！有一年，我下乡在一个公社参加忆苦思甜，听一个老农民说革命家史。说着说着离了谱：想到 1960 年，我心里就觉得痛，村里的土豆吃完了，吃树叶，树叶吃完了，吃三合土，全家人一个个浮肿得像皮球，我娘挺不住，先走了一步……我们不能再吃这二遍苦，受这二茬罪……话未说完，突然口号声大作，打倒 ×××！ ××× 是刘、邓的孝子贤孙！过来几个壮汉，把那老农民押了下去。主持会议的书记扯着嗓子喊：“阶级敌人就在身边！我们睡觉也要睁着一只眼！……”

不想会议开着开着，那个书记自己也被揪出来了：那会儿有个先进典型，叫杨水才，新华社发的稿，叫“小车不倒只管推”。书记慷慨激昂，声嘶力竭，说到最后，高喊口号：“学习杨水才！小车不推只管倒！……台下的农民正昏昏欲睡，只听得一声炸雷：“看你贼眉鼠眼的，你就是个反革命！你敢污蔑杨水才，胡说‘小车不推只管倒’！”此时，睡眼惺忪的农民们哄堂大笑，那书记吓得当场尿了裤子。

“哈哈哈哈！”大家笑得前仰后合。

听到这里，我也忍不住讲了一个“段子”：

我们在石家庄部队农场时，除了种水稻，还有一项崇高的任务，就是对毛主席的“最新指示”，传达不过夜，执行不走样。所以就三天两头出现下列情景：夜深人静，劳累一天的农民刚刚进入梦乡，一群“臭老九”出现在街头巷尾，一阵敲锣打鼓，一阵口号喧天，然后就是扯着嗓门宣讲“最新指示”。为了达到家喻户晓的效果，有几个手脚利落的家伙，干脆上了老乡家的房顶，一遍又一遍声嘶力竭地叫喊，不把全村男女老少从睡梦中吵醒，决不罢休，决不收兵。

后来，村子里传出反革命流言：当年小日本占了石家庄，有时半夜出来偷袭，村民们就敲锣发警报，现在太平年月，干号个啥？为此，查了很久，到底也没抓出这个现行反革命，事情不了了之，人人松了一口大气。想想，当时若要抓到谁头上，这个人还有活路吗？

哈哈哈！大家都感到庆幸。是啊，那年月，“反毛主席”这条棍子抓在“革命家”手中，就犹如金箍棒被握在孙悟空手中，使起来真是滴溜溜转，舞动得人们头晕眼花，指不定哪一天落到你头上，轻者头破血流，重者一命呜呼，株连九族！

此时，难得开“金口”的丁炳昌，也不紧不慢，开始了他的冷面幽默：还在上海，一天上街买一把汤匙，走进一小杂货店，女售货员听我说了几遍，面无表情，毫无反应。我只好提高嗓门又说了一次，她这才不屑地把下巴颏往门口一扬。我顺那下巴颏的方向望去，一张红字条歪歪扭扭写着一行字：“购物前先读最高指示。”

这下可把我难住了。买一把汤匙，跟哪条语录对口呢？“千万不要忘记阶级斗争”？“下定决心，不怕牺牲，排除万难，去争取胜利”？还是“扫帚不到，灰尘不会自己跑掉”？似乎都离题十万八千里。情急之下，我脱口而出：“毛主席教导我们，悠悠万事，唯此为大。”我想表达的意思是：吃饭乃是人生第一大事。说实在的，毛主席是否说过此话，我也不知道。不过，我很清楚，对面站着的这个姑娘，肯定比我更摸不着头脑。

只见她迟疑了好大一会儿，似乎在脑库里拼命搜索，以前怎么没听到过这个最高指示？但又不敢否定。于是乎，她小声回复了一句“为人民服务”，这笔买卖就算成交了。

走出小杂货店的门，我赫然失笑，真像一个淘气的小孩导演了一场恶作剧而未被人发现一样，我禁不住暗自窃喜。

有了这第一次成功的经历，就顺理成章有了第二次、第三次，而且越“演”越精彩，我干脆把西方哲学家费尔巴哈和黑格尔的一些名言，当作“最高指示”搬出来，应付那些初中尚未毕业的营业员。

我的试验屡试不爽，实践证明：虽然这些营业员一句也听不懂，但没有一个人敢于提出疑问。大概他们觉得，“最高指示”就是“神”的指示，平民百姓哪能理解？好在当时的哲学教授已经被一网打尽，或关“牛棚”，或被批斗，没有资格到商店当营业员，否则的话，我公然篡改“最高指示”，“罪该万死”，不是去坐大牢，也要进“牛棚”了。

哈哈哈哈！人们肚子都笑痛了。李满田笑得从炕上滚到地上，还把一碗水洒在了高三娃子大腿上；高三娃子笑得下巴差点儿脱了臼，捧住下巴倒在老许怀里；老许的眼镜被高三娃子撞飞了，成了“睁眼瞎”，他一边“妈耶，妈耶”地叫唤，一边满炕爬着找他的眼镜……唯一不笑的是丁炳昌，他一本正经站在炕上，手举一本“小红书”，惟妙惟肖地学着县委张副书记的腔调：“同志们，传达还没完，我还有‘五个重点’‘三条心得’‘八点提示’……”

沙龙的高谈阔论和欢声笑语，一直持续到后半夜。这，是丁炳昌和我，在浑源六年间度过的最开心、最舒畅、最自由奔放的一个夜晚。一丝“解冻”的曙光，照亮了我们隐晦、压抑已久的心灵，致使我们这伙“臭老九”都有点儿口无遮拦、得意忘形了。但事后证明，中国的“解冻”还需穿越一段漫长的、黑暗的时间隧道。这是后话。

别看浑源是个不起眼的小地方，在那年月里，却“埋伏”了一批中央高干的子女，说起他们父母的名字，你可能会吓一跳，不是部长就是将军，但“老子英雄儿好汉，老子反动儿浑蛋”，父母一倒台，这些“狗崽子”就被赶到这里的农村插队，说实话，其处境之凄惨无助，令我们这些“臭老九”都不忍卒睹。

还在文化馆时，一天，有两个女孩找到我，请求我能不能给她们一些白纸。我问要来干什么，答：画画。

我一愣。画画？眼前的两个女孩，十六七岁的样子，破衣烂衫，黑不溜秋，乍一看与当地农村女孩并无两样，但一口纯正的普通话，聪慧大方的神情，又显示出异样的气质。

“北京来的知青？”

“是的。在西方城公社插队。”

西方城，离县城30里地呢！这么小的年纪！我一阵心酸。出于同情，我不仅找了纸，还找了两支画笔，一起送给她们。她们反复道谢后告辞了。

过了两三个月，她们又来了，这一次来找一本《红旗》杂志。

“《红旗》？”我真被搞蒙了，“你们要看《红旗》？”

环顾周围无人，她们中个儿较矮、一头短发的那个，压低声音自我介绍了身份：“我的父亲是原七机部副部长刘 ××，那期《红旗》上登了篇重要文章，据说透露了下一步的动向，我想看看，是否有利于我父母的平反？”

接着她又介绍了同伴，那个梳了两条辫子的细高个子女孩：“这是张 ×× 的女儿。”“上将张 ×× ？”我问。回答：“是。”

原来如此。我实在没想到在浑源这么个荒凉、偏僻的小地方，还深藏着拥有如此深厚背景的“人物”！我给她们找到了杂志。在她们走后，我和丁炳昌也仔细阅读了那篇文章，反复揣摩里面到底透露了什么“动向”。

之后，只要她们（有时候再带两个同伴）一来，就会给我们闭塞的耳朵带来新的“小道消息”，这些来自北京、来自“高层”的“小道消息”，有些让我们激动，有些又搅得我们心神不安，并在我们心中画上巨大的问号。

大约在“批林批孔”进行了半年多之后吧，一天，小刘、小张来了，其严肃与沉重的神情，与她们的年龄绝不相称。

关上门后，小刘极秘密地告诉我：“你知道这批‘孔老二’，批的到底是谁？批‘宋江’，批的又是谁？”能是谁呢？我想不出来，也不敢想，虽然隐隐约约有一种不安一直在心头盘旋。

“周总理！他们一直想打倒周总理，现在终于出手了！”就像平地一声惊雷，震得我心胆俱裂。

“不可能，这怎么会……”这是我本能的反应。

“怎么不可能。他们什么事不敢干，什么事干不出来！”小刘的冷静里渗透着一种刻骨的仇恨。历来少言寡语的小张在旁边补充了一句：“是的，周总理危险了。”

……

我和丁炳昌对“文革”越来越疑窦重重。我们开始重新思考这场史无前例的“文化大革命”，重新思考中国的前途、中国的命运。

第二所大学——“浑源新闻学院”

“文化大革命”的狂涛，冲毁了我和亿万同龄人正常的生活轨道，击碎了我大学时代的记者梦。但上苍的安排偏偏是这样的出奇：正是在这块荒漠的黄土地上，我和丁炳昌开始了“记者”生涯；在这座一度被自己认为是“文化沙漠”的小县城里，我们学习并实践了中国的“新闻学”。

“常珍”与“文锦”成为我辈的灯塔

还在大学时代，我就做着记者梦，虽然我学的不是新闻而是哲学。

这个梦萌生于一篇振聋发馈的报道——《县委书记的榜样——焦裕禄》。我跟千千万万的中国人一样，捧着报纸流泪，听着广播流泪，我把焦裕禄的照片从报上剪下来夹在日记本里珍藏，焦裕禄的形象与“记者梦”一齐在心底扎下了根。

“文化大革命”的狂涛，冲毁了我和亿万同龄人正常的生活轨道。在从太原奔往大同的火车上，呆望着车窗外一望无际的茫茫黄土地，我曾心酸地回想起自己大学时代的记者梦：一个美丽的梦，一个遥远的梦，一个破碎的梦。

但上苍的安排偏偏是这样的出奇：正是在这块荒漠的黄土地上，

我和丁炳昌开始了“记者”生涯；在这座一度被自己认为是“文化沙漠”的小县城里，我们学习并实践了中国的“新闻学”。

在县委有一帮材料员。顾名思义，材料员就是整材料的，就是笔杆子。那年月是文山会海，笔杆子们，是机关里最忙碌的一群，也是“小道消息”最“灵通”、见识较多、交游最广的一群。

在县里，笔杆子是分“等级”的。给县委书记、县长们写材料的，属于“大腕”，都在县委办公室；其次是组织部、宣传部等部门的笔杆子，就像丁炳昌之流，也算个“小腕”吧；县妇联是“群众组织”，我这个笔杆子自然也就入不了“腕”了。但由于写水磨疃的材料出了点儿“小名”，每逢县里开大型会议，也破例把我吸收进“材料组”内，理由嘛，任何工作都离不开“半边天”的功劳，对吧？另外，有两三个县领导，下乡时也愿意带我这个“随从”，特别是当下乡的内容关乎妇女工作时。时间一长，我也成了半个“县级”材料员。

笔杆子们聚在一起，不是交流“上头”的“小道消息”，就是神侃县委的“花边新闻”；再就是，对县里“出息最大”的历代材料员座一番点评，通常都是赏析和赞颂。而每逢此时，有两个名字“出镜率”最高，一个叫“张常珍”，另一个叫“姚文锦”。一提到他俩，这帮材料员就不由自主地眼睛发亮、唾沫飞溅、手舞足蹈，崇拜与羡慕之意，写意在他们神采飞扬的脸上。

这两人究竟是何方神圣？当时，张常珍已是山西省省委办公厅副主任，姚文锦是山西省出版社副总编。两位都是从浑源这座小县城里走出去的，不仅从雁门关外走进了关内，而且一步一步走进了山西省的政治、文化中心。而走出去之前，都在这里默默无闻当了多年的材料员。

“你们不知道哇，听说那个张常珍脑子实在太灵光了，很平常一件事，经他这么一写，就成了‘大新闻’，又生动，又跟‘形势’配合得好！那真叫绝！”跟丁炳昌同在通讯组的“高三娃子”，说起这来真是眉飞色舞。

“那就叫本事！别人发现不了的新闻，他能发现，别人总结不起来的东西，他能总结出个一、二、三、四！”县委办公室的胖老金接上了话茬儿。这个胖老金，是专写县里大总结报告的，写的文章四平八稳，说的话，也比别人上纲上线。

“你们还没听说吧，那一回省里有领导来视察，冷不丁提了个‘怪’问题，把县委书记急出一头冷汗来，跟在后头的张常珍悄悄递上一张字条——就那张两指宽的字条，不仅给书记解了围，还深受省里那位领导的欣赏！你们知道那字条上写的是什么吗？”

浑源县一号“大腕”老张，慢悠悠讲了这么个段子，脸上飘着玄而又玄的迷雾。此君平日里身价十足、懒得参与“后辈”们的议论，今天竟然也有如此雅兴。可惜他抛出的“问号”太深奥，一时无人能解答，于是，他傲然一笑，给出了谜底：

“一串数字——没想到吧？一串计划生育的数字！这就是张常珍的水平！县里所有的数字都在他胸中！”

“哇！”大伙儿一阵惊呼，真是佩服得五体投地！

但相比之下，姚文锦的“段子”更让我心动，似乎也更有可学性。

“那个姚文锦呀，说实在的，论脑子可比张常珍差远了，可就是勤奋！他那一手功夫，硬是一点一点磨出来的。”宣传部的“小胡渣”摇头晃脑的，那口气，好像姚文锦是他看着长大似的，其实，这位仁兄年龄大不了我几岁，我怀疑他有没有见过姚文锦。当然，此刻，没有人会去揭这个短。

“就是这个话！”半路里杀出个“程咬金”——县委宣传办主任

李满田，他刚从外面进来，立即猴里猴气地跳上炕，摆出一副说书的架势讲开了：

“听说那姚文锦的锦文妙语，都是半夜里做梦时跳出来的，一跳出来，嘿，也怪，人也就惊醒了，随手从报纸上撕个边边角角，把话记上去，在背面吐口唾沫，‘啪’贴上墙，倒头再睡。过一会儿，又‘梦’出一句，‘啪’，再贴上墙……听说早晨起来，墙上总有个七八张‘帖子’……”

“七八张？我咋听说有十来二十张哩！”“小胡渣”急着纠错。

“别打岔！”老李不耐烦地把“小胡渣”往旁边一拨拉，继续自己的说书：

“那一次姚文锦坐火车到忻县，坐的是夜车，车厢里大灯都关了，就只有地脚灯亮着，他老就有本事蹲在地上，就那点儿微弱的灯光看书，车厢还摇晃着呢，人来人往还踢他屁股、踩他脚呢，他居然也看得下去，而且一看就是一夜！天亮了，火车到站了，他下去一看，傻了——太原！过了老鼻子去了！哈哈哈哈……”

他仰头大笑，大伙儿跟着他一起笑，笑声久久盘旋在屋子里……

就这样，张、姚两位的“段子”，在每次材料员的聚会中都是一道津津乐道的大餐，永远品味不尽，不，是越品味，味儿越浓！两位“师爷”的光辉形象，就如《圣经》中的神一样在当空照耀，成为我辈的灯塔。而每当“会餐”时，我总坐在炕沿的一角，听得如痴如醉，听得眼睛发绿，胸中热流涌动，心在怦怦地跳……

应该说，每次“会餐”，对我都是一剂“强心针”。我无法克制这个欲念：也许这两位“师爷”的光辉明天会降临到我辈头上？也许，我和丁炳昌也能沿着他们的足迹走出这片黄土高坡？

于是，我摩拳擦掌开始仿效，半夜起来贴“帖子”，可立马影响了丁同志的睡眠，被痛骂。我悻悻然地躺下，心里说：真是个不长进的！

生平第一回见到一个新闻记者

那天，丁炳昌回家告诉我，县里要接待一个大记者：人民日报的农村部主任，叫李克林，听说还是个女的。我顿时心跳加剧，两眼瞪得有铜铃大，问：

“能不能让我见一下？”

“你？”丁炳昌撇了撇嘴，“连‘杨考帅’能否见着都悬着呢！”

“咋了？通讯组组长不参加接待？”

“轮得着他吗？中央要员哪！罗政委亲自接待！”

我的妈呀，我吐了一下舌头。

浑源是个偏僻小县，偶尔来个雁北报记者，都稀罕得不得了，我一晃来了一年，还没听说有省报记者光临，至于中央大报的记者，那简直像天上的星星那么遥远。而现在，那神秘的星星竟然要降临人间了，我哪里舍得放过这个机会？

那两天，我总是借故到县委小招待所去转悠，希望能有幸目睹李“星星”的风采，哪怕是远远的一瞥。可李“星星”下去视察，早出晚归，且出来进去都是一溜烟几辆吉普车——县里最高级的交通工具，前呼后拥，好不气派。直到李“星星”离开浑源，我都无缘见识她老人家面长面短，心中空留无限遗憾。

又过了两个月，一个机遇突然从天而降。

这天，我在什仪号大队下乡，中午到老乡家吃派饭时发现炕上已坐了一个中年男人，白净脸皮，洁净的中山装，举止文雅，普通话还算标准，一望而知是省里下来的干部。吃饭中间，他与老乡交谈甚欢，且不知不觉，从老乡口头问出了许多我不了解的事情，使我很是惊讶。

从老乡家出来，一路聊着回大队部，我才知道他是山西日报记者，叫申元则——真是“踏遍铁鞋无觅处，得来全不费工夫”！

我急着向他请教一连串的问题——写作上的、采访中的，但他巧妙地摆脱了我的“追捕”，反对我“循循善诱”，20分钟不到，我的“底牌”已“暴露无遗”。

到了大队部，县里来接他的吉普车已到。目睹吉普车开上那条土路，扬起冲天尘土，我的心里一阵遗憾——为了刚见面就告别，为了这转瞬即逝的机遇。

刚要转身回屋，突然吉普车又返回来了，申元则下了车便向我急匆匆走过来。我迎上去问：“落下东西了？”“不，”他关切的目光扫了一眼我隆起的腹部，温和地询问，“你，要不要搭我的车回县城？”

我犹豫了一下：“这方便吗？”

他莞尔一笑，做了个优雅的动作：“请！”

我是个十足的土包子，长这么大，我认识小汽车，小汽车还不认识我，现在突然让我坐，实在受宠若惊，却不知如何开门，拉着门把手使劲拉，就是拉不开，窘迫得脸通红。申元则见状从座位上跳下车，绕到我这一侧帮我打开了车门，还装作没有看到我的尴尬，我从心底里感激他。

车上，他问我来时是咋来的。我告诉他，坐拉化肥的大马车，化肥就堆这么高——我向上伸直胳臂，比画给他看——我就坐在那顶上，真叫“高高在上”。

他的目光又一次扫过我隆起的腹部，轻轻地说：“以后不要这样，有危险的。”

“危险？”我咯咯咯地笑了，“一路上，两边地里的老乡都看着我乐，我也乐，直冲他们笑——那感觉不错哩，就像女王在巡视自己的领地！”

“哦！”他回头定睛看着我，目光中不无惊讶。

之后他又详细询问了我这一年多采访与写作的情况，下车时，从笔记本上撕下一页空白纸，写了两行字递给我：“小樊，好好干，你会有出息的，有了好稿直接寄给我。”

我低头看，上面写着他的名字和电话，还有职务：山西日报农村部主任。

之后，我给他寄去过一篇2000多字的通讯：《高山上的牧羊姑娘》。没想到，全文照发了，更没想到，又被入选山西省的小学语文课本。丁炳昌和我在山西日报的“成名作”《恒山新景》，也是直接寄给他的，那是一篇5000多字的通讯，刊登后据说在报社内部和读者中获得一片好评。自此，我俩的名字进入了山西日报社领导层的视线，列进了“设法调入人选”的名单——那是后话。

申元则，是我生平接触的第一个新闻记者。之后，我和丁炳昌又陆续接触了一批记者——他们都是“文革”初期从太原“下放”到雁北的，很快成了当地“新闻界”的中坚力量。其中：杨尚枫，原山西日报社副总编，当时任雁北地委宣传部副部长，就是他，几年后坚持把我要到了地委通讯组；贾春太、王生明，当时的雁北报社社长、副社长，对丁炳昌的文章特别欣赏，不论什么稿件，去了就登，我们俩就在雁北报这块肥沃的写作园地上，完成了自己的新闻“实习”。

后来，这批资深记者又陆续回到了省报、省台，正因为有他们的鼎力推荐，我才得以踏进光明日报的大门。那也是后话。

“偷书”的快乐日子

耍笔杆子的人，大都喜欢读书。但当时在浑源县，真正有用的书，就像几个月才能见一面的猪肉一样，乃稀缺物品，而要觅到一本世界名著，大约不亚于见到一只大熊猫或者金丝猴。原因不言而喻，现在，新华书店里几乎清一色是《毛泽东选集》，“封、资、修”的余孽和各类大毒草荡然无存。

因此，一天，当一个浑源同事小声问我“你想看小说吗”时，我想他是在引逗我，几乎都懒得回答。但对方煞有介事，做出极神秘状：“嘘！别作声，今天晚上跟我走。”勾得我心里痒痒的，一下午神魂不定。

晚上，他带我悄悄到了浑源中学，从一截断墙里翻进去，一脚高、一脚低地摸到了一座房子前，原来这就是浑源中学老图书馆，已被封存。

我们从打碎的玻璃窗户里爬进去，打开手电筒，只见横七竖八立着几个书架，蒙着厚厚的沙尘。

我拨开沙尘，摸出一本，哇，《安娜·卡列尼娜》！又摸出一本，哇，《傲慢与偏见》！我的心在狂跳，又从旁边那个书架上抓出一本，哇，《红楼梦》！当时我的心情真是欣喜若狂，就像突然打开了阿里巴巴的藏宝洞，一个灿烂的世界呈现在我的眼前。

我们慌慌张张地拿了十几本书，我脱下棉袄的外套把它们包成一包，像小偷一样，鬼鬼祟祟地原路返回，一路小跑跑回了家。

从此，丁炳昌和我，再也不用发愁如何打发长长的夜晚。深夜，我们在土炕上放一张小炕桌，两人盘着腿面对面坐在两边，挑灯夜读，屋子里经常安静得只听见翻书页的声音。

读完了一批，又偷偷地去换一批，这样持续了约有两年，直至我们调离浑源。

想一想，在那个年代，中国960万平方公里的土地上，还席卷着革命大批判的狂涛，即便是在首都，在北京大学这样的高等学府，尚且放不下一张平静的书桌，而我们俩，竟然在这个被人遗忘的角落里，在这片黄土高坡上一座群山环抱的小县城里，享受着人类文明的精华，享受着如此丰盛的精神大餐！

这真是因祸得福！沉醉在书中，我们真是感到太幸福、太满足了。

这些名著，开阔了我们的视野，熏陶着我们的审美情趣，滋润着我们的心灵与文笔，无形之中，我们笔下的人物和事件，也比以前生动、传神而且深刻了。

但当时又何曾想到，这也是小县城"新闻学院"里的一门重要课程呢！

差点儿上了《红旗》杂志

作为县委的笔杆子，我们的写作当然不可能脱离当时的政治氛围和执政者的政治需要。因此，现在回忆起来，在那些年月，我们也曾写过一些非常可笑的东西。譬如：刁窝大队的"批林批孔"材料。

那大约是在1974年后半年吧，本来，林彪已摔死在温都尔汗，邓小平也已有复出之势，据我们这些草民的低级想法，最高统帅大概已吸取了教训，国家也从此可以安定些了吧。

不料，平空里又刮起一阵"批林批孔"的狂风，把个一千多年前的孔老二重新揪出来批个没完没了，把上上下下折腾得人仰马翻，草民们盼望的安定日子又彻底泡汤了。

说实话，心里"不胜其烦"的人不在少数，但面孔上都画着"神圣状"，作为县委的笔杆子，还得戴着特高倍放大眼镜，满世界找“典型”做宣传。

一天，丁炳昌下乡回来，告诉我，这次在一个名叫“刁窝”的小山村，遇到一个小姑娘好生了得，天生能说会道，小小年纪，初中未曾毕业，竟挺能领会上头的意思，把批孔老二与提高产量什么的，联系得有板有眼。我一听，嘿，这不“典型”撞到枪口上来了吗？“哼，就你想得到？”丁炳昌扬扬自得地从包里掏出几张纸一扬：原来稿件已在刁窝就地制造。我一撇嘴：“这么积极，该不是那小姑娘美若天仙？”丁炳昌睥我一眼：“呸！”

这篇稿件就像其他稿件一样，署上“浑源县委通讯组”的名后，同时寄发给了十几家省内外新闻单位——当时对通讯员来说，不存在一稿不能多投的“法规”，一稿尽量多投才是天经地义。说实话，凡投寄到中央媒体的稿件，99%都是石沉大海，我们也习惯了，但每次还是要寄，反正寄稿件也不用贴邮票。

一天，地委的几位大笔杆子突然屈驾光临浑源县，还神秘兮兮找到丁炳昌，要他介绍刁窝“批林批孔”情况，丁炳昌真是受宠若惊。之后听说他们又行动诡秘地到刁窝住了两天。究竟到那里干了什么又写了什么，我们也不便打听。

又过了一段时间，他们再次光临，这次可了不得了，排场大得吓死人，由县委一把手亲自主持，要在刁窝召开“批林批孔”现场讲用会，全县县、社干部共100多人都要去听“讲用”，还布置县委办公室，县委通讯组一大帮人，提前到那个小山村做各项准备工作，显示出无比的隆重。

究竟为何？刁窝的哪个神灵显灵了？哪家祖坟上冒青烟了？刁窝究竟惊动了何方神圣？

纸是包不住火的，最后，“秘密”终于泄露出来：是《红旗》杂志点着名要树刁窝这个批林批孔“活学活用”的农村典型!

这一下，我心里打翻了“醋”坛子：要不是丁炳昌慧眼识珠，要不是那篇稿件寄到了《红旗》，《红旗》又如何会知道山西浑源这个小地方有个什么“刁窝”？现在倒好，把“第一作者”撇到一边偷梁换柱，这不太霸道了吗?

由于涉及“发明权”究竟姓“县”还是姓“地”，县通讯组的笔杆子们也一个个愤愤不平，但官大一级压死人，大家敢怒不敢言，还得遵命去“刁窝”做各项准备，以“确保”那个伟大的现场“讲用会”开得无比成功、无比完美。

所有准备工作里，最要紧也是最难的，就是“培训”大队干部和村民“讲用”。

一个小山村，一群大字不识几个、一辈子未上过县城的农民，听“批林批孔”犹如听“天书”。我们费尽口舌培训了两天，可他们还是“批”得牛头不对马嘴，一说“批林”则骂:“这个秃驴莫非少了他的油炸糕吃，还要反对毛主席？”一说“批孔”则一脸惋惜：“啧啧，‘孔圣人’家怎么出了‘孔老二’这么个败类！”我们告诉他：“你说的‘孔圣人’就是‘孔老二’。”“瞎说，”他们跟我们脸红脖子粗，“那孔老大又是谁？”

问得我们也张口结舌，答不出个所以然。

于是乎，唯一的的法子，就是由我们这些笔杆子，一人写上一篇，共凑了有五六篇，还要挑选出五六个较为伶牙俐齿的农民，一字一句地教会他们“讲用”——从一开始连念也念不成句子，到最后能磕磕巴巴背个差不离，你想想，花了什么样的代价？直累得我们要死过去，但一想到将要在自己手上树起一个名扬全国的光辉典型，累到要死过去心里也是甜滋滋的!

这篇署名“雁北地委 ×× 室”的皇皇大作，终于借助“现场会”这台“恢宏”的“大戏”得以炮制出来，而且赫赫然登上了中国共产党党中央的最高机关刊物《红旗》。今天回忆起来，犹如一幕荒诞剧。但在当时，我们是以怎样的虔诚在充当“幕后导演”，又投入了何等样宝贵的精力和时间啊！

1974 年春节——丰收的季节

当然，多数时候，丁炳昌和我，是对“生产斗争”情有独钟的，稿子里“阶级斗争”只是“穿靴戴帽”。而令人无比欣慰的是，此种经过巧妙“伪装”的“唯生产力论”的报道，在雁北报和山西日报都遇到了“知音”，虽然我们相互间谋面甚少，更没有策划于密室，却是“心有灵犀一点通”，配合得颇为默契。于是，丁炳昌与我的报道，就有了“绿色通道”，得以在这两张报纸上频频亮相。

1974 年除夕，从一大清早，丁炳昌和我就趴在窗前一张小桌上不停地写呀写，县委的同志们从窗前走过，总要驻足张望，敲敲玻璃：“喂，面馃子炸了没有？”“炸了，炸了。”“油炸糕呢？”“也炸了，炸了。”“过年还缺点儿啥？”“不缺，不缺。”我们慌不迭地回答这些好心的同事，生怕有人进来打断了我们写稿。

我们俩正在合写一篇“大作”——《恒山新景》。主体已经完成，再做最后的润色就可大功告成了。

前些时，丁炳昌和我去采访恒山水库，顺便又上了一趟悬空寺。身居浑源县，对浑源境内的这座中国名山——北岳恒山，我们已经攀登多次，对恒山上的著名古建筑——北岳朝殿与悬空寺等，也都一一朝拜过了。

但这一次意义特殊、滋味迥异。因为我们突然想到要把恒山灿烂的古代文化与今天的现实结合起来，写一篇大报道。

巍巍北岳恒山，绵延百里，如行莽原，峰峦起伏，一望无垠。主峰海拔2017米，就坐落于浑源城南十数里处。著名的北魏建筑悬空寺，就建于主峰西侧的唐峪口。发源于恒山北端的唐峪河（后注入浑河），从悬空寺脚下流过，又被一道大坝横空截住，形成了壮观的高峡平湖——恒山水库。水库之水年复一年，灌溉了山下五万余亩土地。

从网上查知，今天的北岳恒山及悬空寺，已成为全国4A级旅游景区，经常游人如织，但当时，这里人迹稀少，各个寺庙均是“铁将军”把门。

说实话，我很惊讶它们能成为“漏网之鱼”，没有被红卫兵小将一把火烧个干净。究其原因，大概是地处荒山野岭之故吧？否则，就凭着在悬空寺最高层的三教殿内，竟同时供奉着释迦牟尼、老子、孔子三个“大坏蛋”的塑像，就是火烧它一万次也不过分呀。

在当时那种“生态环境”里，悬空寺这类“封、资、修的余孽”，搞新闻的人避之唯恐不及，哪里还会去报道它、歌颂它呢？那么，丁炳昌和我，又为何要异想天开、去点燃这根危险的“导火索”呢？

很简单，我们太爱悬空寺了！它以自己独一无二的瑰丽、奇特、惊险、巧妙与无数的悬念，征服了我们。

悬空寺建造在距离地面60多米高的悬崖上，共有大小殿堂41间。

令人难以置信的是，它整个的建筑都是悬空“挂”在悬崖上的！站在悬空寺的走廊上往下看，就如同站在20层楼的楼顶往下看一样，一般人都会腿软发抖，心动加速，有恐高症的人怕是当场会昏死过去。

悬空寺的下方，撑有30根红色立木，每根长度十几米，直径不超过10厘米。它们分成3组，分别被安置在两个楼阁和一条栈道下面，下端压在岩石上。难道重达数十吨的悬空寺就是靠这些纤细的立木支撑起来的吗?

亦是亦非。考古学家们发现，在悬空寺的楼阁和栈道下都埋有横梁：这些直径 50 厘米左右的木材，就像是从岩石中长出来的一样，露在外面的部分约有 1 米（据专家推算，伸进岩石的部分应有 3 米左右），整个楼阁的底座就直接压在它们身上。

数一下吧，悬空寺共有这样的横梁 27 根，它们才是挑起整座楼阁的关键。但令人困惑的是，悬空寺周围都是高达百米的悬崖峭壁，这些横梁的架设，古人究竟是如何完成的呢?

浑源县的历史上曾经有多次地震的记载，最近 40 年发生了两次 6 级以上地震，其中一次使浑源县城 1/3 的房屋倒塌，但悬空寺却安然无恙!

悬空寺的头顶是翠屏峰 200 多米高的悬崖，一次，从上面轰隆隆滚下几块风化的巨石，但悬空寺竟然毫发无损！这是因为从侧面看，翠屏峰的立面是一个凹进去的“大锅”，悬空寺恰好建在它的“锅底”，雨季时节“锅沿”为它挡住风雨，烈日当空时“锅沿”为它挡住日照，从山上滚落的岩石也只会从它的前面直接坠落到幽深的山谷里!

今天，当我们行走在悬空寺的楼阁和栈道上时，时间仿佛已经停止，只有奔流不息的唐峪河和山谷的风声在提示我们，这座建筑已经穿越了 1500 年的风风雨雨，与似乎永恒的山岩浑然一体了！啊，要有何等样的智慧与技巧，才能在悬崖峭壁之上，仅仅用纤细的立木、绳索和凿子，创造出这样一个不可思议的伟大奇迹!

“飞阁丹崖上，白云几度封”“蜃楼疑海上，鸟道没云中”——这是古诗中赞颂悬空寺的诗句。当年唐代大诗人李白游历到此，挥笔留下了两个字：“壮观”。这两个字现在就刻在寺前的一块巨石上。

晚明时期,著名的地理学家徐霞客也到了悬空寺,挥笔留下的四个字是:“天下巨观”。

悬空寺,仅仅是北岳恒山古代文化的一个代表作。从这“一斑”,可见在这片黄土高坡,在这座中国名山,我们的先辈曾经创造出何等悠久与灿烂的中原文明!

一种克制不住的欲望,使我们拿起了笔,从悬空寺的巧夺天工,写到了恒山水库的雄伟壮丽,写到了恒山脚下的父老乡亲如何一代代开山修路、改田治水——在我们心目中,当代百姓与大自然搏斗的真实故事,与古代杨家将的传奇同样悲壮与可歌可泣。当然,文章的头尾还是要“穿靴戴帽”,但那不妨碍我们的笔穿越时空,尽情讴歌恒山人民一脉相承的勤劳、智慧,以及他们所创造的永垂史册的文明。

等寄走稿子,天已渐黑。回到冷清清、空落落的小屋,我们的心还沉浸在写稿的激情中。久久,丁炳昌问我:“怎么办?拿什么过年?”

我漫无目的地环视小屋,耸了耸肩膀:“老办法呗,土豆炒圆白菜。”好在天无绝人之路,正巧有个上海老乡来串门,见状回家给我们拿来了冻豆腐和红烧肉——好一顿美餐哇!

春节过后便吉星高照,接连有三四篇稿件在山西日报刊登并获得好评。

“查一查,谁写的?”报社领导发话了。

第二年,山西日报社一位副总编亲自来浑源,与县委商量调我俩去报社。

1975年年底,丁炳昌被调入了山西日报,我被调入了雁北地委通讯组。我们俩依旧携带着我们的旧木箱,一步一回头地告别了浑源县城。不过,这次坐的不是大卡车,而是县领导专门派给我们的吉普车。

再见了,浑源!我们的第二故乡,我们的第二所大学!我们来时彷徨忧虑，深感绝望，我们走时充实坚定，满怀希望。你，滋养了我们的心灵，滋养了我们的笔。今后无论走到哪里，我们的心，都将牵挂你！永远牵挂你！

■ 2005 年樊云芳在武汉电力局采访

附：樊云芳简历

樊云芳，女，汉族，中国共产党党员。1945 年 5 月出生于上海市。1962 年考入复旦大学哲学系。

还在大学时代，就做着记者梦。但“文革”击碎了这个梦。大学毕业，先是与未婚夫丁炳昌一起到河北省的一个军农场里种了两年水稻，之后又被分配到山西雁北。在浑源县这座小县城里，他们边工作边当起了业余通讯员。1975 年年底，丁炳昌正式调入《山西日报》，樊云芳调到雁北地委通讯组。

1978 年 10 月，樊云芳被调入光明日报社山西记者站，终于圆了自己的“记者梦”。五年后，丁炳昌也随樊云芳从山西调至湖北，两人在武汉开起了《光明日报》的“夫妻记者站”。

樊云芳不是新闻科班出身，这既是她的“劣势”，也成了“优势”：写作较少框框。她连续四年获全国好新闻奖，20 多篇作品获省部级好新闻奖。其中长篇通讯《追求》、新闻特写《飞天凌空》等被作为范文选入大学教科书。10 年后她出版了自己的新闻集《我就是我》，在“序”中这样告白：“我力求在新闻作品中能奉献给读者一点点属于我自己的独特的构思、独特的文采、独特的新意和感受，并渴望这‘一点点’能为读者所品尝、所理解、所认可、所喜爱。”

从 1987 年起，樊云芳的写作风格开始转变，文笔的优美、结构的精巧退至第二位，对新闻事件广度和深度的挖掘以及全息摄影式的立体报道，上升到了第一位。这种转变的代表作就是《一个工程师出走的反思》（与丁炳昌、张祖璜合作）。

1988年，樊云芳花了一年时间，深入研究了改革十年中国各大报最有影响的400多篇新闻报道，在总结它们的规律后，提出了中国新闻要突破某些“禁区”和摆脱平面报道的模式，走向“全息摄影”的概念，并撰写了一批论文分别发表在《中国记者》《新闻战线》《新闻记者》《新闻三昧》等刊物上，引起了新闻界同行的重视。

1989年，樊云芳的理论著作《中国新闻文体大趋势》和新闻札记《记者梦》同时出版。1991年，《新闻出版报》发表中国人民大学一位新闻教授的文章，称《中国新闻文体大趋势》是“中国新闻改革十年最大的理论收获之一”。

1991年年底，樊云芳获中国首届范长江新闻奖。

翌年得癌症。手术、化疗，一直到1997年重返记者岗位，此时，丁炳昌早已调任光明日报社海南记者站，樊云芳夫唱妇随，在海南安家。大病之后的樊云芳，身体状况已无法与病前相比，但乐观与豁达依旧，遇到自己喜欢的题材，还是很投入。长篇通讯《高等院校与大企业的联姻》《动物喜欢的动物园》，新闻《许闻献研究员的病中忧虑》《海南省追求绿色GDP》等，不同程度地受到各界关注。